万葉集をどう読むか

——歌の「発見」と漢字世界

神野志隆光
Kohnoshi Takamitsu

東京大学出版会
Liberal Arts

How to Read the *Man'yoshu:*
The "Discovery" of *Uta* and the World of Chinese Writing
Takamitsu KOHNOSHI
University of Tokyo Press, 2013
ISBN978-4-13-083062-1

はじめに

本書は、『万葉集』を、二十巻から成る漢字テキストとしてどう読むかということにせまろうとするものです。それはあたりまえのことをいうと思われるかもしれません。しかし、その『万葉集』理解の根幹にかかわることがきちんと追究されてこなかったのではないかと、わたし自身の反省もこめてふりかえられます。その反省に立って、『万葉集』について考えてみたいのです。

従来の『万葉集』の読みかたは、成立的編纂的関心から見たり、また、年代的に整理して古代和歌史を考えたり、歌人や表現について論じたりすることが基本となっていました。『万葉集』の歌を年代順に整理したり、歌人別にまとめたりすることもなされてきました。しかし、それは、全二十巻としての『万葉集』をいわば解体してしまうやりかたにほかならず、『万葉集』をひとつのテキストとして理解するものではありません。

その反省として、二十巻としてあるものに即して『万葉集』を見ようといいたいのです。一貫した構造をつくっていないように見えるとしても、そうしたありようのものとしてとらえようということです。

『万葉集』がどのような成立過程・編纂を経て成ったかということは、本書ではさておきます。成立や編纂の論議は、外部に資料がありませんから、『万葉集』の内部にあらわれた徴証によって組み立てられた仮説です。たとえば、巻一には五四歌以後題詞に年次を記し、左注に作者を記すなど、五三歌まではあきらかに異なったかたちで構成されるという、断層があります。それについて、巻一は、五四歌以後は追補して成ったものとして見る論議もありました。しかし、それは、五三歌と五四歌以下との違いを説明するためのものとして組み立てられて、予定調和におわります。

いまもとめるのは、成立の問題は問わず、二十巻としてある『万葉集』がつくっているものを見ることです。さきにわたし自身の反省といいましたが、それは、わたしの『万葉集』研究をまとめた『柿本人麻呂研究――古代和歌文学の成立』（塙書房、一九九二年）をふりかえってのことです。この著は、副題に「古代和歌文学の成立」と掲げたように、歌人・人麻呂を文学史的に位置づけようとしたものでした。『万葉集』のなかの歌をつうじて、和歌史における人麻呂を考えたのです。しかし、そうしたやりかたは、わたし自身の現在のテキスト理解の立場からみずから批判しなければなりません。

わたしが『古事記』『日本書紀』の研究をつうじていたったところは、『古事記』『日本書紀』が、それぞれのテキストにおいて、世界の物語をはじめて成り立たせるのであり、それをテキストとともに成り立つ神話として見るということでした。それは『古代天皇神話論』（若草書房、一九九九年）、および、『古事記と日本書紀』（講談社現代新書、一九九九年）に述べたとおりです。神話は伝承としてあったかもしれません。しかし、そのありえたかもしれないものと、『古事記』『日本書紀』とはべつな次元のものだといわねばなりません。

そして、その必然の展開として、わたしは、『複数の「古代」』（講談社現代新書、二〇〇七年）において、『古事記』『日本書紀』がそれぞれの「古代」を成り立たせることを見ました。おなじ天皇の代々をもって構成し、おなじような話を載せるのであっても、文字とはべつなところにあったものとして語られる「古代」（『古事記』）と、文字の文化国家として展開して律令国家にいたる「歴史」のなかに語られる「古代」（『日本書紀』）という、全体像が異なる「古代」を見るべきなのです。『古事記』『日本書紀』の語る「古代」は、テキストにおいて見出され、あらしめられたものです。図式的に示せば、こうなります。

テキストの語る「古代」
あらしめられた（見出された）もの

（現実の歴史
あったもの）

要は、あったもの（現実の歴史）はテキスト理解の問題ではないということです。『万葉集』もおなじことです。『万葉集』に即して図式的に示せば、こうなります。

『万葉集』の構成する歌の世界
あらしめられた歌、歌人

（現実の歌の世界
あった歌、歌人）

わたしは、『万葉集』のなかに見るものを通じて、現実の歌の世界や歌人——歌の現場ということもできます——を考えることをしないでとどまるべきだといいたいのです。『万葉集』の基盤となったものは考えねばなりませんが、先行する歌集や歌稿のようなものがあったかもしれないというにとどめます。端的にいえば、和歌史や歌人は、『万葉集』において成り立つということです。たとえば、柿本人麻呂は、現実の歌の世界の問題として見るのでなく、『万葉集』において成り立つものとして見るということです。人麻呂は現実に存在したかもしれませんし、その歌もあったかもしれません。そのことを否定しようというのではありません。しかし、『万葉集』によってそれを考えることはできないというべきです。現実にありえたかもしれないもの——そのようにしかいえません——と、『万葉集』のなかにあらわれるものとはべつなものです。人麻呂に即していい直せば、現実はどうであれ、人麻呂は、『万葉集』のなかで成り立ち、『万葉集』の歌の世界をつくっているのです。

また、わかりやすく、大伴家持をあげていいます。巻十七—二十の四巻は、大伴家持を軸にして日次的に日を逐うようにして構成されるので、「歌日記」(あるいは「歌日誌」)といわれています。それは、家持が『万葉集』にとって特別な存在であることを示しています。『万葉集』編纂にかかわったことの証ともされてきました。しかし、「歌日記」は『万葉集』のなかに編集された家持にほかなりません。家持は、「歌日記」のようなかたちで『万葉集』のなかに編集されて意味をもつ(そこで家持があらしめられるといえます)のです。

巻十七—二十が家持の「日記」のようであることは、家持の問題にとどまりません。そのようなかたちで家持をあらしめることによって、『万葉集』は、歌の世界をつくるのです。そこまで見届けるのでなければなりません。『万葉集』のなかで見るのは当然だという人がいるかもしれませんが、ただ家持を見るだけでは『万葉集』理解にならないといいたいのです。必要なのは、「日記」のかたちで編集された家持をふくんで、『万葉集』が、歌の世界をどのようにつくるかを見ることです。それが、『万葉集』において見る——、『万葉集』が成り立たせた歌の世界において見るということです。

『万葉集』が成り立たせるものにどうせまるか。現実の歌の世界との関係を糸口にしていいましょう。これについて、いままで実際に考えるための資料が十分でなかったのですが、現在、歌を書いた木簡が相次いで発見され、物をつうじて具体的に考えることができるようになってきました。それらは、個々の歌の書記(現実の歌の場)と、

「歌集」の書記との違いを見ることをもとめるのです。木簡は、歌は一字一音で書くのが通常であったことを示しています。個々の歌の現場がそうであったのに対して、『万葉集』は訓主体に仮名を交えて書くのを基軸とします。文字を用いることのありようが異なるということを見なければならないのです。そのうえにたって、『万葉集』を考える必要があります。

もうすこし踏み込んでいえば、『万葉集』は、個々の歌の現場とは違う訓主体の書記を「歌集」の書記として選択しています。いくつかの巻は、仮名主体で書かれていますが、それも、この「歌集」のレベルでの選択です。「柿本人麻呂歌集」の歌の、助辞をほとんど書記しないで訓字を連ねるような特異な書記も、おなじく「歌集」のレベルで見るべきです。『万葉集』の問題として考えるべき書記のありようであって、それを、歌の現場や資料の次元で見ようとするのは筋違いです。『万葉集』の問題として、訓主体で書くことを選択したなかで、一字一音で書くことや、特異な訓書記によることの意味を考えるべきなのです。

それに対して、『万葉集』が全体としてつくっているものはなにかという視点からせまろうといいたいのです。具体的にいえば、たとえば巻五や巻十四が仮名主体で歌を書くのは、二十巻の全体においてどういう意味があるのかというせまりかたがもとめられるということです。それがなされてきただろうかとふりかえられます。

ことは、『万葉集』の全体把握にかかっています。『万葉集』は、二十巻としてきちんとした構成をもたないように見えます。巻一、二は、天皇の代をおって「歴史」的に歌を配置するものですが、巻十一・十二のごときは相聞歌だけで構成され、巻十七から巻二十までは家持の「歌日記」の体のものです。また、巻によって作者を示すものもあれば示さないものもあり、訓主体で歌を書く巻もあれば一字一音で書く巻もあるというふうに、整っていません。しかし、そのような二十巻としてあるものをひとつの全体として見なければならないのです。

なお、いいそえます。二十巻としてあるものを見るといったのは、構想されたものとして見るというのではありません。あくまで、結果としてあるものの意味を見るということです。構想というと、そのようにつくろうとしたものとして見ることになります。それは、結果を、意図されたものとして見ることになってしまいます。構想・意図をいうのは、成立的発想から出るものにほかなりません。本書は、その発想からはなれて、二十巻から成る漢字テキストの『万葉集』にむかおうとするものです。

万葉集をどう読むか——目次

目次

凡　例

一、『万葉集』の本文の引用は、新編日本古典文学全集『万葉集』一〜四による。ただし、漢字の表意性が表現として意味を持つことに鑑みて、漢字本文を併せ載せないときの読み下し文は、漢字本文の用字を生かすように留意した。たとえば、我・吾、大王・皇、吉野・芳野など、本文のままとした。

一、歌番号は「国歌大観」により、原則として巻数とあわせて示す。ただし、文脈上巻数を示す必要がない場合は省略する。

一、次の注釈書は略号で示す。
契沖『万葉代匠記』―『代匠記』、賀茂真淵『万葉考』―『考』、鹿持雅澄『万葉集古義』―『古義』、山田孝雄『万葉集講義』―『講義』、窪田空穂『万葉集評釈』―窪田『評釈』、武田祐吉『増訂万葉集全註釈』―『全註釈』、土屋文明『万葉集私注』―『私注』、澤瀉久孝『万葉集注釈』―澤瀉『注釈』、新潮日本古典集成『万葉集』（青木生子他）―古典集成、『万葉集全注』（各巻分担）―『全注』、新編日本古典文学全集『万葉集』（小島憲之他）―新編全集、伊藤博『万葉集釈注』―『釈注』、新日本古典文学大系『万葉集』（佐竹昭広他）―新大系、和歌文学大系『万葉集』（稲岡耕二）―和歌文学大系

一、数字は『万葉集』の巻数は十、二十を用い、歌番号その他は一〇、二〇の表記とする。

I

漢字世界のなかの歌

古代日本列島の漢字世界のなかの、歌と「歌集」とについて見てゆくことからはじめます。近年、文字資料としての木簡の出土が飛躍的に増加して、古代の漢字世界の状況をより具体的にうかがうことができるようになってきました。歌を記した木簡も相次いで発見されています。歌が実際どのように書かれてあったかを示すものです。その書記と、『万葉集』という「歌集」の書記とは質が異なります。その点にたって、『万葉集』に対する立場を明確にしてゆきたいと考えます。

一　漢字世界のなかの歌と「歌集」

1　日本列島と漢字世界

日本列島に、いつ、どのようにして文字（漢字）が受け入れられ、広がっていったか。種子島広田遺跡（弥生時代遺跡）の貝札など、文字らしいものが刻まれてある古い資料はありますが、それは、文字が社会的に機能していたという証にはなりません。大事なのは、文字が、社会的に機能しているかどうかということです。日本列島において、人々が文字にふれること自体は、紀元前からあったかもしれません。しかし、接触しているうちに自然に文字を用いるようになるというものではありえません。単発的に書いてみたというようなことはあったかもしれませんが、それと、社会にとっての文字とは別問題です。

文字がただ存在するだけのものでなく、用いるべきものとして意味をもつようになるのは、一世紀のことでした。それは、社会の成熟とは関係なく、外側からもたらされた事態でした。よく知られるように、西暦五七年（建武中元二年）に、倭――倭というのは、中国から日本列島の人種を呼んだ名です――の王が、後漢王朝に使いを派遣し、冊封をうけたことによってもたらされたのです。冊封というのは、中国王朝が王として任じて君臣関係を結び、その地域の支配を認めることですが、王であることの証として印綬を与えます。

後漢王朝から倭の王に与えられたのが、有名な志賀島出土の金印です。この金印については真偽にかんして疑問も出されていますが、そのことはいま問題ではありません。印が与えられたということそのものが重要なのです。

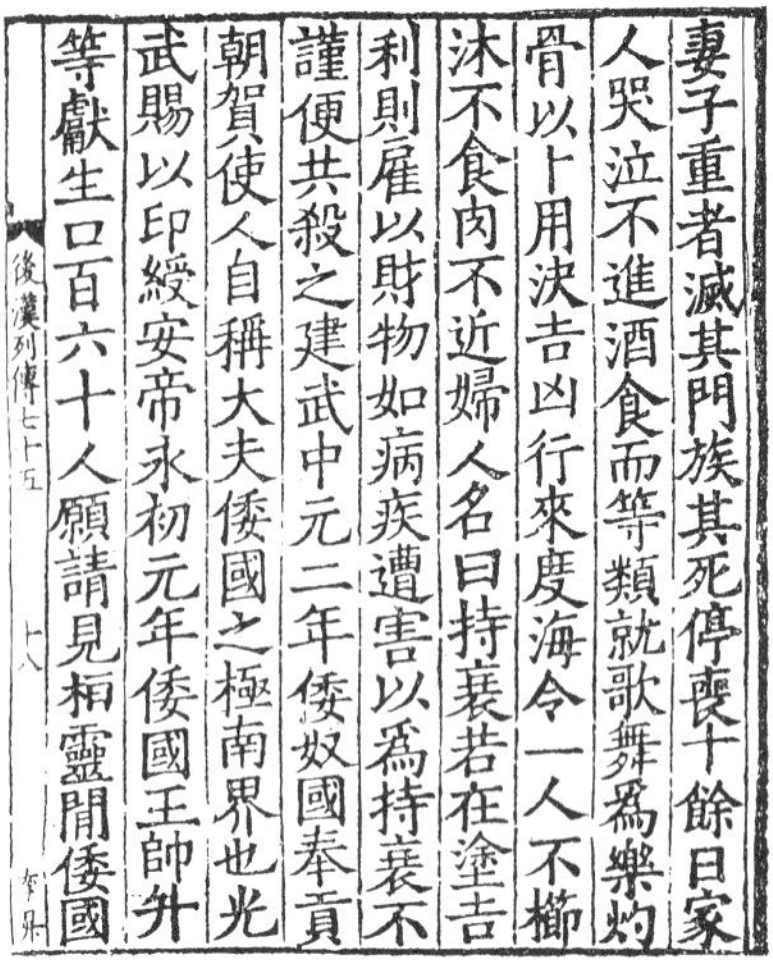
妻子重者滅其門族其死停喪十餘日家
人哭泣不進酒食而等類就歌舞爲樂灼
骨以卜用決吉凶行來度海令一人不櫛
沐不食肉不近婦人名曰持衰若在塗吉
利則雇以財物如病疾遭害以爲持衰不
謹便共殺之建武中元二年倭奴國奉貢
朝賀使人自稱大夫倭國之極南界也光
武賜以印綬安帝永初元年倭國王帥升
等獻生口百六十人願請見桓靈閒倭國

図1　『後漢書』「倭伝」

王に任じられることによって中国王朝に対して朝貢の義務を負うことになるのですが、朝貢の際には印を使用した国書を携行しなければなりませんでした。つまり、中国王朝のもとに文字の交通のなかに組織されたということです（西嶋定生『日本歴史の国際環境』東京大学出版会、一九八五年）。

ただ、それによってただちに列島の社会が文字を用いるようになったのではありません。列島の内部で文字が機能したと認められる資料は、五世紀までは見られないのです。それまでは、文字は、外部でしか意味をもたないもの（いわば、特殊技術）だったといえます。社会内部で機能し、意味を持つようになる（文字の内部化）のは、五世紀段階と認められます。A千葉県稲荷台古墳出土「王賜」銘鉄剣、B埼玉県稲荷山古墳出土鉄剣、C熊本県江田船山古墳出土鉄刀の、三つの鉄剣・鉄刀の銘が、五世紀における文字の内部化を証してくれます。Aは、古墳の年代が五世紀中葉から後半のはやい時期と見られ、Bに「辛亥年七月中記」とある「辛亥年」は四七一年と見られます。CにはBと同じ大王の名があります。それらは、王が地方の族長に下賜することによって服属関係を証するもの、あるいは、被葬者の事績を顕彰するものであったと考えられます。そこにおいて、剣というモノ自体がおおきな意味をもつことはいうまでもありませんが、そのうえに刻まれた文字（文）が、社会的に機能し、意味をもつものとなっていました。

さらに、七世紀後半には内部化は一挙にすすんで、列島全体にひろく文字が浸透するといってよい状況となり、文字による行政が行われていることが、藤原宮から出土した木簡などによってうかがわれます。そして、八世紀初頭に律令国家を作り上げることにいたりつきます。いうまでもなく、成文法に基づき、文字によって運営される国家です。漢字の読み書きがひろがり、文字（漢字）の交通によって律令国家が可能になったということもできます。一世紀から八世紀まで、日本列島における漢字世界の形成はこのように見通しておくことができます。

中国を中心とした漢字世界は、日本列島、朝鮮半島、ベトナムまで、東アジア全体をおおうひとつづきの世界としてあります。日本列島は、漢字世界の東のはてのローカルな営みとしてありました。それは、共通の文字（漢字）、共通の文章語（漢文）により、教養の基盤と価値観とを共有するものとして、ひとつの教養世界、あるいは、文化的世界のひろがりといえます。ヨーロッパの古典古代世界に擬して、東アジア古典古代世界ということもできるかもしれません。それぞれの地域に固有の言語が存在するなかで、その世界の共通言語として漢字・漢文と、その基盤としての教養があったのです。漢字・漢文の位置と意味は、ヨーロッパの古典古代世界におけるギリシャ語やラテン語のそれに似たものがあります（東京大学教養学部国文・漢文学部会編『古典日本語の世界』「文字の文化世界の形成」東京大学出版会、二〇〇七年）。

基盤としての教養といったのは、たとえば、ある字をどう用いるかは、実際の用例に即して知らねばならず、典籍を読むことが必須だからです。また、何かを書くというときには、文章としてのかたちを学ぶことがなければなりません。読み書きは、教養を身につけることによるほかないのです。学習——字書や類書などの役割がおおきかったことが注意されます——によってその教養を共有して、漢字世界は成り立っています。

2 歌を記した木簡

漢字が日本語になにをもたらしたか。リテラシーの獲得といえばそれにつきます。それがいかにはたされたか。

漢字は外国語（非母語）の文字でしたから、読み書きするとき、外国語（漢文）として読み書きするほかありません。当然、外国語としての漢文を学習することによって読み書きすることが読み書きのはじまりでした。漢字は学んで身につけるのですが、ことばと文字とを切り離して学習することはありえません。外国語としての漢文の学習と一体でした。

しかし、外国語としての漢文で読み書きするとはいえない状況が七世紀後半にあらわれます。漢文とは認められないようなもの（外国語として書くのではないもの）があらわれてくるのです。むしろ、そうした漢文でないものによって文字の広がりがつくられていると認められます。七世紀後半の金石文、木簡にそうした状況がうかがえます。こうした資料について、変体漢文という術語もありますが、肝腎なのは、外国語文の漢文として書くのではないということですから、これらを非漢文と呼ぶこととします。「変体漢文」というと、漢文の変種をいうようで、それでは漢文の文字が漢文でなく用いられるという、文字の質の根本的な転換を適切にあらわしているとはいえないからです。漢文でなく書くというのは、日本語として書くということです。漢字が日本語との回路をもつにいたったのです。

それはどのようにして可能になったか。日本語と漢字との回路をつくったのは、訓読（漢文の訳読）でした。外国語の文字としての漢字と、自分たちの固有のことばとのかかわりという根本問題は、契丹でも、朝鮮半島でも、日本列島でも、ベトナムでも事情はおなじです。ですから訓読もおなじようにありました。（金文京『漢文と東アジア――訓読の文化圏』岩波新書、二〇一〇年）。

外国語としての漢字・漢文の学習は、いわゆるダイレクト・メソッドではじまったと考えられます。近代における外国語学習に類比して考えることができますが、ダイレクト・メソッドから、のちには訳読法（訓読）で学習することによって、新しい局面が開かれました。漢文でなく書くこととともに、漢字の読み書きの浸透が一挙に果たされたのは、訓読による学習の結果でした。そして、その訓読の回路が、漢字によって日本語として書くことを可能にします。

よく知られる山名村碑文（山ノ上碑文）を掲げて、具体的に述べます。

辛巳歳集月三日記
佐野三家定賜健守命孫黒売刀自此
新川臣児斯多々弥足尼孫大児娶生児
長利僧母為記定文也　放光寺僧

辛巳の歳の集（十）月三日に記す
佐野の三家《みやけ》を定め賜ひし健守の命の孫黒売《くろめ》の刀自《とじ》、此を
新川の臣の児、斯多々《したた》弥足尼《みのすくね》の孫、大児《おおご》の臣の娶りて生める児、
長利の僧、母のために、文を記し定めつ。放光寺の僧。

上段に碑文の漢字をあげ、下段に読み下し文を示しました。「辛巳歳」は、天武天皇の十年（六八一年）にあたります。この碑は、いま群馬県高崎市にありますが、都からはるか離れた東国地方だということが注目されます。この段階では文字を用いることがそこにまで及んでいたのです。

文意は、「佐野の屯倉を定めた健守の命の孫である黒売の刀自を、大児の臣（新川の臣の子で、斯多々弥の足尼の孫）が娶って生んだ子である長利の僧が、母のためにこの文を記し定めた」ということで、「長利の僧」＝「放光寺の僧」が母のために建てた墓誌と見られます。

この文は、漢文とはとうていいえません。二行目、「佐野三家定賜」の語順は、動詞「定」の前に、目的語にあたる「佐野三家」があります。「賜」を尊敬の補助動詞につかうことも漢文にはありません。また、この行の最後の「此」は、次の行の「娶」に続き、これを娶る、となりますが、この語順も漢文とはいえません。四行目、「母為」の語順も同じです。

日本語そのままの構文（語順）に漢字を並べたものであり、漢字の意味をつなぐことによって理解可能な文です。このようなかたちで書くことを訓読がもたらしたのです。目的語にあたるものを動詞の前に出して訓読するというかたちを定着させたとき、このように書くかたちをも作ったということです。書くことがないところには、当然、書くかたちもありません。訓読が定着したとき、それが書くかたちとなったと考えられます。その読みのままに動詞の前に目的語を置くように漢字を並べることを成り立たせたと考えれば、その成り立ちがわかります。訓読を基盤として読み書きの空間がつくられていたのです。

漢文で読み書きする比重はなおおおきいのですが、それもただ外国語文にとどまりません。漢文も訓読されるものとして読み書きされていて、非漢文とひとつながりにあったと見るべきです。読み書きの全体が訓読の基盤のうえにあったといえます。

そのなかで、そのまま日本語として読み書きされる漢字文は、多様な書記のすがたを示しています。山名村碑文のように訓字をならべて漢字の意味をたどるかたちのもの（訓主体文）から、訓と仮名とを交用するもの、仮名だけを連ねるもの（仮名主体文。やや後のものですが、正倉院の仮名文書が有名です）まで、多様です。次のページ（図2）に示した飛鳥池遺跡出土の木簡（七世紀後半〜八世紀初めのもの）に、その実際がうかがえます（奈良文化財研究所『飛鳥藤原京木簡一 飛鳥池・山田寺木簡』吉川弘文館、二〇〇七年）。

歌を書くことは、こうしたなかにあらわれます。歌は固有のことばによるものですから、漢文として読み書きするだけの段階では書かれようがありません。ただ、それはもとより歌があってそれが書かれるようになったということですまされるでしょうか。歌の書記の実際の場にたって見る必要があります。

その場は、木簡をつうじて見ることができます。現在まで出土した、歌を書いたと見られる木簡を、栄原永遠男『万葉歌木簡を追う』（和泉書院、二〇一一年）の作成した表を借りて示しましょう（一部省略）。

a

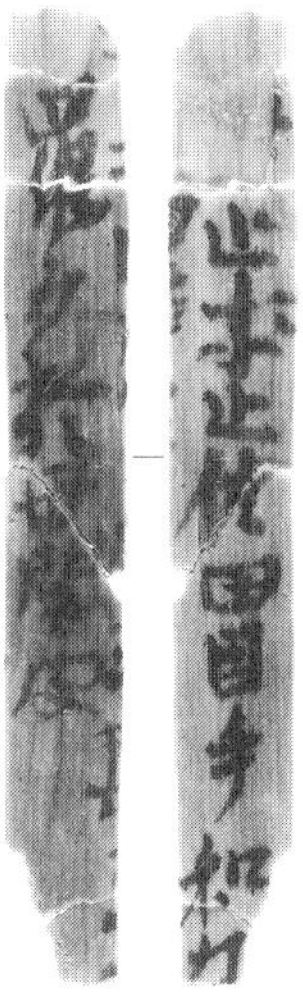

止求止佐田目手和□
羅久於母閉皮

b

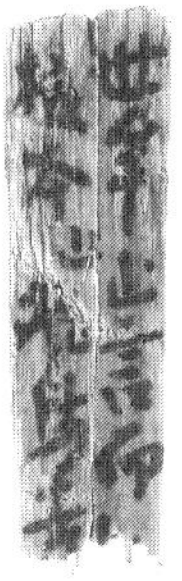

世牟止言而□
□本止飛鳥寺

c

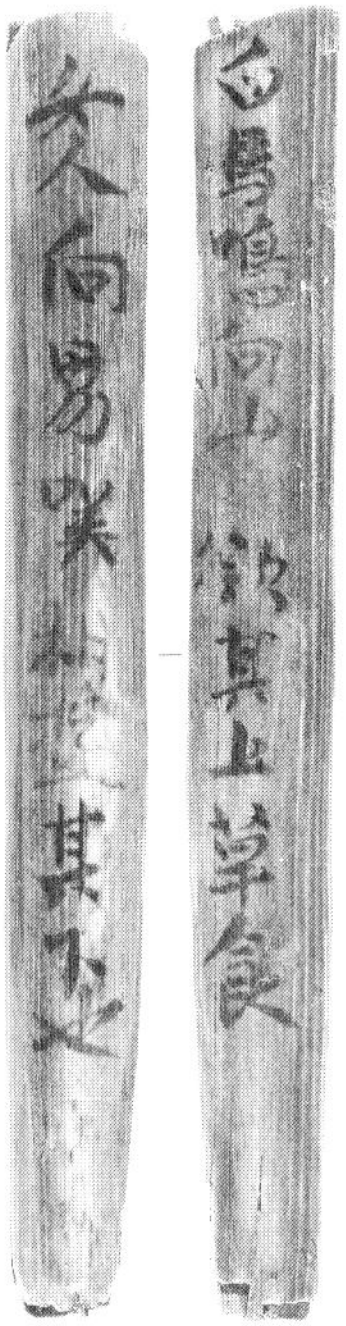

白馬鳴向山　欲其上草食
女人向男咲　相遊其下也

図2
aは一字一音で書かれたもの。「とくとさだめて……」「……くおもへば」と読まれます。歌の一部と見る説があります。bは、右の行は「せむと言て」と読まれます。仮名と訓字とが交用されたものです。左の行は「本と飛鳥寺」と読めます。「止」が小書きであり、いわゆる宣命書きのかたちだということが注意されます。cは漢詩風ですが、詩としてきちんと作られているとは言えず、習書の一種と見られます。「白馬、山に向かひて鳴き、その上の草を食まむとす。女人、男に向かひて咲ひ、その下に相遊ぶ」と読まれます。漢字の訓（意味）をつなぐものです。

表1

番号	呼称	a面の文字	b面の文字	出土場所	木簡の年代	現存長（㎜）	文字部分の推定長（約cm）	全体の推定長（尺）	二次的利用・加工	現存幅（㎜）	現存厚（㎜）	型式番号
1	はるくさ木簡	皮留久佐乃皮斯米之刀斯□	なし	前期難波宮内南西隅付近	7世紀中	（185）	49	約2尺	a面に刻線	26.5	5～6.5	019
2	なにはつ木簡	奈尓　己　矢己 奈尓波ツ尓…	墨書	観音寺遺跡徳島南環状道路自然流路SR1001 V層	7世紀後半の土器が伴出	（161）	36 48	1尺半強　1尺強	a面に歌　b面に墨書	（45）	7	019
3	なにはつ木簡	奈尓波ツ尓…	□　□倭ア物ア…	石神遺跡北側SD4089	天武朝ごろ	（295）	54 62	約2尺	b面に部名列記	（29）	4	081
4	とくとさだめて木簡	□止求止佐田目手…（2行書き）	羅久於母閉皮（2行書き）	飛鳥池遺跡南北溝SD1110	出土した溝の下限は持統朝	（125）	不明	不明	切断	（16）	3	081
5	なにはつ木簡	奈尓皮ツ尓…／佐久□□□□□職職…（2行書き）	□□皮皮職職職馬来田評	藤原京左京7条1坊西南坪の池状遺構SX501	大宝初年	387	上下完存	1尺強	二次的整形　表裏に習書・落書	34	4	011
6	たたなづく木簡	多ゝ那都久…（習書・落書）	（習書・落書）	藤原宮内から北流する溝SD105	7世紀末～8世紀初め	（94）	40	約1尺半	両面に習書・落書	（26）	2	081
7	両面なにはつ木簡	□矢己乃者奈夫由…	□伊己冊利伊…	平城宮第1次大極殿院の南西部SD3825A	和銅～養老期	（251）	60	約2尺	反対面に歌　切断・二次的整形	20	13	051

8	あさかやま木簡	奈迩波ツ尓…□夜己能波□□由己□	阿佐可夜…□□流夜真	宮町遺跡西大溝SD22113	天平16年末から17年初以前に埋没	(79＋140)	52.8 46.5 54.4 41.5	約2尺	b面に歌	(22)	1	081
9	玉に有れば木簡	玉尓有皮手尓麻伎母知而伊□	□□皮伊加尓□□	平城宮東張出部東南隅左京2坊坊間大路西側溝SD5781	天平19年木簡が伴出	(136)	a面13.2 b面12	a約1尺 b約1尺半	ab面それぞれに文字	22	2	019
10	なにはつ木簡	□□□□尓佐久□…	□知知知屋…	辻井遺跡旧夢前川河川跡	7世紀初頭～8世紀の木製品が伴出	(344)	55	約2尺	b面に習書・落書、側面から削り込み	34	3	019
11	あまるとも木簡	阿万留止毛…（2行書きと推定）	墨書	平城宮跡土坑SK219	出土土坑は天平宝字末年に埋没	171	上下完存	半尺強	b面に墨書	(14)	2	019
12	あきはぎ木簡	阿支波支乃之多波毛美□	□□□　馬馬馬馬…	馬場南遺跡川SR1	第二期（760年～長岡京期）に埋没	(234)	63.7～8	約2尺半	b面に墨書	(24)	6～12	019
13	ものさし転用木簡	目毛美須流安保連紀我…	「奈尓」	平城宮東院地区南北溝SD3236B	宝亀5年木簡が伴出	(585)	74	約2尺半	ab面に物差の目盛 b面に習書・落書	30	4	019
14	なにはつ木簡	奈尓波都尓佐	なし（削屑）	西河原宮ノ内遺跡	奈良時代後半	(144)	74～77	約2尺半	墨書の削り取り	(32)	—	091
15	はるなれば木簡	波流奈礼波伊万志…	由米余伊母波夜久…	秋田城跡外郭東門跡外土取り穴SG1031	延暦10～14年ごろ	(181)	a面約35 b面約30	約1尺強	b面に歌	(20)	6	081
16	はるべと木簡	はルマ止左くや古乃は□	なし	東木津遺跡溝SD60	9世紀後半～10世紀前半	250	約45	2尺前後	切断・二次的整形	34	6	011

この表は、栄原のいうところの「歌木簡」、つまり、はじめから歌を書くことを意図して材を用意し、実際に歌を書き込んだ木簡（栄原永遠男「木簡として見た歌木簡」『美夫君志』七五、二〇〇七年、および「歌木簡の実態とその機能」『木簡研究』三〇、二〇〇八年）の一覧です。歌の一部のみを記した習書・落書のような類、たとえば、石神遺跡出土の「阿佐奈伎尓伎也／留之良奈弥麻久」と二行に刻書された木簡（「あさなぎ」木簡と呼ばれたりします）はこの表にはありません。網羅的なものではありませんが、歌を記した木簡の代表的なものの概観のために借りました。

前掲「歌木簡の実態とその機能」や乾善彦「歌表記と仮名使用——木簡の仮名書歌と万葉集の仮名書歌」（『木簡研究』三一、二〇〇九年）の検討するとおり、「あさなぎ」木簡など一部のみであれ歌を記したと見られる木簡は他にもすくなくありません。乾は、数多い「なにはづ」木簡とともに、仮名書で歌を記したと見られる木簡を網羅的に検討しています。また、「なにはづ」の歌については、木簡だけでなく土器等にも記された例をふくめた包括的な一覧を、森岡隆「安積山の歌を含む万葉歌木簡三点と難波津の歌」（『木簡研究』三一）に見ることができます。いままで知られていた木簡のなかから、歌を記したものとして見直され、再発見されることもあるかもしれません。すでに、東野治之「近年出土の飛鳥京と韓国の木簡」（『古事記年報』四五、二〇〇三年）が、山口県美東町長登銅山跡出土の八世紀前半の木簡に「恋我鴨天□□□」と、歌の結句を記したと認められるものがあることを指摘し、村田右富美「日本語文書記についてのモデル論構想」（『文学・語学』一九六、二〇一〇年三月）が、「玉鉾……」と記した、平城京出土の木簡が、歌を記したものではないかという報告（『奈良国立文化財研究所史料　第五冊　平城京木簡Ⅰ　平城京発掘調査報告Ⅴ』一九六九年）のあることに注意をうながしています。

そうした全体に留意しながら見渡すと、犬飼隆『木簡から探る和歌の起源』（笠間書院、二〇〇八年）が、実在する物的徴証を並べてすなおにものを考える限り、七世紀に日本語の韻文を書くときは、当時可能であったいくつかの方法のうち、一字一音式表記を選択するのが通常であったと言わなくてはならない。わ

> ざわざ「通常」と条件付けするのは、今後、古い時代の訓字主体表記のものが出てこないとは保証できないからである。

ということが納得されます。

訓を交えた書記の例がないのではありません。さきの栄原の表の9は、「玉」「有」「手」の訓字を交えており、東野、村田の指摘したものも訓主体といえます。正倉院文書のなかの「□家之韓藍花今見者難写成鴨」（天平二十年以後とされる）と書かれた歌のことも当然想起されます。犬飼がいうように、今後も訓主体で歌を記した木簡が出現することがありえます。しかし、全体として見れば、七世紀段階のみならず、八世紀段階においても木簡に歌を記すことは一字一音の仮名書記によるのが通常であったといえます。

それが、歌を記すことの実際の場、つまり歌の現場でした。犬飼が「選択」というのは、さきに述べたように、七世紀末段階の実用の文字の場には非漢文の多様な書記が併存していたからです。そのなかで歌は仮名で書くことを選択したと見るべきなのです。それは個々の歌の現場の問題です。

その選択にはたらいていたものはなにか。そこには、明確に意識的なものがあったと認められます。歌は、意味がわかればよいというものではありません。歌の表現は、たとえば、「は」か「も」か、助詞ひとつで違うものになってしまうものですから、微妙な細部まできちんと読まれるように書かれねばなりません。一字一音書記は、読みが限定され、読みかたの問題は生じません。一字一音書記の選択には、歌は細部まで唯一のよみかたでよまれなければならないという自覚があったということができます。

一字一音で書くことは、歌はことばをそのまま再現しなければならないことを意識するものであり、自分たちの固有のことばによる歌という自覚をもはらむものであったといってよいでしょう。また、その書記によって、歌であることを外形的に標示することにもなります。そうした選択として、ただ歌があったから書いたというのではなく、そこに固有性の自覚がはらまれていることに注意するべきです。漢字による読み書きは、学習して教養を身につけるという基盤のうえにあったといいましたが、それは固有の文明をこえた文化的ひろがりにつながることです。そうしたなかにあって、はじめて、固有のことばによることを自覚して歌はあったのです。

端的に、固有のものとして見出された歌というべきです。それを基盤として「歌集」もありえたのです。口承の段階からもとより歌があったから、それらも書いて集めたといった自然発生的なものでは「歌集」はありえないと考えるべきです。

3　「歌集」の書記

見出された歌とその集積としての「歌集」というべきですが、「歌集」を、ただ歌が書かれたことの延長として見ることはできません。個々の歌の書記と、「歌集」の書記とはレベルが違うということを、まずはっきりさせておく必要があります。『万葉集』は、仮名で書くよりも、むしろ、訓主体書記が主流だと認められます。仮名主体に書くのは、限られた巻にとどまります。それもまた選択であったということを見なければなりません。「歌集」をつくる書記の選択ということです。そのことを起点としたいと思います。

栄原永遠男「歌木簡と万葉集」（『高岡市万葉歴史館叢書22　歴史のなかの万葉集』二〇一〇年）は、『万葉集』に載る歌とおなじ歌句を持つ歌を記したと見られる三点の木簡（一〇〜一一ページの表1の8、12および「あさなぎ」木簡）を取り上げてこういうのでした。

以上の三点の木簡は、それぞれ『万葉集』研究にこれまでになかった論点を加えつつあります。これは、これら三点が、『万葉集』研究にとって木簡という新しい研究の素材であるために他なりません。

『万葉集』研究の側はこれにこたえねばなりません。ここで、坂本信幸・神野志隆光・毛利正守・内田賢徳「座談会　万葉学の現況と課題――『セミナー 万葉の歌人と作品』完結を記念して」（『万葉語文研究』2、二〇〇六年）における毛利正守の、次の発言が想起されます。

毛利　それは、現在出てきている木簡などはある意味で大変日常的なものであり、そういう中においてそれらは仮名書きであり、所謂音仮名が主ですが、訓仮名も交えるような形のあり方です。歌集としての人麻呂の書式は、そういう日常的なものとは別のところにあるという意味で、それはあまり念頭になかったかと思われます。いずれにしても当時、種々なる書式があり、選択できたのにそれを採らなかったということでしょう。

これは、その前の発言で、「仮名書きというものが念頭になくて、略体・非略体という形で歌集の中に収めようとしたのだろうと思います」といったことを補足していわれたものです。

毛利は、木簡と歌集とを区別しようといいます。わたしは、問題の核心にかかわるものとしてこの発言をうけとめます。ただ、木簡について「日常的」ということが適切かどうか、なお明確にしておく必要があります。

木簡は歌の現場でした。そこではモノに即して見なければなりません。栄原の「歌木簡」説は、モノとしての機能と場とについての提起でした。二尺という長い材に片面一行で書くという規格性――さきの一覧の1、3、7、8、10、12、13、14、16から導かれた判断です――に着目して、それが典礼の場に持ち込まれたものだと想定するのです。そうした長さをもたず典型的でない類（他の七点）は、公式度のさがる歌宴や私的な集まりなどで用いられたといいます。いま、そのような提起があることにも配慮し、木簡を「日常的」とくくってしまうのはかならずしも適切ではないと考えます。

典礼説に荷担しようというのではありません。木簡にも非日常的な場面があったかもしれないことに留意しようということです。モノはモノの問題として解決されるべきであって、『万葉集』研究の問題ではありませんから、そこには立ち入りません。座談会の段階で「歌木簡」説はまだ提起されていませんでしたから、毛利の発言にそれへの顧慮がないのは当然ではありましたが、いま「日常」というタームは避け、ここでは、実用というタームによることとします。要は、個々の歌を書く現場と、「歌集」のレベルとの区別にあります。実用と、「歌集」という位相の違いを見ることが必要なのです。つぎのように図式化しましょう。

テキストのレベル
『万葉集』
訓主体に仮名交用の書記を基軸とする。

実用の文字世界――歌を書く現場
通常、歌は一字一音で書記される。

『万葉集』は訓主体が基軸だといいましたが、巻一巻頭に掲げる雄略天皇の歌は、つぎのごとくです。

籠毛与美籠母乳布久思毛与美夫君志持此岳尓菜採須児家告閑名告紗根虚見津山跡乃国者押奈戸手吾許曾居
師吉名倍手吾己曾座我許背歯告目家呼毛名雄母

『万葉集』は元来漢字だけで書かれていました。右には、漢字の連続としての元来の本文のかたちで示してみました。ただ、その元来のすがたをとどめるものはのこっていません。『万葉集』の、現存するもっとも古い写本は、皇室所蔵の桂本ですが（図3）、訓を別行で掲げます。これをはじめとして、のこっている諸本はみな訓をつけたかたちのものです。

桂本のように訓を別行にしたり、西本願寺本などのように傍訓にしたり、諸本によって違いますが、漢字だけの本文を歌として読めるようにして伝えてきたのです。いま注釈書などで「原文」として掲げるのも、句ごとにきって、傍訓をつけたものであるのがふつうです。それは、すくなからず加工したものであり、元来の『万葉集』のすがたから遠いものになってしまっています。もっとも元来のすがたに近いのは、『白文万葉集』（岩波文庫、一九三〇年）です（図4）。

これも句ごとにきるという加工をしていますが、その句と句とのあいだをつめてひとつづきにすれば、元来の漢字本文のすがたにちかくなります。

巻一巻頭歌を仮名部分を平仮名にして書き直すと、次のようになります。訓をつけ、スラッシュを入れて現在定着している句切りも示しました。

籠《こ》もよ／み籠《こ》もち／ふくしもよ／みぶくし持《もち》／此岳《このをか》に／菜《な》摘《つ》す児《こ》／家告《いへのら》せ／名《な》告《のら》さね／虚見《そらみ》つ／山跡《やまと》の国《くに》は／押《おし》なべて／吾《われ》こそ居《をれ》／しきなべて／吾《われ》こそ座《いませ》／我《われ》こそば／告《のら》め／家《いへ》もを名《な》をも

現代語訳をつけてみれば、「籠もまあ、よい籠を持ち、ふくしもまあ、よいふくしを持って、この岡で名を摘む乙女よ。家を言いなさい。名を名乗りなさい。（そらみつ）大和の国は、おしなびかせてわたしが君臨しているのだ。すみずみまでわたしが治めているのだ。わたしこそ告げよう、家も名も」となります。

五四九　五五〇　五五一　五五二　五五三

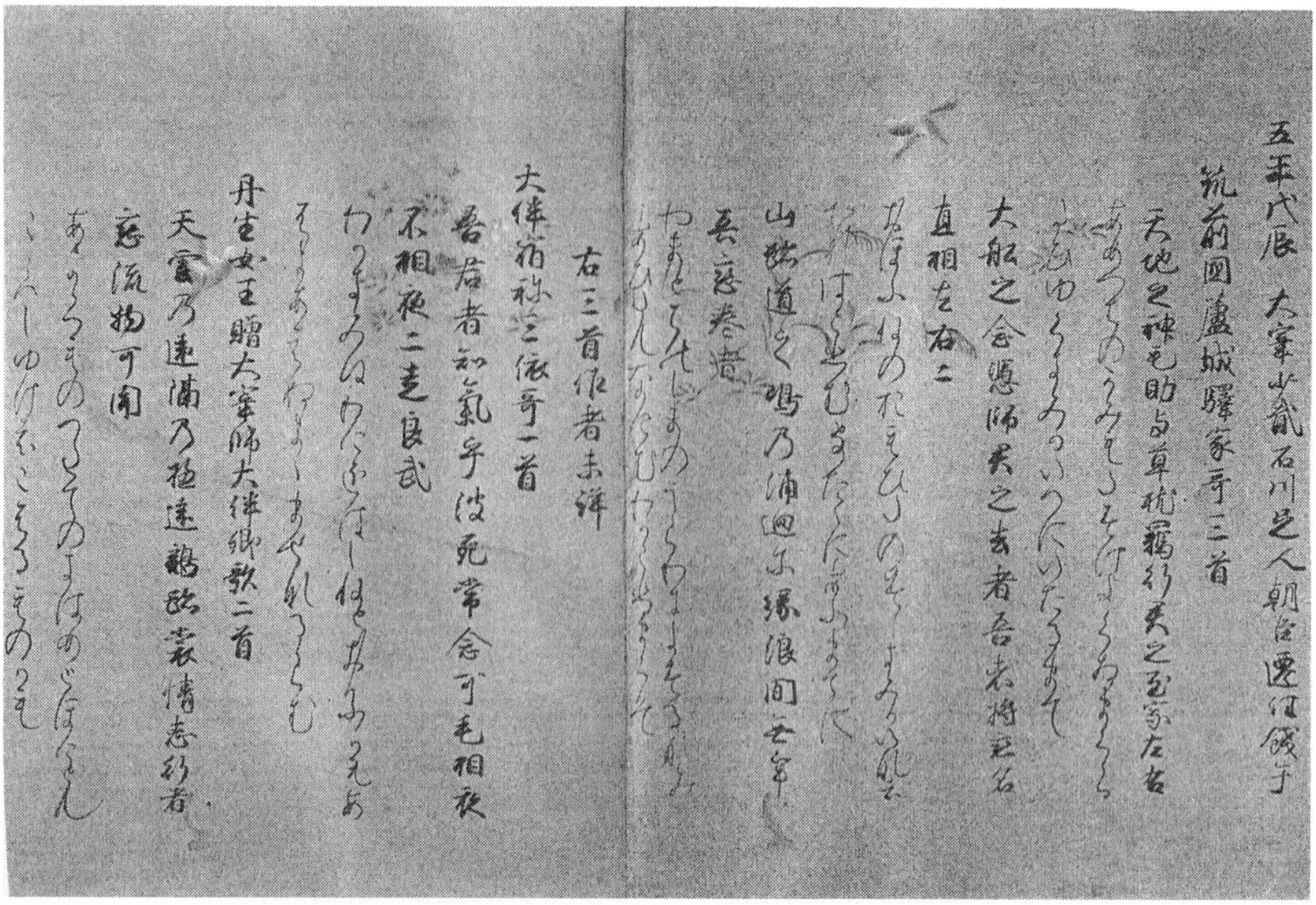

白文萬葉集

五年戊辰太宰少貳石川足人朝臣遷任餞于筑前國蘆城驛家歌三首

五四九 天地之　神毛助與　草枕　羇行君之　至家左右

五五〇 大舩之　念憑師　君之去者　吾者將戀名　直相左右二

五五一 山跡道之　島乃浦廻爾　緣浪　間無牟　吾戀卷者

右三首作者未詳

大伴宿禰三依歌一首

五五二 吾君者　和氣乎波死常　念可毛　相夜不相夜　二走良武

丹生女王贈太宰帥大伴卿歌二首

五五三 天雲乃　遠隔乃極　遠鷄跡裳　情志行者　戀流物可聞

図3　桂本（上）
図4　白文万葉集（下）

訓字を軸に、助辞には仮名を交え用いて、意味理解と、隅々まで読まれることとを両立させようとしています。「なべて」は「奈戸手」「名倍手」、「をも」は「呼毛」「雄母」と書き分けるなどの工夫もあります。

ただ、さまざまな読みがこころみられてきた経緯がありました。歌い出しの部分は、いま「籠《こ》もよ　み籠《こ》もち　ふくしもよ　みぶくし持《も》ち」と読んでいますが、古写本（元暦校本）には「コケコロモ　チフクシモヨミ　フクシモチ」とあり、仙覚『万葉集註釈』は「コモヨミ　コモチ　フクシモヨミ　フクシモチ」とあって、句の切りかたも読みもずいぶん違っています（いろいろな訓については、参照、『校本万葉集』増補・新増補・補遺まであわせて全一八冊、岩波書店、一九三一～一九九四年）。

唯一の読みかたで読まれねばならないということのために種々工夫をしても、読みがかならずしも容易ではないことがわかります。現に、『万葉集』の歌の読みをめぐっていまも論議されているものがすくなくないのです。そうだとしても、漢字の表現性によることが選択されたのです。その選択において、歌の定型性は前提でした。唯一の読みかたで読まれることは、定型性によって担保されるのでした。

ただ、前掲一六ページの図式は単純にすぎる、一字一音書記の実用の歌とはべつに、訓字の表現によって実際に個々の歌を作る工夫・方法があったことも考えるべきではないかといわれるかもしれません。それはありえたと考えてもよいでしょう。しかし、歌の現場と『万葉集』とのあいだで一線を画することが大事だと思うのは、『万葉集』の歌の書記をそのまま実際にあった歌のものとして見るべきではないからです。あくまでわたしたちが見るのは『万葉集』にある歌です。『万葉集』をつうじて実際にあった歌の書記を考えようとするのは、『万葉集』の水準を個々の歌に投げかけて見ることになってしまいます。見るべきなのは、『万葉集』の文字の水準です。

4 『万葉集』の文字の水準

『万葉集』は、歌であることを前提として訓中心の交用書記をみずからの基軸として選択しました。仮名書記の巻の意味は、それに対応して問うべきです。訓主体の基軸に対して、仮名書記であることが意味をもつのです。資料がどうであれ、その書記が意味をもつのは『万葉集』においてです。また、人麻呂歌集歌の、助辞を表記することがすくない、特異な「略体」書記も、人麻呂歌集自体の問題ではなく、『万葉集』の問題です。「略体」書記は、『万葉集』のなかで意味をもつものとしてあるのです。『万葉集』が選択した方法としての交用書記が、歌の定型性を前提として文字の表現の方法の可能性をひらきました。それに対応するところで――資料の問題としてではなく、と念を押しましょう――、一字一音書記や、「略体」書記の意味を問うべきだと考えます。

川端善明「万葉仮名の成立と展相」(上田正昭編『日本古代文化の探究 文字』社会思想社、一九七五年)が、つぎのようにいうことにまず注意されます。

交用に表記されていても、唯一のよみ方で歌はよまれねばならないし、交用されておれば、よむための工夫もまた、それだけ組織されねばならなかった。ただ、歌はその韻文形式によって、大いにその工夫を助けられているとも考えられる。五音七音を基調とするそのリズムによって、歌の中の正訓字は、よまれるべき音節数を決定、ないし限定されているのである。このような経済は、従っていずれ表記することの贅沢へ展開するのである。

「経済」とは、文字がどのように用いられても最終的に定型に回収されることの比喩です。そのなかでどのようにも使いうることを「贅沢」というのは卓抜なたとえです。実用をこえたものがあることをいいえています。川端は、そうしてひらかれてゆくこととなった水準を、「文字を表現する」といい、「文字の意匠」といいましたが、それは、テキストとしての『万葉集』の文字の表現の水準です。

川端があげた例とともに具体的にいいます（句切りをつけた漢字本文と読み下し文とを載せ、現代語訳を掲げます）。

A、（略）三雪落　阿騎乃大野尓　旗須為寸　四能乎押靡　草枕　多日夜取世須　古昔念而（巻一・四五歌）
（略）み雪落《ゆきふ》る　阿騎《あき》の大野《おほの》に　旗《はた》すすき　しのを押靡《おしな》べ　草枕《くさまくら》　たびやどりせす　古昔念《いにしへおも》ひて

B、旅尓之而　物恋之伎尓　鶴之鳴毛　不所聞有世者　孤悲而死万思（巻一・六七歌）
旅《たび》にして　物恋《ものこほ》しきに　鶴《たづ》が音《ね》も　聞《き》こえざりせば　こひて死《し》なまし

C、常不止　通之君我　使不来　今者不相跡　絶多比奴良思（巻四・五四二歌）
常止《つねや》まず　通《かよ》ひし君《きみ》が　使来《つかひこ》ず　今《いま》は相《あ》はじと　たゆたひぬらし

A雪の降る　阿騎の大野に　すすきや
小竹を押し伏せて　（草枕）たび
やどりをなさる　いにしえを思って

B旅にあって　もの恋しいときに　鶴
の音も　聞こえないであったならば
恋い死んでしまうだろう

C絶え間なく　通ってきたあの方の
使いが来ない　今はもう逢うまいと
心変わりしてしまったらしい

Aの「多日夜取」は、タビも、ヤドリも、『万葉集』中には他におなじ用字の例がなく、日・夜を重ねる阿騎野の旅宿りをいうのにはたらくものとして選ばれています。Bの第二、三句は澤瀉『注釈』によりました。その結句は、「孤悲」とあいまって、「万思」が旅愁の切なることを示し、Cのタユタフに「絶」をあてるのは、他にも例がありますが（巻七・一〇八九歌、同一三八九歌、巻十一・二七三八歌、同二八一六歌）、ここでは「あはじ（不相）」と呼応して、関係の途絶に利かせられています。Aは人麻呂、Bは高安大嶋、Cは高田女王という作者が明記されています。しかし、それは、個々の歌のそれぞれの作者の意図としてではなく、『万葉集』という「歌集」のレベルのもの――川端のいうところの「意匠」――として見るべきです。

Aについては、『万葉集』において、タビは「客」「旅」「羇」という訓字がおおく、「多比」「多妣」「多婢」の音仮名書記があるというなかで、音仮名訓仮名交用の「多日夜取」の特異さは、文字の表現として意味づけられます。しかし、それは、『万葉集』のなかの四五歌の文字の表現性としていうべきことではあっても、ただちに人麻呂の作意ということができるものではありません。よし、その文字選択が人麻呂に由来するかもしれないにせよ、それが意味をもつ場は『万葉集』以外ではありません。個々の歌の問題ではなく、『万葉集』の問題なのです。B、Cについてもおなじです。これらの文字の表現性は、『万葉集』における人麻呂歌の問題として認められるもの以外ではありません。川端が、作者にかんして何ら言及することなくこれらをあげたのも、作者の問題には帰さないという見地によるかと推察されます。

5　人麻呂歌集歌の書記

人麻呂歌集歌の「略体」書記は、『万葉集』の選択した訓中心の交用書記に対応して見るべきものです。その書記の特異さは、あくまで『万葉集』の他の歌に対して意味をもつものなのです。それは、人麻呂歌集の元来の書記であり、人麻呂に負うといえるかもしれません。しかし、その特異さと独自な表現性を問題にすることができるのは、『万葉集』の他の歌との関係においてであって、人麻呂や人麻呂歌集そのものの問題としてではありません。人麻呂歌集・人麻呂そのものの書記史的位置づけを考えられるものではないのです。

実際、注釈の場（歌を解釈する場）では、『万葉集』の他の歌との関係で見てきたのでした。たとえば、

春楊葛山発雲立座妹念（巻十一・二四五三歌）

春楊《はるやなぎ》　葛山《かづらき》に　発《た》つ雲《くも》の　立《た》ちても居《ゐ》ても　妹《いも》をしそ念《おも》ふ

（春楊）葛城山に　立つ雲のように
立っても座っても　お前を思うことだ

は、各句二字ずつ、全体を十字で書記し、助辞はすべて読み添えられるもので、「略体」書記の典型としてあげられます。この歌の第四、五句を、タチテモヰテモイモヲシソオモフと読むのは、定型をささえとしてはいますが、モ、ソの訓み添えは、『万葉集』のなかに「立而毛居而毛君乎思曾念」（巻十・二二九四歌）、「立毛居毛君乎之曾念」（巻十二・三〇八九歌）とあることによるのでした。澤瀉『注釈』に、この二首によって「その訓み方は明らかである」というとおりです（諸注もおなじです）。

べつな例をあげていうと、

朝影吾身成玉垣入風所見去子故（巻十一・二三九四歌）

朝影《あさかげ》に　吾《あ》が身《み》は成《な》りぬ　玉垣入《たまかき》る　風《ほのか》に見《み》えて　去《い》にし子《こ》故《ゆゑ》に

朝影のように　わたしは痩せてしまった　（たまかきる）　ほのかに見えただけで　消えたあの子ゆえに

は、おなじ歌（正確にいえば、おなじだと認められている歌）である、巻十二・三〇八五歌「朝影尓吾身者成奴玉蜻髣髴所見而往之児故尓」を見合わせることで、第四句「風」はホノカニとよまれてきました。澤瀉『注釈』に、「同歌が巻十二（三〇八五）にあり、そこに「髣髴」とあつて「風」をホノカと訓ませた事がわかるが、法華経単字（序品）にも「風」にホノカの訓がある」というとおりです。

この特異な「風」字の訓にかんして、山崎福之「万葉集を読むために」（新日本古典文学大系『万葉集』三、二〇〇二年）、廣岡義隆「「風」字考」（『上代言語動態論』、二〇〇五年。初出二〇〇〇年）等、近年も発言が続いています。しかし、「風」＝ホノカについて、訓詁が明確に示されたとはなおいえません。澤瀉があげた法華経序品の例は、「栴檀香風、悦可衆心」（栴檀の香風が人々の心を悦ばせる）の文の「風」を「ほのか」と訓んだもので、香りのことですから、いまの歌の説明に適切な例とはいえず、廣岡も、『類聚名義抄』の「風」字に「ホノカナリ（ホノカニ）」の訓のあることをあげますが、そのもととなった例をたしかめてはいないのです。

いまホノカという読みが、その文字自体というより、他の歌との関係によっていることが注意されます。「風」の字も、その関係において意味をもつということに目をむけさせられるのです。

ホノカは、三〇八五歌のように「髣髴」と書くのが普通です（他に、二一〇、一一五二、一五二六、三〇三七、三一七〇、二三四四歌の六例）。それに対して、「風」が意味をもつことを見るべきです。「髣髴」とは異なる「風」がになうものとして、「玉垣入風」という文字列から、神社の垣から入る風、をうけとるというのは（『全注』）誤っていません。そのうえで、「風」＝ホノカをどう見るか。三〇三七歌「朝霞髣髴だにや妹にあはざらむ」の「髣髴」から受け取られるのは、霞で諒解されるように、輪郭のぼんやりしたすがたです（二一〇歌もおなじ）が、「風」・「見」であらわされるのはそうではありません。まず挙げるべきなのは、おなじ人麻呂歌集歌の、

息《いき》の緒《を》に　吾《われ》は念《おも》へど　人目《ひとめ》多《おほ》みこそ　吹《ふ》く風《かぜ》に　あらば数々《しばしば》　相《あ》ふべきものを（十一・二三五九歌）

——命をかけて　わたしは思うが　人目が多いので逢えない　吹く風で　あったならたびたび　逢えるだろうに

でしょうし、

玉垂《たまだれ》の　小簾《をす》のすけきに　入《い》り通《がよ》ひこね　たらちねの　母《はは》が問《と》はさば

——（たまだれの）すだれの隙間に　はい

って通ってくださいな（たらちねの）
母に聞かれたら　風だと申しましょう

風《かぜ》と申《まを》さむ（十一・二三六四歌）

でしょう（ともに旋頭歌）。こうした「風」の表現のなかにおいて見るのは当然であり、そのなかに二三九四歌の「風」はあります。

なお、伊勢物語六四段の、「吹く風にわが身をなさば玉すだれひま求めつつ入るべきものを」（吹く風にわが身をなせるものならばすだれの隙間をさがして入って逢うことができように）も関連して想起されます。これも、風ならば、人目があろうと、どのようなすきまからでも入りこんで逢うこともできるのに、という逢えない嘆きです。

ぼんやりと、ないし、わずかに見たゆえの思いとは異なるという点で、「髣髴」とはちがう「風」がになうものを、こうして『万葉集』のなかで見るべきです。二三九四歌は、風のようにはいりこんで、たしかならずわずかに逢うことができた、ということをうけとるべきでしょう。「玉垣」には逢うことの障壁を含意すると見ることができます。

もうひとつ例をあげます。イモハココロニノリニケルカモ、という定型的なかたちが、人麻呂歌集歌の一八九六歌「妹心乗在鴨」、二四二七歌「妹心乗在鴨」の他、一〇〇、二七四八、二七四九、三一七四歌にあります。これを、イモハ、と、ハを読み添えることは、佐伯梅友『万葉語研究』（文学社、一九三八年）が、「詠嘆の「かも」の結びに対して、「妹が」といふ「が」が穏かでない。さて、その文字を見ると、（中略）「が」を文字に表はしたのは一つもない。「妹は」など改むべきである」と説いたのが定着したと認められます。それは、見るとおり、『万葉集』の文法としていわれたものなのです。

要するに、『万葉集』というレベルにおいて相互関係のなかで読んできたのであって、人麻呂歌集歌そのもののレベルで読んでいるのではありません。

なお、『万葉集』の問題として見るということについて、西條勉「テキストとしての〈集〉——書く歌の自立について」(『国文学』四七巻四号、二〇〇二年三月)にも言及して補足しておきます。

西條は、「略体」書記について、

いわゆる『柿本人麻呂歌集』の略体歌篇は、世上に流布する歌々を文字に収集して後世に伝授するために制作されたのであるが、それは、声の歌を文字の歌に転換する作業でもあった。

といい、

声の歌として長らく人口に膾炙し、歌の音形が周知されていたので、訓字を羅列した暗示的な表記でよかったわけである。

といいます。しかし、「世上に流布する歌々」というのは、『万葉集』のなかに似た歌があるということによる想像にすぎません。そもそも、文字テキストとしての『万葉集』をつうじて「声の歌」をあげつらうことは筋違いです。人麻呂歌集歌の書記の本質からずれてしまいます。

問題の本質は、デイビッド・ルーリーが、

一つ一つの歌の成立——またはその一つ一つの歌の書記の成立——の問題ではなく、言葉と文字との、そして歌と歌との相互関係において成り立つ書記の問題である。

と、明快にいいきったとおりです(「人麻呂歌集「略体」書記について——「非対応訓」論の見直しから」『国文学』四七巻四号、二〇〇二年三月)。

助辞を書記しない「略体」書記は、『万葉集』のなかの他の歌との関係において際立つ特異さとして意味をもちますが、それ自体として成り立っているものではないのです。『万葉集』の問題として見るというのは、そうした認識を明確にもつことです。

『万葉集』の問題としていえば、訓主体書記のなかにあって、人麻呂歌集歌の「略体」書記は漢字の表意性を存分に発揮させるものでした。定型に依拠して、訓字を並べ、その表意のつながりにおいて歌を成り立たせることは、前掲二三九四歌、二四五三歌に見るとおりです。意味されるものは、漢字の表意を連繫することによって受け取られ、ことばとのつながりは、歌と歌との相互関係によってあやうくささえられています。そうしたものとして、人麻呂歌集歌の「略体」書記へのアプローチは、文字の選択に留意しつつ一首一首を読み解くことによってなされるべきです。前掲『全注』をはじめとする稲岡耕二の一連の論著はその読解にむかうものでした。

要は、「略体」書記の表現は、訓中心の交用書記を前提とするものであったということです。訓主体書記のなかで、唯一のよみ方でよまれねばならぬということのために仮名を交用することが、表意性にかかわって「文字の意匠」をあらしめました。さきのA、B、Cのような全体の文脈と関連するものもあるが、文脈からは遊離して意味のまとまりをつくるものや、連想というだけのようなものまで、文字を表現することはありました（前掲、川端善明「万葉仮名の成立と展相」）。

川端前掲論文は、そこに、「唯一のよみ方でよむことをめざす表記と、そのことが当然たどる単純化や固定化を単調さとして否定し、副義的な意味の流れや結節や、あるいはまた連想を、漢字の表語性そのことにおいて表現しようとする表記と、この両立しにくい二つの緊張的な幅」を見ます。

人麻呂歌集歌の「略体」書記はほとんど仮名を用いないのであり、こうしたありようとはべつです。反面で、それは、唯一のよみ方でよむことのあやうさをかかえることとなります。

たとえば、

磯上　立廻香樹　心哀　何深目　念始（巻十一・二四八八歌）
磯《いそ》の上《うへ》に　立《た》てるむろの木《き》　ねもころに　なにしか深《ふか》め　念《おも》ひそめけむ

豊洲　聞浜松　心哀　何妹　相云始（巻十二・三二三〇歌）
豊国《とよくに》の　きくの浜松《はままつ》　ねもころに　なにしか妹《いも》に　相云《あひい》ひそめけむ

磯の上に　立っているむろの木のねの
ねんごろに　どうして心をこめて
思いそめたのであろう

豊国の　きくの浜松のねの　ねんごろ
に　どうしてお前に　かたらいはじめ
たのであろう

をとりあげていえば、「心哀」がネモコロニとよまれるべきことと、その問題性とは、大久保正「心哀考——人麻呂歌集訓詁の一側面」（『万葉集の諸相』明治書院、一九八〇年。初出一九五九年）が説いたところです。『万葉集』のなかに嘱目の植物の根からネモコロニを発想する例——巻十一・二四七二歌、巻十一・二四八六歌或本歌、巻十四・三四一〇歌を大久保はあげましたが、「菅の根の—ネモコロ」という定型的表現もあります——にならべつつ、やはり、人麻呂歌集歌の「略体」書記におけるネモコロ＝「惻隠」という独自な表現（巻十一・二三九三歌、二四七二歌、二四七三歌、巻十二・二八五七歌、二八六三歌）とおなじ列にあるものとしてとらえるのでした。

「心哀」をネモコロニとよむことは、

血沼之海之　塩干能小松　根母己呂尓　恋屋度　人児故尓（巻十一・二四八六歌或本歌）
千沼《ちぬ》の海《うみ》の　潮干《しほひ》の小松《こまつ》　ねもころに　恋《こひ》やわたらむ　人《ひと》の児故《こゆゑ》に

千沼の海の　潮干潟にたつ小松のねの
ねんごろに　恋しつづけることか
ひとの娘に

菅根之　懃妹尓　恋西　益卜男心　不所念鳧（巻十一・二七五八歌）
菅《すが》の根《ね》の　ねもころ妹《いも》に　恋《こ》ふるにし　ますらを心《ごころ》　念《おも》ほえぬかも

菅の根の　ねんごろにお前に　恋するので　ますらお心も　わたしにはない

三芳野之　真木立山尓　青生　山菅之根乃　慇懃　吾念君者（以下略）
（巻十三・三二九一歌）
み芳野《よしの》の　真木立《まきた》つやまに　青《あを》く生《お》ふる　山菅《やますが》の根《ね》の　ねもころに
吾《あ》が念《おも》ふ君《きみ》は（略）

み吉野の　真木の立つ山に　青く生い茂る　山菅の根の　ねんごろに　私が思う君は（略）

等、植物の根から発想する例とあわせ見て無理がなく自然です。というより、その相互関係においてはじめてネモコロニとよむことが可能になっています。

ネモコロニは、ねんごろに、こころをこめて、というのですが、それとともに、「心哀」の文字には、こころ悲しみいたむ意が託されています。「惻隠」もおなじです。ただ、文字の意味とことばとは対応しません。「心哀」に、ココロカモ、ココロニモ、ココロイタクなど、文字に即した、古写本等の訓の諸説があることがふりかえられますが、文字の訓詁から読みはみちびかれないのです。

稲岡耕二「人麻呂歌集古体歌の〈非対応訓〉について」（『論集上代文学』一七、笠間書院、一九八八年）は、こうした「惻隠」「心哀」＝ネモコロのような、漢字の意味とことばとがただちには結びつかないような関係を「非対応訓」と呼びました。「あるいは対応の極めてゆるい訓」ともいいます。そして、そうした書記を、稲岡は、

万葉集一般の用字法の枠には収められない、歌の表記の試行段階に書かれた珍しい例として扱うのが、もっともふさわしいと思われる。

と、歌の表記の段階の問題として位置づけました。しかし、『万葉集』にあるものを、「歌の表記の試行段階」にもちだすことができるでしょうか。その書記が意味をもつ場は、『万葉集』なのです。

『万葉集』において、それは、「歌集」書記の基軸としての訓中心の交用書記に対応し、文字とことばとのずれはむしろ方法的なものとしてあると見るべきです。あるいは、『万葉集』のなかのひとつの意匠というべきです。山崎福之「略体と非略体――人麻呂歌集の表記と作者の問題」(『国文学』三三巻一三号、一九八八年一一月)が、「表記は表記として表現性を持つと見ておくべき」だというとおりです。「非対応」というより、むしろ積極的に、「略体」書記は、文字とことばとの共鳴あるいは重層というべき表現を成り立たせているといえます。

『万葉集』において、「略体」書記は人麻呂歌集歌にあらわれ、その特徴となっています。第六章であらためて取り上げることとしますが、人麻呂歌集歌は、巻十の季節の歌など、歌の可能性をひらくものでした。「略体」書記も、文字表現の可能性をひらくこころみだといえます。ただ、季節の歌などが、人麻呂歌集歌のひらいた可能性とともに歌の世界のひろがりをつくってゆくのに対して、「略体」書記は特異な意匠として人麻呂歌集歌にとどまっています。訓主体書記の極というべきこころみですが、唯一の読みかたで読むことのあやうさをかかえた特異な意匠としてあったというにとどまります。それを歌の書記の歴史的段階としてとらえるのは、『万葉集』のあずかり知らないところに出てしまいます。

6　一字一音の書記

一字一音の書記も、『万葉集』のなかに、訓中心の交用書記に対応してあるものです。見るべきなのは、訓主体書記を軸とするなかに、巻五などが一字一音で書記されてあることの意味です。個々の歌がどうであったかということでなく、『万葉集』というテキストの水準の問題だからです。

一字一音で書くのは、歌の現場の書記でしたが、それによるのは漢字の表意性によらない書記の方法を選択したということです。人麻呂歌集歌「略体」書記の対極にあるといえます。それは、ことばを、漢字でよそおうことなくあらわして見せるという、文字表現として見るべきです。『万葉集』のなかでそれを選択することは、漢字の表意性を捨象する点で、訓主体書記とあい対する表現なのです。川端善明「万葉仮名の成立と展相」が、その表意性の捨象を「零化」といったのは、一字一音書記の表現性をよくいいえています。

巻五に即していうと、この巻は、漢文の手紙や、漢文の序、漢詩を含んだ特異な巻ですが、歌は一字一音で書かれています——長歌には訓字を交えることがあります——。たとえば、巻頭の歌（七九三歌）はつぎのごとくです。

大宰帥大伴卿報凶問歌一首

禍故重畳凶問累集永懐崩心之悲独流断腸之泣但依両君大助傾命纔継耳筆不尽言古今所歎

余能奈可波牟奈之伎母乃等志流等伎子伊与余麻須万須加奈之可利家理

神亀五年六月二十三日

句点や句の間の空きなどの加工を加えないで示しました。読み下しのかたちで示せば次のようになります。

大宰帥大伴卿、凶問に報ふる歌一首

禍故重畳し、凶問累集す。永に崩心の悲しびを懐き、独断腸の涙を流す。ただし、両君の大助に依りて、傾ける命をわづ

大宰帥大伴旅人卿が、訃報にこたえた歌

不幸が重なり、訃報が相次ぎます。ただもう心も崩れるような悲しみをいだき、ひたすら断腸のな

かに継げらくのみ。筆の言を尽くさぬは、古に今にも嘆くところなり。

世《よ》の中《なか》は　空《むな》しきものと　知《し》る時《とき》し　いよよますます　悲《かな》しかりけり

げきの涙を流すことです。それでも、お二人のお力添えによって、尽きようとする命をわずかにつないでいます。筆では言わんとすることをつくすことができないというのは、昔の人も今の人も嘆くところです。

世の中はむなしいものだと知った時こそいよいよ益々悲しいことであるよ

歌の前にあるのは手紙です。その漢文に対して、一字一音という書記によって歌であることを標示しているということができます。

これを、作者として示された大伴旅人（帥大伴卿）の意図として見ようと、稲岡耕二『山上憶良』（吉川弘文館、二〇一〇年）はこういいます。

> 書簡は表意文字で記し、常套句の「書」を「筆」に変え、「筆不尽言…」と付記した後に、一字一音の仮名書きの歌を「余能奈可波…」と書き添えた。表意文字の文字列が、漢字文化圏諸国の「言」を抽象化し、一元化するものであるのに対して、一字一音の音仮名の文字列は、日本における「言」をそのものとして立ち現れるようにさせるからである。
>
> その意味で、「報凶問歌」を綴ったこの時の旅人の一字一音表記こそ、表意文字としての「書」の性格や限界を乗り越え、積極的に日本という地域性を取り戻す「言」への接近手段だったと説くのも、納得されるだろう。

「納得される」というのは、松田浩「「報凶問歌」の「筆不尽言」と一字一音の歌と」（『古代文学』四七号、二〇〇八年三月)に同調しての発言です。そうして、「文字による創作歌の書式は」「正訓字を主とする方法に定まっていた」といい、「音仮名表記の創作歌の出現は、それ自体が画期的意義をもっていたはずである」といって、この「報凶問歌」や梅花宴歌(八一五〜八四六歌)の一字一音書記を、あたらしい展開として位置づけるのです。

それに対して、巻五という環境への留意の必要とともに、「歌集」の通常の書記とは異なることを、「歌集」としての選択と見るのが第一義的だといわねばならないのではないでしょうか。巻五の資料が一字一音書記であったかもしれません。仮名字母が旅人歌と憶良歌とには特徴があるように見えることも、個性を見ることに誘います。しかし、そうであっても、それを、資料や、個々の歌・作者の意図の問題ではなく、あくまで巻五において採られた書記として見ることが第一義です。その書記は、漢文の書簡に対して歌であることを標示する意味をもち、他の巻の歌の書記とは異なっていることに『万葉集』における意味があるというべきです。

伊藤博『万葉集の構造と成立 下』(塙書房、一九七四年)は、この点にふれるところがあります。巻五と巻十五とについての発言です。

巻五前半は書簡や宴歌の集合で、憶良歌巻に旅人資料を校合して成ったものらしい。また、巻十五も、その前半は特殊な羈旅における宴の場での歌群であり、後半は贈答書簡歌である。このことは、万葉の当時、実用的に歌を用いるばあいには一字一音式に依存するのを習慣としたことを、端的に示す。宴歌や贈答歌は訓字を主体とする巻々にもすくなからず存在する。にもかかわらず、この両巻だけが借音中心であるのは、巻五が憶良歌巻に依存して筑紫歌壇の俤を忠実に伝えようとし、巻十五がこれまた二つの歌群の実態をありていに伝える女のための歌物語として編まれたところに原因があると思う。特殊のばあいを除いては、実用的な歌も、編纂される歌集においては変体漢文式表記を採るのが万葉時代の習慣だったようである。

伊藤は編纂の観点から述べますが、これを、テキストとしての『万葉集』の問題として見る立場をはっきりさせたいと思います。伊藤も「歌集」の書記ということを念頭において見ているところがありますが、それを徹底させたいのです。つまり、仮名主体書記は、歌の現場を「忠実に伝えようとし」「ありていに伝える」ものとして意味をもっているということです。歌の「実用的」な書記としてあったものを選択したこと――『万葉集』としての選択です――はそのように機能しているといえます。実際のすがた（現場そのもの）がそこにあるというのではありませんせん。『万葉集』があらしめた「筑紫歌壇の俤」にほかなりません。よそおいというべきであり、「ありていに」伝えるようなよそおい（現場のよそおい）をもつといえます。そのことをまずおさえましょう。

そして、後であらためて述べますが、漢文に対して、歌であることを標示するのが、文字の表現性を「零化」（川端前掲論文）していること、つまり、漢文が本来の漢字の表現であるのに対して、その表意性を捨象してことばをそのままあらわすことにおいてなされることに意味があるのです。

一字一音書記は巻五だけではありません。巻十四、十五、十七～二十もそうですが、巻々で違った意味があることを見るべきです。ただ、それらが歌の現場の書記を選択して漢字の表現性とあい対して『万葉集』のなかに置くものだということはうごきません。たとえば、巻十七以下の「歌日記」では、日々の現場を示すよそおいは必須です。そして、その「日記」、また、巻五が、『万葉集』全体をなりたたせるものとしてとらえられねばなりません。それは、『万葉集』が全体としてつくるものの把握によって具体化することができるものです。一字一音書記を、「歌集」のレベルで、訓主体書記に対応して見ることは、そこまですすめてはじめて完結します。それぞれの巻について、また後で述べることとします。

漢字世界のなかで、歌と「歌集」との書記をめぐって見てきて、『万葉集』は、あくまで「歌集」のレベルでとらえるべきことをたしかにしました。そのうえに立って、『万葉集』が全体としてつくるものを見ることへ向かってゆきたいと思います。

II

万葉集の「歴史」世界

『万葉集』全体を観察すると、「歌日記」と呼ばれる巻十七～二十の異質さとともに、巻六と巻七とのあいだに断層があることが認められます。巻一～六、巻七～十六、巻十七～二十を、三つの構成部分としてとらえ、それらがあいまってどのような全体をつくるのかを見ることがもとめられます。巻一、二は天皇代の標題をたてるなど、歴史的構成として整えられています。巻三～六はその磁場のもとにあり、巻一～六がひとつの「歴史」世界をつくるものとしてとらえられます。それが『万葉集』の全体構成の機軸となるものです。

二　「歴史」としての『万葉集』——巻一、二がつくるもの

1　巻一、二の歴史的構成

巻一〜六が、『万葉集』の根幹をなすのですが、その核となるのは巻一、二です。まず、この二巻について見ることからはじめます。

巻一、二が部立てのうえでは雑歌・相聞・挽歌をもってひとつの構造をなすものであることはあきらかです。そして、ともに「——宮御宇天皇代」という標題を立て、題詞ないし左注に作者を記し、左注に「日本紀」(「日本書紀」「紀」ともあります)を引用することもあり、歴史的文脈のなかに歌を定位するものとして、他の巻とは異なる整ったすがたをもちます。巻二の題詞には歌の数を示す——「磐姫皇后思天皇御作歌四首」のごとくですが、巻一にはこうした数を示すことはありません——など、まったくおなじとはいえないところがあって、二巻が同時になされたのではないという論議もあります。しかし、『万葉集』にとって大事なことは、二巻あいまって意味をもつということであり、その整備された構成によってつくったものが以下の全体に対して規制的なちからをはたらかせるということです。

巻一、二を天皇代標示のもとに整理してみれば次のようになります。

巻一
雑歌
泊瀬朝倉宮御宇天皇代（雄略天皇代）
　一歌
高市岡本宮御宇天皇代（舒明天皇代）
　二～六歌
明日香川原宮御宇天皇代（皇極天皇代）
　七歌
後岡本宮御宇天皇代（斉明天皇代）
　八～一五歌
近江大津宮御宇天皇代（天智天皇代）
　一六～二一歌
明日香清御原宮天皇代（天武天皇代）
　二二～二七歌
藤原宮御宇天皇代（持統～元明天皇代）
　二八～八三歌
寧楽宮
　八四歌
巻二
相聞
難波高津宮御宇天皇代（仁徳天皇代）

挽歌

八五～九〇歌

近江大津宮御宇天皇代
九一～一〇二歌
明日香清御原宮御宇天皇代
一〇三～一〇四歌
藤原宮御宇天皇代
一〇五～一四〇歌

後岡本宮御宇天皇代
一四一～一四六歌
近江大津宮御宇天皇代
一四七～一五五歌
明日香清御原宮御宇天皇代
一五六～一六二歌
藤原宮御宇天皇代
一六三～二二七歌
寧楽宮
二二八～二三四歌

巻一はとび離れて古い泊瀬朝倉宮御宇天皇代（雄略天皇代）を巻頭に、寧楽宮を巻末とします。巻二は、ふたつの部にまたがりますが、巻としては、やはりとび離れて古い難波高津宮御宇天皇代（仁徳天皇代）を巻頭に、寧楽宮が巻末となります。二巻の全体が寧楽宮（平城京）にいたるものとしてあるのです。そこでは題詞によって作歌事情と作者を示すとともに、左注が「日本紀」（「日本書紀」「紀」）を引き――巻一に十二例、巻二に五例にのぼります――、事情と年次とを具体化するものとして機能します。その組み立てには、明確な歴史性の志向がうかがえます。

歌はそのなかで読むべきものとしてあります。たとえば、「明日香清御原宮天皇代」のもとに配された二七歌は、

天皇幸于吉野宮時御製歌
淑人乃良跡吉見而好常言師芳野吉見与良人四来三
（淑《よ》き人《ひと》の良《よ》しと吉《よ》く見《み》て好《よ》しと言《い》ひし芳野《よしの》吉《よ》く見《み》よ良《よ》き人《ひと》よくみ）
紀曰　八年己卯五月庚辰朔甲申幸于吉野宮

天皇が吉野宮に行幸された時の御製歌
昔のよき人が　よい所だとよく見て　よしと言った　その芳野をよく見よ　今のよき人よよく見よ
紀には、「八年己卯の年の五月庚辰の朔日の甲申（五日）に、吉野宮に幸す」という。

とあります。漢字本文を引用したのは、その文字表現に注意したいからですが、歌は、標題、題詞、左注とともにあります。歌だけを読むことはできないものとしてあるのです。二七歌は、天武天皇八年五月の吉野行幸においてあったものとして読むことをもとめ、その前に置かれた御製歌（二五歌、および、その異伝である二六歌）ともども、吉野への特別な思いを受け取ることをもとめています。

二五歌は、題詞に「天皇御製歌」とあって、二七歌とは書式を異にしており、両歌をひとつにしないで見ることをもとめます。歌は、

み吉野《よしの》の　耳我《みみが》の嶺《みね》に　時《とき》なくそ　雪《ゆき》は落《ふ》りける　間《ま》なくそ
雨《あめ》は零《ふ》りける　其《そ》の雪《ゆき》の　時《とき》なきがごと　其《そ》の雨《あめ》の　間《ま》な
きがごとく　隈《くま》も落《お》ちず　念《おも》ひつつぞ来《こ》し　其《そ》の山道《やまみち》を

み吉野の　耳我の山に　絶え間なく　雪は降るという　休みなく　雨は降るという　その雪の　絶え間ないように　その雨の　休みもないように　道の曲がり角ごとに　思いつづけて来たのだ　その山道を

とあって――「或本歌」として掲げる二六歌はすこし異同がありますが、そのことはいまおきます――、雪と雨とが降るといいながら、その雪・雨の絶え間ないように、道の曲がり角ごとにずっと思い続けてきたのだといいます。

こうして「念ひつつぞ来し」ということには陰鬱な感があり、その背景に、壬申の乱の前年の十月に大津の宮から吉野に逃れたことを見るべきだといわれてきました（現在の諸注は一致しています）。結句を「念ひつつぞ来る」とよむ説（和歌文学大系など）もあります。「来る」とよむと、回想でなく、吉野入りの時の歌ということになりますが、基本はかわりません。理解のために、共有されていたはずの言語外的文脈をもちこんで理解してきたのでした。壬申の乱という大事件は、高市皇子挽歌（二・一九九歌）もあって、共有された文脈であったかもしれません。しかし、それに無条件によりかかってしまうのはどうでしょうか。いま、二五歌は間断なく晴れない思いをいい、二七歌を対比的だというにとどめます。

二七歌は、「淑」「良」「吉」「好」「芳」と、吉祥の字を選んでいて（この用字のことは諸注の指摘するとおり）、繰り返しのリズムとともども明るい調子があります。二七歌題詞が行幸の時の歌だとするのについて、左注は八年という年次を記します。それは、二五歌とべつに見ることをもとめる題詞を具体化するものとなり、苦難の道行きの思いとは異なる思いを吉野に投げかけることの文脈としてはたらきます。

『日本書紀』の天武天皇八年五月条は、五日に吉野に行幸し、六日に、天皇が、皇后および草壁・大津・高市・河嶋・忍壁・芝基の諸皇子に「朕、今日、汝等と倶に庭に盟《ちか》ひて、千歳の後に、事無からしめむと欲す」（わたしは、今日おまえたちとこの場で誓いを立て、千年の後までもこと無きようにしたいとおもう）と呼びかけ、草壁皇子をはじめとして諸皇子は「天皇の勅に随ひて、相扶《たす》けて忤《さか》ふること無けむ」（天皇のおことばのままに、互いに助けあい、さからうことはいたしません）と誓ったとあります。諸注はそのことを二七歌の背景に置いて見ようとします。

しかし、『万葉集』は、天武天皇にかかわるふたつの吉野の歌をならべて、その対比のなかに読むことをもとめています。左注は、ただ、八年五月に吉野行幸があったというだけで、それ以上のことを持ち込まずに、これらの歌とともにあった天武天皇をあらわすのです。『日本書紀』とはべつに、歌にそくして『万葉集』の天武天皇として読むべきです。引用されない会盟記事を、共有される言語外文脈として読むことは適切とはいえません。

二七歌の上三句は「し」で受けて過去のこととして示しますが、下二句はいまの「良き人」にむかっての呼びかけです。初句の「淑人」は、『毛詩』曹風「鳲鳩」に「淑人君子」とあるのによるといわれます（『講義』）。「淑」の意味は「善」だといいます（鄭玄の注）。下句は具体的に「下ノヨキ人ハ、皇后皇子タチ、大臣ナトヲサシテ」（『代匠記』精撰本）いうと受けとられます。結句の「良人」という表現は、『毛詩』大雅「桑柔」に「維此良人、弗求弗迪」とあるのによっていると、新大系はいいます。これについて、鄭玄は、「良」は善の意で、国に善人（悪をなさないりっぱな人）がありながら王はもとめず用いないことをいうと注します。この表現に立って見るとすれば、吉野において、いにしえの「淑き人」とこころを一にした、いまの「良き人」とともにあることをいい、これに呼びかける歌として解されます。二五歌との対比のなかで、王たることを実現したものとしての宣言がここにあると解されます。

こうして読むことは、『万葉集』がみずから歴史的文脈に歌を定位してつくってゆくものを見ることです。『万葉集』は、ただ歌が集められてあるのではなく、歌とともに歴史的に構成するというのがふさわしいといえます。巻一、二において整ったかたちでなされる歴史的構成（歴史構築ともいえます）は、以下の巻を強く引きつけます。巻一、二とのかかわりで巻々が意味をもつとみることができるありようは、磁場あるいは磁力という比喩がふさわしいといえます。それについては第三章に述べることとします。

2　天皇代の標示

みずから歴史的文脈をつくるといいましたが、いま、そのことに関して、より具体的に述べておきます。

まずあきらかにしておきたいのは、巻一、二の歴史的構成において、『日本書紀』を基盤とはしていないということです。天皇代の標示と、左注における「日本書紀」「日本紀」「紀」の引用とについて検討すると、それらが『日本書紀』によると見てきたことは見直さなければならなくなります。

天皇代について、さきに一覧的に示しましたが、舒明天皇を「高市岡本宮御宇天皇代」、皇極天皇を「明日香川原宮御宇天皇代」、斉明天皇を「後岡本宮御宇天皇代」と標示します。しかし、『日本書紀』ではそれぞれの宮の記事は以下のごとくです。

舒明天皇

冬十月の壬辰の朔癸卯に、天皇、飛鳥岡の傍に遷りたまふ。是を岡本宮と謂ふ。（二年条）

六月に、岡本宮に災《ひつ》けり。天皇、遷りて田中宮に居します。（八年条）

百済川の側を以て宮処とす。（十一年七月条）

十三年の冬十月の己丑の朔丁酉に、天皇、百済宮に崩りましぬ。

皇極天皇

是の日に、天皇、小墾田宮に遷移《うつ》りたまふ。或本に云はく、東宮の南の庭の権宮《かりみや》に遷りたまふといふ。（元年十二月壬寅条）

丁未に、権宮より移りて飛鳥の板蓋の新宮に幸す。（二年四月条）

斉明天皇

元年の春正月の壬申の朔甲戌に、皇祖母尊、飛鳥板蓋宮に、即天皇位す。

是の冬に、飛鳥板蓋宮に災けり。故、飛鳥川原宮に遷り居します。（元年条）

是歳、飛鳥の岡本に、更に宮地を定む。（中略）遂に宮室《おほみや》を起《た》つ。天皇、乃ち遷りたまふ。号けて後飛鳥岡本宮と曰ふ。（二年条）

『万葉集』の標題は、『日本書紀』とは合致しないというほかないのですが、『万葉集』の注釈はいままでこれをきちんと説明してきたとはいえません。

舒明天皇については、おおくは二年十月条の岡本宮をあげるにとどめます。これにあたるというのです。澤瀉『注釈』のように、ていねいに岡本宮—田中宮—百済宮と、宮の変遷をたどるものでも、「しかし、舒明天皇の御代を「高市岡本宮御宇天皇代」と申したのである」と、二年条にいう「岡本宮」が、この標題にあたるという立場です。ただ、それでは、「高市」の説明がつけられたとはいえません。

また、皇極天皇の標題の記し方は、『日本書紀』によれば、斉明天皇のときに、飛鳥板蓋宮が火災にあって、飛鳥川原宮に遷ったということをもって、その宮にあった間（元年から二年に後飛鳥岡本宮に遷るまでのあいだ）をいうのだとする説がありました（『考』など）。しかし、それでは、「川原の宮」が時期をしめすものとなり、天皇代の標題としての意味がなくなってしまいます。『講義』が、『日本書紀』にしたがえば「川原宮にまししは重祚の後なること」となり、ここは皇極天皇を指すと見られるので、「史実と一致せず」と不審をなげかけたのはわかりやすい問題提起でした。『古義』のように、板蓋宮から飛鳥川原宮に遷ったことが『日本書紀』には漏れたのだとする説もある所以です。澤瀉『注釈』は、『扶桑略記』に「飛鳥宮一云川原板蓋宮」とあり、『日本霊異記』に「飛鳥川原板葺宮御宇天皇」とあることを援用して、「くはしくは川原板蓋宮と云つたものである」という説明をもって合理化しましたが、それで説明がつくされたとはいえません。

あたらしくは、新大系にも、こうあります。

但し皇極天皇は小墾田宮の権の宮におり、二年四月に飛鳥板蓋宮に遷った（皇極紀）。後に重祚し斉明天皇としては飛鳥板蓋宮に即位、飛鳥川原宮に遷り、二年に岡本宮（後岡本宮）を建てた（斉明紀）。したがって川原宮は斉明天皇時代の宮で、皇極天皇代とは関係がない。ここは舒明天皇の次代は皇極天皇代と判断して、八以下と分けたものか。（巻一目録の注）

『日本書紀』と整合するのに苦心したあとがうかがわれますが、『日本書紀』とは違う宮号を掲げることの説明にはなっていません。また、「岡本宮（後岡本宮）」といういいかたは不正確です。斉明天皇の宮として、舒明天皇の岡本宮の跡に宮地を定めたから「後」というのだと、新大系のみならず諸注みな一致して、問題がないかのようにいいます。しかし、『日本書紀』には「後飛鳥岡本宮」とあります。それとの相違は、舒明天皇の「高市」の場合とおなじく説明がつけられたとはいえないところがのこります。

『日本書紀』をもとに見ようとしてきたのですが、それゆえに説明がつかないことにおちいっているのです。そのことは、皇極天皇の「明日香川原宮御宇天皇代」にあらわです。しかし、『日本書紀』から離れるならば、問題は解消されるのではないか。それは、『古義』がはやくに示唆していたことでした。『古義』は、皇極天皇が飛鳥川原宮に居たことが『日本書紀』には漏れたという説ですが、その根拠をこういいます。

其は諸陵式に、越智崗上陵（飛鳥川原宮御宇皇極天皇、大和国高市郡、兆域東西五町南北五町、陵戸五烟、）とあるにて灼然し、神皇正統記に、壬寅の年即位、大倭の明日香河原の宮にましますとあり、其余、皇代紀、如是院年代記、皇年代略記、神明鏡、時代難事等にも、皇極天皇明日香川原宮に御宇しよし記せるを併考べし、（以下略）

『延喜式』とともに皇代記・年代記の類をあげたことが注意されます。皇極天皇の宮を「明日香川原宮」とするものとして、さらに『簾中抄』「帝王御次第」や『帝王編年記』『歴代皇紀』などを、加えてあげることができます。

『日本書紀』とは異なる系列の宮の称として、これらにあらわれるものを見るべきです。系列というのは、これらにおいて、皇極天皇だけでなく、舒明天皇も斉明天皇も一致して『万葉集』とおなじで、『日本書紀』とは異なるからです。『神皇正統記』は舒明天皇の宮を「高市郡岡本の宮」とするなど、小異があるものもありますが、一致するといって差し支えありません。

『古義』は、舒明天皇の「高市岡本宮」にかんしても諸陵式をあげましたが、その指摘は示唆にとどまりました。澤瀉『注釈』、新大系なども、皇極天皇について「諸陵式」をあげましたが、それのみにとどまりました。大事なのは、『万葉集』と『延喜式』・皇代記類とが、系列的に一致するということです。まさに『日本書紀』とは異なる系列なのです。諸注が（『古義』もふくめて）『日本書紀』にあわせて説明しようとしてきたのは、筋が違うといわねばなりません。

3　左注の「日本書紀」「日本紀」「紀」

ことは、左注の「日本書紀」「日本紀」「紀」を見あわせてよりはっきりします。さきに二七歌の左注の例を見ましたが、このように、『日本書紀』によると思われてきた左注は、巻一、二において、十七箇所にのぼります。その歌番号を列挙すれば、巻一・六、七、一五、一八、二二、二三、二四、二七、三四、三九、四四、五〇、巻二・九〇、一五八、一九三、一九五、二〇二歌、となります。ただ、それらは、あきらかに問題があります。

第一に、書名の示し方が、「日本書紀」（六、一八歌左注）、「日本紀」（二四、三四、三九、四四、五〇、九〇、一九三、一九五、二〇二歌左注）、「紀」（七、一五、二二、二三、二七、一五八歌左注）と、一定しません。

第二に、年を示すのに、『日本書紀』にはない朱鳥の年号を持統天皇代に用いるものがあります。ただ、すべてがそうだというのではなく、用いるのと（三四、四四、五〇、一九五歌左注）、用いない場合と（三九、一九三歌左注）にわかれています。

第三に、さきの二七歌もそうですが、一々の年の下に干支を記すというのが大多数です（記さないのは、七、九〇歌左注の二例のみ）。しかし、『日本書紀』は、そうした書き方をしません。

第四として、『日本書紀』が、日を干支で記すのを、月にとどめてしまうものがあり（三四、三九歌左注）、おなじ左注のなかでも、『日本書紀』とおなじく日まで記すのと、月にとどめるのとが混在する場合もあります（五〇歌左注）。

第五には、『日本書紀』とは異なる干支を付すものもあります。一八、二二歌は年の干支が一年ずれ、二四歌左注は日付の干支がちがいます。

こうして見てくれば、一律にあつかうことはできないものですが、とりわけ、第二、第五のごときは、『日本書紀』によったということを疑わせるものがあります。『万葉集』の注釈は、これを、現存『日本書紀』とは異なる、「旧本」によったからだとして解こうとしてきました。木村正辞『万葉集美夫君志』「巻一二別記付録」の「左注日本紀年紀攷」にその提起があってから、『講義』・澤瀉『注釈』等がこれによっています。『日本書紀』をもとにして考えようとした結果、いまある本とはべつな「旧本」の想定にいたったものです。

さらに、「朱鳥」年号の使用には、注者の考え違いということもいわれてきました。『日本書紀』において、「朱鳥」の年号は、天武天皇の末年、天武十五年七月戊午（二十日）条に、「改元曰朱鳥元年」とあります。しかも、この年だけのものとしてあります。しかし、『万葉集』の「朱鳥」年号は、たとえば、三四歌左注に

日本紀曰、朱鳥四年庚寅秋九月天皇幸紀伊国也。

とありますが、「庚寅」は持統天皇の四年にあたります。『日本書紀』は、その九月のこととして紀伊行幸を載せます。「朱鳥」は、持統天皇の元年より数えるものとなっていて、『日本書紀』の「朱鳥」とは違いますが、『万葉集』では他もみなおなじです。その違いを、澤瀉『注釈』は、「集の左注を加へた人の考違かと思はれる」というのです。あくまで、『日本書紀』をもとにしたものとして説明しようとするものです。

その態度は、四四歌左注における「日本紀」に対して、『日本書紀』を誤って引用したという理解となってあらわれます。四〇〜四四歌は、持統天皇六年の伊勢行幸にかかわる歌です。四〇〜四二歌の題詞には「幸于伊勢国時留京柿本朝臣人麻呂作歌」とあり、四四歌題詞にも「石上大臣従駕作歌」とあります。左注は、これに対して「日本紀」を引いて、次のようにいいます。

右、日本紀曰、朱鳥六年壬辰春三月、丙寅朔戊辰、以浄広肆広瀬王等為留守官。於是、中納言三輪朝臣高市麻呂脱其冠位、擎上於朝、重諫曰、農作之前、車駕未可以動。辛未、天皇不従諫、遂幸伊勢。五月乙丑朔庚午、御阿胡行宮。

いうところ、天皇が三月に行幸しようとしたことに対して、中納言三輪高市麻呂は冠を脱いで朝廷にささげ、農作の節に行幸するべきでないと諫言したが、聞き入れられずに伊勢に幸し、五月に阿胡《あご》の行宮《かりみや》におわしたというのです。この左注は、年次と事情とをより明確にしようとしたものです。左注と題詞とがあいまって歴史的構成のなかに歌を定位し、これらの歌とともにあった「歴史」をあらわしだします。

左注の記事と対応する『日本書紀』を掲げれば次のとおりです。左注と対照するために漢文のままで引き、左注との異同箇所に傍線を付けました。

（六年）三月丙寅朔戊辰、以浄広肆広瀬王・直広参当摩真人智徳・直広肆紀朝臣弓張等、為留守官。於是中納言大三輪朝臣高市麻呂、脱其冠位、擎上於朝、重諌曰、農作之節、車駕未可以動。辛未、天皇、不従諌。遂幸伊勢。（中略）五月乙丑朔庚午、御阿胡行宮時、進贄者紀伊国牟婁郡人阿古志海部河瀬麻呂等、兄弟三戸、服十年調役・雑徭。復免挟杪八人、今年調役。

この前の二月条に

二月丁酉朔丁未、詔諸官曰、当以三月三日、将幸伊勢。宜知此意、備諸衣物。（略）乙卯、（略）是日中納言直大貳三輪朝臣高市麻呂、上表敢直言、諌争天皇、欲幸伊勢、妨於農時。

とあり、高市麻呂は重ねて諌言したというのです。左注は重諌の条に対応します。ただ、左注をこのまま読むと、五月に再度伊勢に行幸したかのようにうけとられます。『日本書紀』の、あとにつづくところを読めば、五月の記事は、「阿胡行宮」への行幸の際に贄を奉った者に対する賞をいうものです。左注の記事はおかしいということになり、それを、左注を付けた人の誤りとしてきたのでした。「（『日本書紀』を）読み違へ、切るべからざるところで切つて引用した為に再度の行幸のやうに見える事になつたのである。」と、澤瀉『注釈』はいいます（諸注おなじ）。

あくまで『日本書紀』をもとにしたと見ること――「旧本」を考えるのであってもおなじですが、とらわれというべきかもしれません――がそこにあります。その前提が問い直されるべきです。そのとらわれから離れるならば、全体に対してより明快な理解のみちがひらかれます。『万葉集』のよったものがそうなっていたのではないか、と。

べつな例でいえば、二九歌の左注は、三六〜三九歌の題詞「幸于吉野宮之時柿本朝臣人麻呂作歌」とある、その行幸の年次を具体化しようとして、こういいます。

右日本紀曰、三年己丑正月天皇幸吉野宮、八月幸吉野宮、四年庚寅二月幸吉野宮、五月幸吉野宮、五年辛卯正月幸吉野宮、四月幸吉野宮者。未詳知何月従駕作歌。

「日本紀」を検しながら、いつの行幸なのか、わからないというのですが、五年までの範囲であげるのは、すぐあとに、六年三月の伊勢行幸にかかわる歌がつづくからだと考えられます。しかし、『日本書紀』では、吉野行幸は五年まで十一度を数えます。それを、左注は六度しかあげないのですが、そのほかの五度（四年八月、十月、十二月、五年七月、十月）が落とされることの説明を明確にあたえた『万葉集』の注釈は見うけられません。

これも『日本書紀』にとらわれることから離れるならば、左注のよったものには、それしか載せられていなかったのではないかと見られます。

すなわち、『日本書紀』そのものではないものが『万葉集』の基盤だったと考えるならば、標題の問題も、左注の問題も、『日本書紀』との違いの説明になやまされることなく明快に解かれます。

4 『万葉集』の歴史的構成の基盤

『万葉集』が『日本書紀』そのものによっていなかったというのは、単なる可能性としていうのではありません。奈良時代末からすでに『日本書紀』によらず、その派生テキストによるという状況があったことを裏付けとしているのです。

『七代記』と呼ばれるテキストがあります。現存するものははじめの部分がうしなわれているので、正確な書名はわかりません。内容は聖徳太子の伝です。「異本聖徳太子伝」と呼ばれたりもします、聖徳太子伝にかかわる中世の諸書に「七代記」として引用されたものとこのテキストの文とが一致するので、「七代記」と呼ぶ（竹内理三編『寧楽遺文 下』東京堂出版、訂正版一九六二年）のにしたがいます。四天王寺に障子図をともなってあったらしく、「四天王寺障子伝」という呼び名もあったものです。宝亀二年（七七一）敬明（教明）作と伝えられています（『天王寺秘訣』『太子伝玉林抄』）。

はじめの部分は太子の事績を年次をおって述べ、後半には釈思禅師の伝などを載せます。その太子伝の最後に注記して、「已上依日本記等略抄出其梗概耳」とあります。「日本記」等によって抄出したというのですが、「日本記」は『日本書紀』のこととして考えられてきました。実際『日本書紀』に対応する記事によって組みたてられているということができます。

『日本書紀』に対応する記事を書き出せば、以下のとおりです。

a 即位十三□□（年乙）丑冬十月、皇子遷于斑鳩宮、

b 即位十四年丙寅夏四月、丈六□□（二軀）奉造已竟、並居于元興寺、即日設斎大会、自是年初□（毎）年四月八日、七月十五日設斎、詔美桉部鳥之功、賜大仁位□（幷）近江坂田郡水田卅町焉、即以此田奉為天皇作金剛寺、今謂南淵坂田尼寺是也、

c 秋七月、天皇請皇太子、令講勝鬘経、三日説了、又講法□（花）経於岡本宮、天皇大悦、以播磨国揖保郡佐勢地五百代、施于皇太子、因以奉納於斑鳩寺、

d 即位十五年歳次丁卯七月、差小野臣妹子為使遣大唐国、

e　戊辰年四月、幷率唐使一十二人還来日本、
f　即位廿一年癸酉十二月、皇太子遊行於片岡、時飢者臥道垂、
g　即位廿三年乙亥冬十一月、高麗僧慧慈帰于本国、
h　即位廿八年庚辰冬十二月、皇太子及大臣令録国記幷氏々本記等、
i　即位廿九年辛巳冬春二月廿二日半夜、皇太子薨於斑鳩宮、

しかし、これらを『日本書紀』とこまかに見合わせてゆくと、『日本書紀』の引用というのではすまない問題がうかびあがってくるのです。

bは、『日本書紀』推古天皇の十四年四月壬辰条と、同年五月戊午条とをあわせたものとなっています。ただ、文脈はわかりやすくないものとなっています。飯田瑞穂「聖徳太子伝の推移」（『聖徳太子伝の研究』飯田瑞穂著作集一、吉川弘文館、二〇〇〇年。初出一九七三年）が、「鳥仏師の賞賜が前段と結び付かず唐突な感じがするのは、書紀の記事の節略の不手際であることがよく分る」というところです。なにより、仏師鳥への賞賜を四月条にひと続きのこととして述べるのは、意図的にひとつの記事にすると見られますが、紀年が異なってしまいます。

cは、勝鬘経・法華経の講説をひと続きのこととします。『日本書紀』は、法華経の講説は十四年の「是歳」のこととするのですが、合わせてしまいます。それは、bにおいて、十四年四月壬辰条と五月戊午条とを合わせるのと軌を一にします。これも意図的に、ひとつにまとめうる、おなじ性格のものとして合わせるのだと認められますが、紀年が異なるものとなります。

hもまた、『日本書紀』においては、二十八年是歳の記事が、十二月に繫けられています。『日本書紀』推古天皇二十八年条には、

十二月庚寅朔、天有赤気。長一丈余。形似雉尾。是歳、皇太子嶋大臣共議之、録天皇記及国記、臣連伴造国造百八十部并公民等本記。

とあります（対照のために、漢文のままに引用します）。この是歳条が十二月のこととされ、結果として紀年が違うものとなっています。「天皇記」のないことにも注意せねばなりません。

iの太子の薨日は、『日本書紀』では、二十九年春二月己丑朔癸巳（五日にあたる）とあります。日付があわないのであり、重要な相違です。

こう見てくると、『七代記』は、『日本書紀』によって抄出したといえるのか、疑問です。「日本記等」を抜書きしただけだとことわっているにもかかわらず、このように、重要事項というべき薨日にまでおよぶ、いくつもの紀年の違いが引用の際に生じたというのは、「書紀の記事の節略の不手際」（飯田）ということではすまされません。よったものが、『日本書紀』そのものではなかったからではないか。そう考えることにむかわせるのは、他にもそう見ることによって明確にできる例があるからであり、また、実際、『日本書紀』にかわって用いられていたものがあったからです。

他の例というのは、三善清行『革命勘文』（九〇一年）のことです。やや時代は下りますが、公的な文書であり、それによって昌泰から延喜への改元が実行されたものであるだけに、おおきな意味があります。

この勘文は、昌泰四年が辛酉の年であり、「革命大変の年」にあたることをもって、改元することを提言しました。辛酉を革命（天命があらたまる）の年、甲子を革令（制度があらたまる）の年とすることを根拠とするのですが、「謹みて日本記を案ずる」といって、それを歴史の実際に照らして証するのでした。公的性格の強いものであり、それによって延喜と改元もされたのですから、その「日本記」は、当然正史としての権威を負った『日本書紀』でなければならないと考えられます。しかし、引き合わせて見ると、異なるところがあり、『日本書紀』によったとは認めがたいのです。わかりやすいのは、たとえば推古天皇条のくだりです。

推古天皇九年辛酉春二月、上徳太子初造宮於斑鳩村、事無大小皆決太子、是年有伐新羅救任那之事、十二年甲子春正月、始賜冠位各有差、有徳仁義礼智信、大小合十二階、	九年春二月、皇太子初興宮室于斑鳩。冬十一月庚辰朔甲申、議攻新羅。（十一年十二月戊辰朔壬申、始行冠位。）大徳・小徳・大仁・小仁・大礼・小礼・大信・小信・大義・小義・大智・小智、幷十二階。十二年春正月戊戌朔、始賜冠位於諸臣。各有差。

上段に『革命勘文』、下段に『日本書紀』を対照のかたちで示し、異同箇所に傍線をつけました。「上徳太子」という呼びかたも、「事無大小皆決太子」という文言も、『日本書紀』にはありません。さらに、冠位十二階の順序が違っています。ほかにもありますが、ここでは逐一挙げません。神野志隆光『変奏される日本書紀』（東京大学出版会、二〇〇九年）に詳しく述べたとおりです。

『革命勘文』は、『日本書紀』を正確に引用したとはいいがたいのです。しかし、改元の根拠となった文書であり、公認されたものなのです。引用が不正確で粗雑であったというのではすまされません。その直接の基盤は、『日本書紀』そのものでないと見るべきです。『日本書紀』を簡略にして見やすくしたものによったと想定されます。紀年標示としては、一々の年に干支をつけ、日は略して月までにしたということが、『七代記』『革命勘文』に共通しています。そうしたかたちの「日本記」を考えるべきなのです。

大事なことは、そうしたものが『日本書紀』とおなじ権威をもっていた（むしろ、『日本書紀』にとってかわってい た）ということです。『七代記』『革命勘文』において、こうした奈良時代末から平安時代はじめの状況をうかがう ことができます。

実際、『日本書紀』にかわって用いられていたものとして、『暦録』があげられます。四巻からなり（『本朝書籍目録』等）、書陵部蔵『聖徳太子伝暦』の書き入れによって聖武天皇までの構成であったと知られます（田中嗣人『聖徳太子信仰の成立』吉川弘文館、一九八三年）。「成立は天平勝宝六年（七五四）以後の奈良末から平安初頭と考えられる」と、東野治之「暦録」（『聖徳太子事典』柏書房、一九九七年）はいいます。

それが『日本書紀』にかわるような役割をもっていたことは、『聖徳太子伝暦』に見ることができます。『伝暦』跋文にこうあります（原文は漢文ですが、読み下し文にしました）。

聖徳太子入胎の始め、在世の行、薨後の事、日本書記、四天王寺の壁に在る聖徳太子伝、幷びに無名氏の撰せる伝の補闕記等、其れ大概を載せて、委曲を盡さず。而るに今難波百済寺老僧逢ひ、古老の録伝せる太子行事奇縦の書二巻を出す。四巻暦録と、年暦を比校するに、一として錯誤せず。余が情、大いに悦び、此の一暦に載せたり。

聖徳太子について、その受胎のはじめ、在世中のおこない、薨じた後のことは、日本書記、四天王寺の壁にある聖徳太子伝、ならびに、名の知られない人の撰した伝の補闕記等に、おおかたは載せてあるが、委曲をつくしていない。しかし、いま難波百済寺の老僧がたまたま出会って、太子のすぐれた行いを古老が記し伝えた書二巻を出してきた。四巻暦録と紀年を比べてみると、ひとつとしてあやまりがない。こころ大いによろこび、この伝に載せた。

難波百済寺の老僧から得た「太子行事奇縦の書三巻」に対する判断は、『暦録』(「四巻暦録」)と紀年(「年暦」)が合っているということにかかっていたのです。『日本書紀』のかわりに『暦録』が『伝暦』の紀年の基準となったということにほかなりません。

『伝暦』に照らして見ると、一々の年に干支を記し、月までにとどめて日は示しませんし、『日本書紀』と見合わせると紀年の一致しないところが三十箇所にものぼります。『日本書紀』によったとは考えられず、跋文にみずからいうとおり、『暦録』を基準としたと見るべきです。『伝暦』自体は平安時代なかごろの成立ですが、『七代記』のような、奈良時代の問題を考えるうえで十分参考にすることができます。

『万葉集』の歴史構成にとって基盤となったものについても、こうした状況のなかに置いて見るべきです。『日本書紀』にとらわれるのでなく、『日本書紀』とはべつにあったものに目をむけ、『日本書紀』から離れて問題を見るべきなのです。

『日本書紀』をあやまって引用したといわれてきた四四歌左注にしても、左注の見た「日本紀」は、五月に伊勢に行幸したということになっているものだったと考えると、ことは、明確なのです。それは、ただ可能性としていうのではありません。『日本紀略』持統天皇六年二月〜五月条を掲げましょう。

○二月丁酉朔丁未。詔諸官曰。当以三月三日。将幸伊勢。中納言三輪朝臣高市麿上表。諫争天皇欲幸伊勢妨於農時。○三月丙寅朔戊辰。中納言高市麿脱其冠位擎上於朝。重諫曰。農作之節。車駕未可以動。○辛未。天皇不従諫。遂幸伊勢。○壬午。賜所過神郡及伊賀。伊勢。志摩国造等冠位。并免今年調役。大赦天下。○乙酉。車駕還宮。○夏五月丙寅朔庚午。御阿胡行宮。

『日本書紀』を簡略化することは見るとおりです。しかし、五月乙丑朔庚午条は、左注とおなじ誤りをおかしています。おなじ簡略化の轍というべきものがここにたしかにあるのです。『日本紀略』自体は平安時代末の成立です。六国史を通史化して見やすくしたものですが、『暦録』もそうした営みでした。奈良時代からすでにそのようなものがおこなわれていたのであり、そのなかに、『万葉集』のよった「日本紀」もあり、そこに簡略化の結果としての紀年や文言の問題があったのです。

5 世界のはじまりとしての仁徳天皇・雄略天皇

『日本書紀』とべつなものを基盤として巻一、二はどのような「歴史」をつくったか。あらためてそこにむかうことがもとめられます。とび離れて古い仁徳天皇、雄略天皇を巻頭にすえ、そのはじまりによってつくるものをどうとらえるかということです。

これら冒頭歌の問題をめぐっては、はやく、伊藤博が、『万葉集の構造と成立 上』（塙書房、一九七四年）や古典集成解説（新潮社、一九七六年）において述べたところです。伊藤は、雄略御製を巻一巻頭におくことについては、『古事記』『日本書紀』でも特別な大王というべき存在であることとあいまって、「前代の天子の象徴として崇むべき天皇の御製をもって巻頭を飾る」ととらえ、巻二の磐姫皇后は、「古き世の恋の代表者とされ、皇后の属した仁徳朝が人の世の始まりと考えられていたからであろう」といいます。舒明朝以後（「白鳳的現代」と伊藤はいう）の歌集を編むところで、『古事記』下巻の時代を、「前代」＝「近つ世」として認識していたというのです。成立的見地から、『万葉集』の「歴史」の問題にふれるものでした。

しかし、『万葉集』巻一、二は、歌の世界の「歴史」のはじまりをになうものとして、雄略天皇の歌と仁徳時代の歌とをすえるのです。その『万葉集』の「歴史」を、『古事記』をひきこんで解くことは正当でしょうか。『古事記』『日本書紀』の雄略天皇は、『古事記』『日本書紀』の「古代」をになうものです。それをそのまま『万葉集』の世界における雄略天皇に重ねて見ることができるのでしょうか。

また、「雄略朝が古代の画期として当代人に強く意識されていた」というなかに、『万葉集』の巻頭歌の問題を置いて見ようとする歴史家の論議もありました（岸俊男「画期としての雄略朝」『日本古代文物の研究』塙書房、一九八八年）。しかし、それは『万葉集』を歴史一般に解消するものであって、『万葉集』がつくるものにはむかいません。

その点で、小川靖彦「持統系皇統の始祖としての雄略天皇」（『日本女子大学紀要　文学部』五二、二〇〇三年）が、歴史的事実としての雄略朝の「画期的意義」を反映して、雄略御製が巻一巻頭歌とされたと見るのではなく、『古事記』、『日本書紀』、そして『万葉集』巻一それぞれが、まとまりある一つの世界を実現する「書物」として、いかなる雄略天皇像を創造しているかが問われなければならないのである。

というのは、まさに本質を衝くものです。

そして、小川が、そうした観点から巻一の問題に迫ろうとしたことは正当なアプローチとして共感されます。しかし、ことは巻一にとどまる問題ではありません。巻一のみの成立から解かれるものではなく、巻二と不可分に見るべきであり、『万葉集』の「歴史」として考えるべきです。また、小川が、『古事記』によりつつ、忍坂日子人太子（舒明天皇の父）の母方の血筋息長氏で雄略天皇につなげて皇統の正統化・聖別化をはかるものとして、雄略御製歌を巻頭に置くことを意味づけるのもいかがなものでしょうか。

『万葉集』にとって見るべきなのは、

雄略天皇は、神武天皇以来の皇位を継承し、その支配を強化した天皇の一人ではなく、むしろ最初の天皇として位置付けられているのである。

と、小川がいったことそのもののはずです。

ただ、雄略天皇であることの意味について踏み込んでいえる条件はありません。小川のように、雄略天皇の意味づけをもとめて『万葉集』をはなれて考えだしてしまうのはそのためですが、それは正当とはいえません。雄略御製歌自体において『万葉集』のはじまりの意味を見ることにとどまるべきです。

端的に、それは、世界を見出し、あらわしだすということではなかったかと、わたしは考えます。歌とともにあった世界のはじまりをそこに見ようということです。

歌にそくして具体的にいいます。雄略天皇の歌は前の章に引用しましたが、読み下しのかたちで再度掲げます。

籠《こ》もよ　み籠《こ》持《も》ち　ふくしもよ　みぶくし持《も》ち　此《こ》の岳《をか》に　菜《な》採《つ》ます児《こ》　家《いへ》告《の》らせ　名告《なの》らさね　そらみつ　山跡《やまと》の国《くに》は　押《お》しなべて　吾《われ》こそ居《を》れ　しきなべて　吾《われ》こそ座《いま》せ　我《われ》こそば　告《の》らめ　家《いへ》をも名《な》をも

歌の後半部において、天皇は、「そらみつやまとの国」の支配者として名乗り出ます。最後の三句を、ワニコソハ告ラメ家ヲモ名ヲモ、と読む説があります（澤瀉『注釈』、和歌文学大系など）。第二段ですでに王たることをあかしており、また、求婚において家・名を告ることがもとめられるのは女の側ですから、女に名・家を告ることをもとめるという、この読みかたにも理があります。しかし、原文は「我許背歯」であり、「ニ」を読み添えるには、根拠が弱いのです。ワレコソバと、有無をいわさぬような威圧感をもってせまると受けとられます。春を背景に、求婚のかたちをとって、天皇が、世界を支配する王たることを宣言する歌です。

そのあとに続く、舒明天皇の歌（二歌）は、やはり歌によって世界をことほぐものです。

山常《やまと》には　村山《むらやま》ありと　取《と》りよろふ　天《あめ》の香具山《かぐやま》　騰《のぼ》り立《た》ち
　国見《くにみ》をすれば　国原《くにはら》は　煙立《けぶりた》ちたつ　海原《うなはら》は　かまめ立《た》ち
たつ　うまし国《くに》そ　蜻嶋《あきづしま》　八間跡《やまと》の国《くに》は

大和には　群山があるといって　それらをよろわせている　天の香具山　そこに登り立って　国見をすると　国原は　煙があちこちから立っている　海原は　かもめが盛んに飛び立っている　すばらしい国だ（あきづ嶋）大和の国は

　こちらは、「うまし国そ蜻嶋大和の国は」と結ばれます。「そらみつやまとの国」と「あきづ嶋やまとの国」と、天皇の世界「やまとの国」は、歌のことばの力がはたらき、意味をもつものなのだということをあらわすはじまりかたといえます。そのように、自分たちの世界をあらわしだし、つくるというべきです。そうした歌とともにあった、独自な文明世界として、「歴史」世界と、その先頭にたつ雄略天皇があらわれてくるとうけとられます。

　巻二の仁徳天皇とともにいうべきですが、仁徳天皇・雄略天皇ははじまりとしてあったということにとどまります。ただ、あえていうとすれば、「なにはつ」の歌木簡と、『古今集』仮名序に「難波津の歌は帝の御はじめなり」とあることとを重ねて見ることができるかもしれません。仮名序の意を「天皇の御製の最初である」ととるならば、歌の世界の天皇の始発を仁徳天皇にもとめることが「難波津」の歌木簡（八世紀以前にさかのぼります）の背景にあったと見てよいと思われるからです（参照、徳原茂実「古今集仮名序「みかどの御初め」考」『武庫川国文』五八、二〇〇一年、および、上野誠「難波津歌の伝――いわゆる安積山木簡から考える」『文学・語学』一九六号、二〇一〇年）。それに通じるところが『万葉集』のはじまりにあったかもしれないとはいえます。

　また、『懐風藻』序文の語る、詩の「歴史」を類比することができるかもしれません。その序文は、「逖《とほ》く前修に聴き、遐《はろか》に載籍を観るに、襲山降蹕《かうひつ》の世に、橿原建邦の時に、天造草創にして、人文未だ作らずありき」と、降臨・神武天皇からいいおこし、神功皇后・応神天皇の御世に典籍を伝えたが、聖徳太子の代に及んでも釈教を崇めることを専らにして詩文をつくるにいたらなかったといいながら、「淡海先帝の命を受けたまふに及至《およ》びて」「宸翰文を垂らし、賢臣頌を献る」こととなったといいます。「茲《こ》れ自《よ》り以降に、詞人間出す」と、天智朝が漢詩のはじまりだというのでした。事実の問題でなく、かれらの「歴史」としてそうだったということです。これに対して、歌の世界は、仁徳・雄略天皇の代がはじめだというのですが、詩以前にあったものとして、天智天皇よりはるかに古い天皇をあてることになるのは当然というものです。

6 天武天皇を始祖とする王朝

そうした『万葉集』の「歴史」世界の問題として、天地のはじめの定めに負うて神降った天武天皇を見なければなりません。注目したいのは、巻二、「日並皇子尊殯宮之時柿本朝臣人麻呂作歌一首幷短歌」とある長反歌の長歌です。

天地《あめつち》の　初《はじ》めの時《とき》　ひさかたの　天《あま》の河原《かはら》に　八百万《やほよろづ》　千万《ちよろづ》
神《かみ》の　神集《かむつど》ひ　集《つど》ひいまして　神分《かむわ》かち　分《わ》かちし時《とき》に　天《あま》
照《て》らす　日女《ひるめ》の命《みこと》　天《あめ》をば　知《し》らしめすと　葦原《あしはら》の　水穂《みづほ》の
国《くに》を　天地《あめつち》の　依《よ》り相《あ》ひの極《きは》み　知《し》らしめす　神《かみ》の命《みこと》と　天《あま》
雲《くも》の　八重《やへ》掻《か》き別《わ》けて　神下《かむくだ》し　座《いま》せまつりし　高照《たかて》らす
日《ひ》の皇子《みこ》は　飛《と》ぶ鳥《とり》の　浄《きよ》みの宮《みや》に　神《かむ》ながら　太布《ふとし》き座《ま》し
て　天皇《すめろき》の　敷《し》きます国《くに》と　天《あま》の原《はら》　石門《いはと》を開《ひら》き　神上《かむあが》り

天地の　初めの時（ひさかたの）天の河原に　八百万　千万の神が　神集いに　集まっておいでになって　神を分かって　支配を分けた時に　天を照らす　日女の尊は　天を　お治めになるとし　葦原の　瑞穂の国は　天と地との　寄りあうはてまでも　統治される　神として　天雲の　八重かき分けて　下してお行かせなさった（高照らす）日の御子は　（飛ぶ鳥の）清御原の宮に　神

上《あが》り座《いま》しぬ　吾《わ》が王《おほきみ》　皇子《みこ》の命《みこと》の　天《あめ》の下《した》　知《し》らしめす世《よ》は
春花《はるはな》の　貴《たふと》からむと　望月《もちづき》の　満《たた》はしけむと　天《あめ》の下《した》　四
方《も》の人《ひと》の　大船《おほふね》の　思《おも》ひたのみて　天《あま》つ水《みづ》　仰《あふ》ぎて待《ま》つに
いかさまに　御念《おもほ》しめせか　つれもなき　真弓《まゆみ》の岡《をか》に　宮《みや》
柱《ばしら》　太布《ふとし》き座《いま》し　みあらかを　高知《たかし》りまして　明言《あさこと》に　御言《みこと》
問《と》はさず　日《ひ》月《つき》の　まねくなりぬる　そこ故《ゆゑ》に　皇子《みこ》の宮人《みやひと》
行《ゆ》く方《へ》知《し》らずも（巻二・一六七歌）

であるままに　御殿を構えられて　天皇《すめろき》の　おいでになる国として　天の原の　岩戸をひらいて　天に神として　登って行かれた。わが大君　皇子の尊が　天下を　お治めになる世は　春花のように　盛んであろうと　満月のように　満ち足りてあろうと　天下の　すべての人が　大船のように　頼りにして（天つ水）仰ぎみて待っていたのに　どう　お思いになってか　ゆかりもない　真弓の岡に　宮柱を　しっかりと立て　御殿を　高く営まれて　朝のおことばも　おおせにならず　月日も　あまた重なった　そのために　皇子の宮人たちは　途方に暮れていることだ

「神上り上り座しぬ」まで、「神下し座せまつりし　高照らす日の皇子は」をうけて「浄みの宮に神ながら太敷き座して」といい、そこからつづくのですからすべて天武天皇のことです。神々の関与した天地の分治から降臨へと、文脈は横滑りするように展開します。次のように図式化することができます。

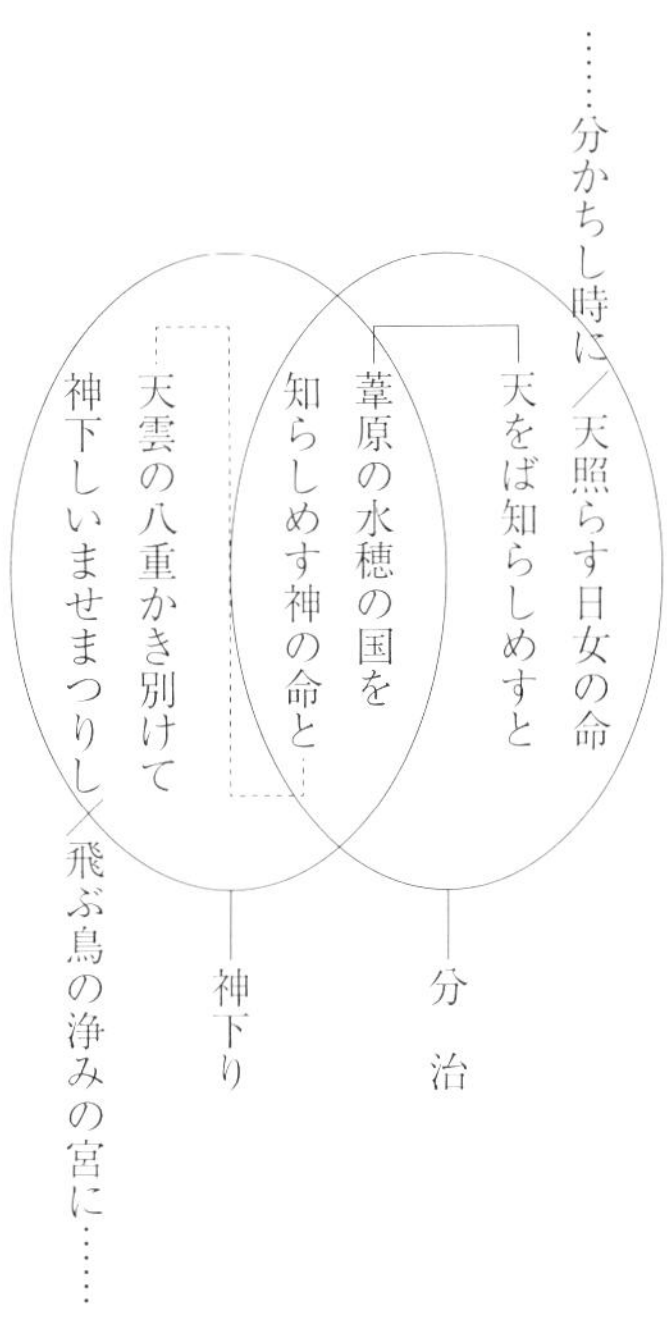
……分かちし時に／天照らす日女の命
天をば知らしめすと
葦原の水穂の国を
知らしめす神の命と
天雲の八重かき別けて
神下しいませまつりし／飛ぶ鳥の浄みの宮に……
分治
神下り

天地の初めの時に神々が、天の日女と、地上を支配する神として統治を分けた、その定めをうけて神下った日の皇子が清御原の宮に神ながらにあり、天にまた神上ったというのです。世界のはじめの定めをはじめて実現したものとして、神下った天武天皇はあります。天武天皇以前にももちろん天皇たちはいたのであり、歌の世界にとって仁徳・雄略天皇がはじまりに位置づけられることは述べたとおりです。ただ、天武天皇こそ、はじめて正統な、天地あるかぎり永続する皇統を実現した存在であったのです。この世界をあるべき世界たらしめた存在ということもできます。

草壁皇子を「日並皇子」と呼ぶ題詞も、天武天皇を継ぐべく、皇統の正統性をになったということをこめたものです。「日並」は草壁皇子を天武天皇と相並ぶ存在として、「日があい並ぶ」と表現したのでした。「日並皇子」＝ヒナミノミコは、そうした正統性を標示した謚号であり（参照、神野志隆光「「日雙斯皇子命」をめぐって」『柿本人麻呂研究』塙書房、一九九二年。初出一九八一年）、その挽歌には天武始祖神話が必須だったといえます。

ここに見るのは、『古事記』や『日本書紀』の降臨神話（アマテラスの孫にあたるニニギが日向に降ります）とはちがう、天武始祖神話というのがふさわしいものです（参照、神野志隆光「神話テキストとしての草壁皇子挽歌」『古代天皇神話論』若草書房、一九九九年）。このことをおさえて、巻一、二の「歴史」世界は、天武天皇を始祖として仰ぐ王朝の世界だというべきです。

天武天皇を継いで持統天皇は吉野宮において神としてありました。「幸于吉野宮之時柿本朝臣人麻呂作歌」の第二首は、

安見《やすみ》知《し》し　吾《わ》が大王《おほきみ》　神《かむ》ながら　神《かむ》さびせすと　芳野《よしの》川《がわ》　たぎつ河内《かふち》に　高殿《たかどの》を　高知《たかし》りまして　登《のぼ》り立《た》ち　国見《くにみ》をせせば　たたなはる　青垣山《あをかきやま》　山神《やまつみ》の　奉《まつ》る御調《みつき》と　春《はる》へは　花《はな》かざし持《も》ち　秋立《あきた》てば　黄葉《もみち》かざせり　逝《ゆ》き副《そ》ふ　川《かは》の神《かみ》も　大御《おほみ》食《け》に　仕《つか》へ奉《まつ》ると　上《かみ》つ瀬《せ》に　鵜《う》川《かは》を立ち　下《しも》つ瀬《せ》に　小網《さで》刺《さ》し渡《わた》す　山川《やまかは》も　依《よ》りて奉《つか》ふる　神《かみ》の御代《みよ》かも（巻一・三八歌）

（安見知し）我が大君が　神であるままに　神としてふるまわれるとて　吉野川の　流れの激しいほとりに　高殿を　高々と構えられて　そこに登り立って　国見をなさると　幾重にも重なった青垣山は　山の神の　献る貢物として　春のころは　花を頭のかざしとし　秋になると　黄葉をかざしている　宮殿に沿って流れる　川の神も　天皇の御食事に　奉仕しようと　上流で　鵜河狩りをもよおし　下流で　小網を張り広げる　山の神も川の神も　こぞっておつかえする　神の御代であるよ

と、山の神・川の神のこぞって奉仕する神としてある天皇を歌います。さらに、日並皇子の嫡子軽皇子についても、

八隅知《やすみ》し　吾《わ》が大王《おほきみ》　高照《たかて》らす　日《ひ》の皇子《みこ》　神《かむ》ながら　神《かむ》さびせすと　太敷《ふとし》かす　京《みやこ》を置《お》きて（以下略）

（八隅知し）我が大君の（高照らす）日の皇子が　神であるままに　神としてふるまわれるとて　立派な御殿を構えられた　都をあとにして（以下略）

と、「軽皇宿于安騎野時柿本朝臣人麻呂作歌」は「神ながら神さびせす」と歌います（巻一、四五歌）。これも人麻呂の歌です。

巻一、二において、人麻呂の歌は、こうして天武天皇を始祖とする、神としての天皇たちをあらわしだしてきます。それが巻一、二の基軸をなすのです。巻一は、軽皇子を「神ながら神さびせす」と歌った四五歌につづいて、「藤原宮之役民作歌」（五〇歌）をおき、さらに、「従明日香宮遷居藤原宮之後志貴皇子御作歌」、「藤原宮御井歌」がならびます。その藤原宮は、「神の御代かも」と歌われ、「神ながら神さびせす」と歌われた皇統のもとに実現された宮としてあります。五〇歌は、

八隅知《やすみ》し　吾《わ》が大王《おほきみ》　高照《たかて》らす　日《ひ》の皇子《みこ》　荒妙《あらたへ》の　藤原《ふぢはら》がうへに　食《を》す国《くに》を　めしたまはむと　都宮《みあらか》は　高知《たかし》らさむと　神《かむ》ながら　念《おも》ほすなへに　天地《あめつち》も　縁《よ》りてあれこそ（以下略）

（八隅知し）我が大君の（高照らす）日の皇子が　（荒妙の）藤原の地で　この国を　お治めになろうと　宮殿は　高く構えようと　神であるままに　お考えになると　天地の神も　服従しているからこそ（以下略）

と歌いだし、「いそはく見れば神からならし」（さきをあらそって働いているのを見ると神である天皇の御意のままであるらしい）と歌いおさめるのでした。

巻一、二のつくる、この「歴史」世界——天武天皇を始祖として仰ぐ、神としての天皇のもとにあった世界——の磁場に、巻六までの巻々が引き寄せられ、収束させられてゆくのです。それをさらに見てゆくこととします。

三　「歴史」の磁場——巻三、四、六をめぐって

1　巻六について

巻一、二の磁場のもとにあるものとして巻六までの全体を見ることを、まず、巻六に着目してすすめます。

巻六は、巻頭に次の歌を置いてひらかれます。

養老七年癸亥の夏五月、芳野の離宮に幸せる時に、笠朝臣金村が作る歌一首　并《あは》せて短歌

滝《たき》の上《うへ》の　御舟《みふね》の山《やま》に　みづ枝《え》さし　しじに生《お》ひたる　とがの樹《き》の　いや継《つ》ぎ嗣《つ》ぎに　万代《よろづよ》に　かくし知《し》らさむ　み芳野《よしの》の　蜻蛉《あきづ》の宮《みや》は　神《かむ》からか　貴《たふと》くあるらむ　国《くに》からか　見《み》が欲《ほ》しからむ　山川《やまかは》を　清《きよ》み清《さや》けみ　うべし神代《かみよ》ゆ　定《さだ》めけらしも（九〇七歌）

養老七年癸亥の夏五月、吉野の離宮に行幸された時に、笠朝臣金村が作った歌一首と短歌

滝のほとりの　三船の山に　みずみずしい枝を広げて　隙間なくおい茂っている　とがの木のように　つぎつぎに重ねて　万代にわたって　こうしてお治めになるであろう　み吉野の　秋津の宮は　神の本性のままに　貴いのであろう　国の本性ゆえに　見たいと思うのであろう　山川が　清くすがすがしいので　まこと神代から　ここに宮を定められたのであろう

反歌二首

年《とし》のはに　かくも見《み》てしか　み吉野《よしの》の　清《きよ》き河内《かふち》の　たぎつ白波《しらなみ》（九〇八歌）

山高《やまだか》み　白木綿花《しらゆふばな》に　落《お》ちたぎつ　滝《たき》の河内《かふち》は　見《み》れど飽《あ》かぬかも（九〇九歌）

或本の反歌に曰く

神《かむ》からか　見《み》が欲《ほ》しからむ　み吉野《よしの》の　滝《たき》の河内《かふち》は　見《み》れど飽《あ》かぬかも（九一〇歌）

み芳野《よしの》の　秋津《あきづ》の川《かは》の　万世《よろづよ》に　断《た》ゆることなく　また還《かへ》り見《み》む（九一一歌）

泊瀬女《はつせめ》の　造《つく》る木綿花《ゆふばな》　み吉野《よしの》の　滝《たき》の水沫《みなわ》に　咲《さ》きにけらずや（九一二歌）

反歌二首

毎年　このように見たいものだ　み吉野の　清い河内の　激しく流れる白波を

山が高いので　白い木綿のように　白く波立って流れる　滝の河内は　見ても見飽きないことだ

ある本の反歌にいう

神の本性ゆえに　見たいと思うのであろうか　み吉野の　滝の河内は　見ても飽きないことだ

み吉野の　秋津の川が　万世に　絶えることのないように　また絶えず来て見よう

泊瀬女の　つくる木綿花が　み吉野の　たぎつ流れの沫となって　咲いているではないか

注意されるのは、九〇七歌結句の「うべし神代ゆ定めけらしも」です。山も川も清くさやかなのでといいつつ、それを受けて、まことにもっともなことに神代以来ここに宮を定めたらしい、と結びます。その「神代」をどう解するか、吉野の宮のことをいうのですから、神々の時代のことではありえません。「まことの神代にはあらず」と、『代匠記』（初撰本）のいうとおりです。しかし、『代匠記』のように、「神武天皇をはじめて、おほくのみかど、此山にのぼらせたまひければ、そのはじめて宮つくりせさせたまひたる時をさしていへり」と一般化するのでは、焦点がぼやけてしまいます。もっと具体的に意識するところがあるものとして、養老七年、つまり、聖武天皇即位前年の吉野行幸の歌として、翌年二月の即位を見込みながら「万代にかくし知らさむ」と祝福することの意味を見るべきではないでしょうか。

その点で、吉井巌が示した見地（『全注』）は明確です。

この結句は人麻呂の吉野讃歌の結句「山川もよりて仕ふる神の御代かも」を意識した表現で「うべし神代ゆ定めけらしも」となっており、同じ人麻呂の「わが大君神ながら神さびせすと吉野川たぎつ河内に高殿を高知りまして」をも受ける。

といいます。さらにつづけて、「持統朝が神の御代であることをこの結句で肯定し、かつ歌っている」ともいいます。吉井には『全注』にさきだつ論文「万葉集巻六について」（『万葉集研究』第十集、塙書房、一九八一年）がありますが、そこにも同旨の論述があります。吉井は、聖武朝のはじまりが、人麻呂の吉野讃歌（三八歌）を回路として持統天皇とのつながりにおいて歌われるというのです。

これにかんして、「八年丙子の夏六月、吉野の離宮に幸せる時に、山部宿祢赤人が詔に応へて作る歌一首 并せて短歌」（八年は天平八年のことです）をも視野に入れねばなりません。この赤人歌は、

八《や》隅知《すみし》し　我《わ》が大王《おほきみ》の　見《め》したまふ　芳野《よしの》の宮《みや》は　山高《やまだか》み
雲《くも》そたなびく　河速《かははや》み　湍《せ》の音《おと》そ清《きよ》き　神《かむ》さびて　見《み》れば貴《たふ》
く　宜《よろ》しなへ　見《み》れば清《さや》けし　この山《やま》の　尽《つ》きばのみこそ
この川《かは》の　絶《た》えばのみこそ　ももしきの　大宮所《おほみやどころ》　止《や》む時《とき》も
あらめ（一〇〇五歌）

（やすみしし）我が大君が　お治めなさる　吉野の宮は　山が高いので　雲がたなびいている　川の流れが速いので　瀬の音が清い　山は神々しく見れば貴く　川は宮にふさわしく　見ればすがすがしい　この山が　なくなったらばこそ　この川の　流れが絶えたらばこそ（ももしきの）こ

反歌一首

神代《かみよ》より　芳野《よしの》の宮《みや》に　あり通《がよ》ひ　高知《たかし》らせるは　山川《やまかは》を吉《よ》み（一〇〇六歌）

の大宮が　なくなることもあろう

反歌一首

神代から　吉野の宮に　通いつづけ　統治されるのは　山川がよいからだ

とあり、おなじく吉野の宮を「神代より」のものとしてたたえるのです。その「神代より」と、金村歌の「神代ゆ」と――金村歌が歴史に重点をおくのに対して、赤人歌は直接に宮の賛美にむかうという違いがありますが――、聖武朝における吉野宮として、「神」としてふり仰ぐ対象はひとつです。『全注』は、「これもまた持統朝をさすものと考えられるのである」といいます。

また、これらとかかわって想起されるのは、巻六巻末の福麻呂歌集歌のはじめの「寧楽の故郷を悲しびて作る歌一首　幷せて短歌」（一〇四七～一〇四九歌）に、「皇祖《すめろき》の神の御代より」とあることですが、この歌についてはあとに取り上げることとします。

わたしは、吉井の指摘を、巻一、二とつながりをつくる（あるいは、巻一、二の磁場にみずからを置く）という視点で受けとめたいと思います。二首の「神代ゆ」「神代より」は、自分たちがそこにつながって、いまあることを確信するものです。それをどう見るか。とくに巻頭の金村歌の意味は重要です。前の章で見たような巻一、二がつくる「歴史」とのつながりにおいて聖武朝の開始を告げるものとして、その「神代」があることを見るべきだからです。

金村の九〇七歌自体は、直接には人麻呂の三八歌を受けているというのが穏当かもしれません。しかし、その人麻呂歌は、巻一、二として「歴史」をつくるなかにあります。そこへつながろうとするのであって、吉野讃歌との関係のみでなく、また、吉野の宮を見るだけでなく、それを回路として、巻一、二のつくるものへつながる歌――天武天皇を始祖とする、「神」としての天皇たちに聖武朝がつながってあることを確保する歌――として見るべきなのです。吉井も、「この宮をシンボルとして天武・持統朝系の皇位が引きつがれてきた歴史」（『全注』一〇〇五〜一〇〇六歌の［考］）と、ひろいふくみのあるいいかたで、金村の歌への視点を提起していたのでした。

人麻呂歌、金村歌といういいかたをしますが、正確にいえば、人麻呂ないし金村を作者として標示する歌ということです。人麻呂や金村を現実の存在として、その意図や構想を問題としない立場をとるからです。要するに、人麻呂がこういう意図で吉野讃歌を歌った、金村が人麻呂の歌を意識して歌った、といったかたちでは問題としないということです。

ここでも、あくまで、金村の巻頭歌のもつ意味（意図ではありません）としていいます。その意味にせまるのに、天武天皇を始祖とする王朝という視点が必要であることを述べましたが、このことを、吉野宮についてなお補足すれば、人麻呂歌は、前の章で取り上げた天武天皇御製歌とのつながりにおいてあります。天武天皇の歌、

淑《よ》き人《ひと》の　良《よ》しと吉《よ》く見《み》て　好《よ》しと言《い》ひし　芳野《よしの》吉《よ》く見《み》よ　良《よ》き人《ひと》よく見《み》（巻一・二七歌）

は、人麻呂の吉野讃歌第一長歌（三六歌）の歌いだしに、

八隅知《やすみし》し　吾《わ》が大王《おほきみ》の　聞《き》こし食《を》す　天《あめ》の下《した》に　国《くに》はしも
さはにあれども　山川《やまかは》の　清《きよ》き河内《かふち》と　御心《みこころ》を　吉野《よしの》の国《くに》の
花散《はなち》らふ　秋津《あきづ》の野辺《のへ》に　宮柱《みやばしら》　太敷《ふとし》き座《ま》せば（以下略）

（やすみしし）我が大君が　お治めになる　天下に　国は　おおくあるけれども　山も川も　清い河内として（御心を）吉野の国の（花散らふ）秋津の野辺に　宮殿の柱を　しっかりと立て（以下略）

と「吉野」を歌うことにはたらいています。坂本信幸「吉野讃歌」(『国文学』四三巻九号、一九九八年八月)が、

三六番歌はこれ(二七歌のことです——神野志)を踏まえ、この度は持統四年に即位なったばかりの持統を「淑人」として、「御心をよし」とされた吉野の「みやこ」を讃美したわけであり、かく歌うことに意義があったのである。

といったことが想起されます。「御心を吉野の国」の「よし」は、「心をヨシ(寄し)」と「ヨシ(吉)野」とをかけたものです。坂本は、二七歌とのつながりを、持統天皇を「淑き人」に重ねて見ますが、二七歌にそくしていえば、「淑き人」はいにしえの存在です。そのいにしえの「淑き人」とこころを一にして吉野を見るといいつつ、ともにある「良き人」に呼びかけるのです。その「良き人よく見」と呼びかけたところを受けたものとして見たいと思います。『代匠記』精撰本が、天武天皇御製歌について「下ノヨキ人ハ、皇后皇子タチ、大臣ナトヲサシテ」いうとしたことが生かされます。

三六歌にそくしていえば、天武天皇の呼びかけを受けた皇后が、天武天皇の実現したところをいま「大君」として引き継いで、あるということです。その上にたって、金村歌は、三八歌をうけて、天武天皇を始祖と仰ぐところで実現したものと、聖武天皇とをつなぐ意味をもつものとしてあるのだとまとめておきます。

この金村の巻頭歌にみちびかれて巻六がつくるものを、「聖武天皇治世を記念しようとして編まれた」といったのは吉井巌でした(『全注』「万葉集巻第六概説」)。その指摘は正当ですが、見るべきなのは、天武天皇を始祖とする、神としての天皇たちを仰ぎつつ、その列につながるものとして、聖武天皇自身もまた神としてたちあらわれるという「歴史」空間をつくるということです。神亀三年の播磨国印南野行幸の時の山部赤人歌の歌いだしは、「八隅知し　吾が大王《おほきみ》の　神ながら　高知らせる　稲見野《いなみの》の　大海《おふみ》の原の　荒妙の　藤井の浦に」(九三八歌)というのでした。また、巻末の「久迩新京を讃むる歌」において、「現《あき》つ神吾《わ》が皇《おほきみ》」(一〇五〇歌)、「吾が皇《おほきみ》神の命《みこと》の高知らす

布当《ふたぎ》の宮は」（一〇五三歌）と、この新しい宮の営みが神たるものの営みとして歌われるのでした。それが、巻一の藤原宮の歌（五〇歌）と相応じていることもあきらかです。

さらに、巻頭歌とともに、巻末歌群も、巻一、二とのつながりにおいてとらえることがもとめられます。巻六巻末は、年時を記さない歌群（一〇四四〜一〇六七歌。虫麻呂歌集歌二十一首が中心となります）を置きますが、冒頭からずっと年次を記してきたのが、一転する、そのおわりかたの問題性が注意されます。

わたしは、巻末部が、「傷惜寧楽京荒墟作歌三首」（一〇四四〜一〇四六歌）、「悲寧楽故郷作歌一首并短歌」（一〇四七〜一〇四九歌）、「讃久迩新京歌二首并短歌」（一〇五〇〜一〇五八歌）、「春日悲傷三香原荒墟作歌一首并短歌」（一〇五九〜一〇六一歌）をならべ、寧楽宮の終焉と、久迩京遷都、さらにはその廃都にいたる歌で構成することに着目します。そのまえには、すでに久迩京にうつっていることをいう、「十五年癸未秋八月十六日内舎人大伴宿祢家持讃久迩京作歌一首」（一〇三七歌）が載っているのです。年時を記さないでこれらの歌がならぶことは、構成の問題として見なければなりません。巻一、二の巻末の「寧楽宮」の標題との対応は、そこで意味をもつと見るべきです。

巻一、二の標題の最後が「寧楽宮」であることはさきに見たとおりです。この標題が他と異なることは一見してあきらかですが、その異例さがどう解されてきたか。たとえば、澤瀉『注釈』は、

この巻の例によれば、「寧楽宮御宇天皇代」とあるべきところであり、また位置も前例によれば（七六）の前「和銅元年云々」の題詞の前にあるべきである。そこで考その他にはこのみだしをそこへ移してゐる。然し右にも記したやうに、藤原宮の後半の作は題詞の書式も異つてをり、時代にも前後があり、未整理のままになつてゐる感があるので、これも省略したみだしを、しかもその位置をあやまつたまゝに、残されたものと見るべきであらう。

といいます（巻一の標題「寧楽宮」の注）。問題を成立の事情のなかで解消しようとするのでした。

伊藤博『万葉集の構造と成立　下』には、「「寧楽宮」の歌」という一節が設けられています。伊藤論は、「寧楽宮」の標題とそのもとにある歌は追補されたものだとして、その時期と事情とについて考察をめぐらしたものでした。澤瀉『注釈』にしても伊藤説にしても、成立的に異例さを解こうとするのです。

しかし、その異例さは、いまある『万葉集』において意味をもっているのです。そのことを考えるべきではないか。伊藤説はそのことにふれるところがあったと認められます。こういうのです。

「御宇天皇代」という表現によってこれらの標題はすべて過去視されたものであるということができる。「寧楽宮」はそれ一つだけが現代的呼称だということである。

それは、折口信夫の『万葉集』平安朝成立説に対する批判のなかでいわれたものであって、いまの問題とは異なった文脈においてなされた発言ですが、「寧楽宮」の問題性をいいあてたものとしてあえて引きました。「寧楽宮」は、「――宮御宇天皇代」と違って閉じられていないのだと、伊藤の言をうけとめたいと思います。巻三、四は巻一、二と重ねながらそのさきに「寧楽宮」を延伸してゆくのですが、巻六において、やはり、そのひらかれた「寧楽宮」を展開していって閉じるのだと、巻末部をこれと対応させて見るべきだと考えるのです。

巻六巻末が、寧楽宮の終焉を歌うことの意味は、聖武朝を、巻一、二がつくるもののもとに寧楽宮時代として継いでゆくことではじめながら、その終焉をもって、「歴史」をまとめたといえばはっきりします。

巻六の年次記載は天平十六年でおわり、一〇四四歌以下巻末部が年次を記さないことについて、『全注』は、天平十六年に安積皇子が薨じ、天武・持統皇統が事実上断絶したということに巻六のおわりかたの所以をもとめています。

思うに、聖武天皇治世がまだその余燼をつづけながら、実際にはその幕をおろしたという歴史認識、それが、年代明示の作を天平十六年において打ち切り、その後に、年代不明のままで、巻頭に対応する巻尾の儀礼歌群を置いて、巻六を完成させるという、終りの確定しない、意図的な無時間の形式をとらせたのではないかと思うのである。

巻三の年代明示の最後が、天平十六年の家持の安積皇子挽歌であることと呼応させながら見るものです。そして、「歴史」世界の問題として、安積皇子が薨じたことによって遠からず天武皇統が断絶するということ（吉井の指摘）とともに、寧楽宮の終焉ということを重視したいのです。天平十六年にすでに、寧楽宮はおわっています。巻六にそくしていえば、天平十二年の伊勢行幸の河口行宮（一〇二九、一〇三〇歌）から、狭残、多芸、不破の行宮の歌を経て、天平十五年に家持の久迩京を讃える歌（一〇三七歌）にいたって、寧楽宮ではなくなったことをしめしています。その後にありうるのは、寧楽宮を悲しむことであり、新京を讃えることです。巻一、二の「寧楽宮」は、これと相応じ、開かれていた寧楽宮は、ここで閉じることがはたされたと見るべきだと考えます。そうした終りだから無時間なのだというべきではないでしょうか。

その点に立って巻六巻末、寧楽宮を悲しむ福麻呂歌集歌（一〇四七～一〇四九歌）の理解をも明確なものとすることができます。

奈良の故郷を悲しびて作る歌一首　并せて短歌

八隅知《やすみし》し　吾《わ》が大王《おほきみ》の　高敷《たかし》かす　日本《やまと》の国《くに》は　皇祖《すめろき》の　神《かみ》
の御代《みよ》より　敷《し》き座《ま》せる　国《くに》にしあれば　あれまさむ　御子《みこ》
の嗣《つ》ぎ継《つ》ぎ　天《あめ》の下《した》　知《し》らし座《いま》せと　八百万《やほよろづ》　千年《ちとせ》をかねて
定《さだ》めけむ　平城《なら》の京師《みやこ》は　かぎろひの　春《はる》にしなれば

奈良の故郷を悲しんで作った歌一首　と短歌

（八隅知し）吾が大君の　君臨される　日本の国は　皇祖の　神の御代以来　お治めになる　国であるから　お生まれになる　御子が代々　天下をお治めになるようにと　八百万　千年ののちまでも見通して　定められたであろう　平城の都は

春日山《かすがやま》　御笠《みかさ》の野辺《のへ》に　桜花《さくらばな》　木《こ》のくれ隠《がく》り　かほ鳥《とり》は　間《ま》
なくしば鳴《な》く　露霜《つゆしも》の　秋《あき》さり来《く》れば　射駒山《いこまやま》　飛火《とぶひ》が岡《をか》に
　萩《はぎ》の枝《え》を　しがらみ散《ち》らし　さ雄《を》壮鹿《しか》は　妻《つま》よびとよめ
山見《やまみ》れば　山《やま》も見《み》がほし　里見《さとみ》れば　里《さと》も住《す》みよし　ものの
ふの　八十伴《やそとも》の男《を》の　うちはへて　思《おも》へりしくは　天地《あめつち》の
依《よ》り会《あ》ひの限《きは》み　万世《よろづよ》に　栄《さか》え往《ゆ》かむと　思《おも》へりし　大宮《おほみや》す
らを　恃《たの》めりし　名良《なら》の京《みやこ》を　新世《あらたよ》の　事《こと》にしあれば　皇《おほきみ》の
　引《ひ》きのまにまに　春花《はるはな》の　うつろひかはり　村鳥《むらとり》の　旦立《あさだ》
ち行《ゆ》けば　さすたけの　大宮人《おほみやひと》の　踏《ふ》み平《なら》し　通《かよ》ひし道《みち》は
馬《うま》も行《ゆ》かず　人《ひと》も往《ゆ》かねば　荒《あ》れにけるかも（一〇四七歌）
　反歌二首（省略）

（かぎろひの）春になると　春日山や　三笠の野辺に　桜花の　木陰に隠れて　かお鳥は　絶え間なく鳴き（露霜の）秋ともなると　生駒山や　飛火が岡に　萩の枝を　踏みしだいて　雄鹿は　妻を呼ぶ声を響かせ　山を見ると　山もますます見たく思い　里を見ると　里も住みよい　もろもろの　臣下の官人たちが　ずっと　思っていたことは　天地が　寄り合うにいたるまで　永久に　栄えてゆくだろうと　思っていた　大宮でさえあるのに　頼りにしていた　奈良の都であるのに新しい御代の　ことなので　大君の　引き導くままに（春花の）移り変わって（群鳥の）朝立って行くので（さすたけの）大宮人が　踏みならし　通った道は　馬も行かず　人も行かないので　荒れてしまったことよ

反歌二首（略）

第十五句「定めけむ」まで、第十六句「平城の京師」にかかる連体修飾となります。寧楽宮をよびおこすために要したものです。それはどのように寧楽宮をよびだすのか。「日本の国は皇祖の神の御代より敷きませる国」であり、代々、「天下」を治める都として定めたのだといいます。第四句「日本の国」は、原文は「日本国」となっています。これを「大和の国」と、書き下し文にする注釈もすくなくないのですが、一国大和ではありえません。一国大和では、「天の下知らしいませと」というのと合いません。「天下」と等価の「やまと」であり、「日本国」と書く意味はそこにあります。「皇祖の神の御代より」といいおこしながら、「天下」統治の、永続する都として定められた寧楽宮だというのです。

「皇祖の神」は具体的な輪郭をもってうけとられねばならないでしょう。諸注にあって、これを神武天皇に引きあてて見ようとするものがありますが（澤瀉『注釈』、新編全集等）、「寧楽宮」に収斂するものとして、それでは的外れというほかありません。わたしは、天武王朝という点から見るべきものだと考えます。

この歌は「天地の寄り合ひの極み万世に栄え行かむと」と、寧楽宮が永続するものと思っていたのだといいます。人麻呂の一六七歌に、天武天皇が天地のはじめの神々の定めに負うて、「葦原の瑞穂の国を天地の寄り合ひの極み知らしめす神の命と」して神下されたとあるのがただちに想起されます。おなじ表現をもって対応しているのです。一〇四七歌は、歌い出しにおいて、聖武朝が「皇祖の神」たる天武につながって保障されてあることを確認するのでした。この「皇祖の神の御代より」が、巻六巻頭の「神代ゆ」をうけたものとして意味をもつことはいうまでもありません。巻六が、寧楽宮を閉じることは、天武が開いた皇統をふりかえってなされるべきものだったのです。

この寧楽宮終焉の歌につづく、久迩新京をたたえる歌（一〇五〇〜一〇五二歌、一〇五三〜一〇五八歌）において、「明つ神吾が皇《おほきみ》の天の下八島の中に」（一〇五〇歌）、「我が皇《おほきみ》 神の命の高知らす布当《ふたぎ》の宮は」（一〇五三歌）と歌いだすのも、こうした皇統の確信があってのことと見るべきです。

さらに、巻六の掉尾、「敏馬の浦に過る時に作る歌并せて短歌」についてもいいましょう。

敏馬《みぬめ》の浦《うら》に過《よき》る時に作る歌　并せて短歌

八千桙《やちほこ》の　神《かみ》の御世《みよ》より　百船《ももふね》の　泊《は》つる停《と》まりと　八嶋国《やしまぐに》――

敏馬の浦に立ち寄った時に作った歌一首　と短歌

百船《ももふな》びとの　定《さだ》めてし　みぬめの浦《うら》は　朝風《あさかぜ》に　浦浪《うらなみ》さわき　夕浪《ゆふなみ》に　玉藻《たまも》は来依《きよ》る　白沙《しらまなご》　清《きよ》き浜《はま》へは　行《ゆ》き還《かへ》り　見《み》れども飽《あ》かず　うべしこそ　見《み》る人《ひと》ごとに　語《かた》り嗣《つ》ぎ　しのひけらしき　百世《ももよ》経《へ》て　しのはえ行《ゆ》かむ　清《きよ》き白浜《しらはま》（一〇六五歌）

反歌二首

まそ鏡《かがみ》　みぬめの浦《うら》は　百船《ももふね》の　過《す》ぎて往《ゆ》くべき　浜《はま》ならなくに（一〇六六歌）

浜清《はまきよ》み　浦愛《うらうるは》しみ　神世《かみよ》より　千船《ちふね》の湊《は》つる　大和太《おほわだ》の浜《はま》（一〇六七歌）

八千桙の　神の御代から　多くの船が　泊まる港だと　この八島国の　船人たちが　思いきめていた　敏馬の浦は　朝風に　浦波が騒ぎ　夕波に　玉藻が寄ってくる　白砂の　清い浜辺は　行き帰りに　見ても飽きない　だからこそ　見る人がみな　語り伝え　賞美したのであろう　万代まで　讃えられてゆくだろう　清い白浜は

反歌二首

（まそ鏡）敏馬の浦は　多くの船が　過ぎて行くことのできる　浜ではないことだ

浜が清く　浦が美しいので　神代から　多くの船が泊まる　大和太の浜だ

この歌は、直前の「難波宮にして作る歌一首并せて短歌」（一〇六二～一〇六四歌）に関連させて見るべきです。久迩京の荒墟を悲傷する歌（一〇五九～一〇六一歌）のあとにあり、久迩京から難波宮へと遷ったことに沿って配置されるものですが、その難波宮は、「海片付きて」（海に接して。一〇六二歌）あります。敏馬はそれとかかわり、「百船」（一〇六五、一〇六六歌）「千船」（一〇六七歌）が、難波宮にむかう四方の国からの船の表象として関連づけられるでしょう。

寧楽宮終焉は、久迩京―難波宮へと都が遷ることにほかなりませんでした。それをしも神としての天皇とともにあったというのでしたが、一〇六五歌が「八千桙の神の御世より」といい、一〇六七歌が「神世より」というのは、「まことの神代」をもちだしたのです。「まことの神代」からの、その秩序をいまにあってもたつのが、「皇祖の神」を継いできた天皇の「天下」なのです。その秩序の讃美によって巻頭の金村歌と相応じつつ、巻六までの「歴史」世界は閉じられました。

2 巻三巻頭歌をめぐって

　巻六が、巻一、二の世界を――部立てのうえで雑歌の部としての巻一を――、まっすぐに延伸するのに対して、巻三、四と巻一、二との関係はやや異なっています。部立てのうえで巻三、四が相補的関係をなし、雑歌・挽歌（巻三）、相聞（巻四）をもって巻一、二に対応するのは見やすいことです。年次的にも重なるところがあります。巻一、二とおなじ作者があらわれるのです。

　巻三に即していえば、雑歌部の冒頭（巻三巻頭）は人麻呂歌（二三五歌）です。人麻呂の歌はこの後にもつづきます。雑歌では二三九～二四一歌、二四九～二五六歌、二六一～二六二歌、二六四歌、二六六歌、三〇三～三〇四歌、挽歌では四二六歌、四二八歌、四二九～四三〇歌となり、あわせて二十二首（長歌二首、反歌三首、短歌十七首）にのぼります。巻一、二との重なりはあきらかですが、それは編纂的に「拾遺」ととらえられることがありました（伊藤博『万葉集の構造と成立　上』、および、古典集成解説）。人麻呂歌が、巻一、二においては量も質も充実し、この二巻にとってきわめて比重がおおきいのに対して、巻三では数もすくなく、長歌も小型の二首にすぎないという、あきらかな差があります。それを、表立ったものは巻一、二に採り、その「拾遺」が巻三（および巻四）であったと、伊藤はいうのです。

　編纂という点からの説明として、それはわかりやすいものです。しかし、成り立ってあるものにおいていえば、その重なりは巻一、二を補完しつつ、おなじ「歴史」であることを保障するものとなります。巻三には、天皇代の標題もなく、年次を具体化する左注も雑歌には、大伴坂上郎女の祭神歌（三七九〜三八〇歌）の左注に「右歌者、以天平五年冬十一月供祭大伴氏神之時、聊作此歌。故曰祭神歌」とあるだけです——なお、後述するように、挽歌における年次記載が雑歌の部にはたらきます——。ただ、巻三が整えられていないものであっても、たとえば、人麻呂の歌が重なっていることによって、巻一、二とのかかわりを保障しているということができます。

その点で、巻三巻頭の人麻呂歌が注目されます。

天皇、雷《いかづち》の岳《をか》に出でませる時に、柿本朝臣人麻呂が作る歌一首

皇《おほきみ》は　神《かみ》にしませば　天雲《あまくも》の　雷《いかづち》の上《うへ》に　廬《いほ》りせるかも

（二三五歌）

右、或本に云はく、「忍壁皇子に献れるなり」といふ。その歌に曰く、「王《おほきみ》は　神にしませば　雲隠《くもがく》る　いかづち山《やま》に　宮敷《みやし》き座《いま》す」

天皇が雷の岡にお出ましになった時に、柿本朝臣人麻呂が作った歌一首

大君は　神でいらっしゃるから　天雲の　雷のうえに　仮の宿りをなさることだ

右は、ある本には、「忍壁皇子に奉ったものである」という。その歌には、「大君は　神であられるから　雲の上の　雷山に　宮を構えていらっしゃる」とある。

題詞にいう「天皇」がだれなのか、持統天皇とする説が有力ですが、天武、持統、文武天皇のいずれか、確定できないとしつつ、持統天皇かとされます（新編全集等）。大事なのは、それが巻三の巻頭にあるということの意味です。いずれでもありうるのであり、むしろ、どの天皇であってもよいというものとして意味をもつというべきではないでしょうか。

巻一、二において人麻呂歌は、天武天皇を始祖と仰ぐ王朝の世界を構築することをになっていました。天武天皇

が天地のはじめの神々のさだめを実現して天下り（巻二・一六七歌）、それを継いで持統天皇も、文武天皇も神としてあった（巻一・二八歌、四五歌）というのが、人麻呂歌なのでした。いま、それらと相応じて、だれかを特定することなく意味をもつものとして、この二三五歌の「大君は神にしませば」を見るべきです。巻一、二とのつながりを確認して、巻三のはじまりをになうものなのです。

ただ、この「大君は神にしませば」という表現については、たんに天皇の神格化というだけでは単純すぎるといわねばなりません。この成句は、『万葉集』中にあわせて六例あらわれます。二三五歌と、その左注の「或本」の歌、巻三・二四一歌（題詞に「長皇子遊獦路池之時、柿本朝臣人麻呂作歌一首幷短歌」という長反歌の「或本の反歌」です）の三例が人麻呂歌で、ほかに、巻二・二〇五歌（「弓削皇子薨時、置始東人作歌一首幷短歌」の反歌）、巻十九・四二六〇、四二六一歌（「壬申年之乱平定以後歌二首」）です。これらを列挙すれば、以下のとおりです。

(1)　二三五歌

(2)　二三五歌左注に引く「或る本」歌

(3)　皇《おほきみ》は　神《かみ》にしませば　真木《まき》の立《た》つ　荒山中《あらやまなか》に　海《うみ》を成すかも（二四一歌）

(4)　王《おほきみ》は　神《かみ》にしませば　天雲《あまくも》の　五百重《いほへ》の下《した》に　隠《かく》りたまひぬ（二〇五歌）

(5)　皇《おほきみ》は　神《かみ》にしませば　赤駒《あかごま》の　腹《はら》ばふ田《た》ゐを　京師《みやこ》と成《な》しつ（四二六〇歌）

(6)　大王《おほきみ》は　神《かみ》にしませば　水鳥《みづとり》の　すだく水《み》ぬまを　皇都《みやこ》と成《な》しつ

---

(1)(2)は前掲
(3)大君は　神でいらっしゃるから　真木の茂り立つ　荒々しい山中に　海をつくられたのだ
(4)大君は　神でいらっしゃるから　天雲の　重なる奥に　隠れてしまわれた
(5)大君は　神でいらっしゃるから　赤駒の　腹這う田んぼでも　都に作った
(6)大君は　神でいらっしゃるから　水

（四二六一歌）

——鳥の　集まる沼でも　都に作った

⑵は忍壁皇子、⑶は長皇子、⑷は弓削皇子のことであり、人麻呂の歌にあっても、天皇にかぎらず用いられています。それは天皇を神格化した表現が皇子にまで拡大されたと見られてきました。しかし、そのような用いられかたがされるものだとすれば、天皇の神格化の表現というにはふさわしくないのではないか、そうではないから、皇子にまでひろく用いられるのではないか、と問い返されます。

折口信夫「宮廷生活の幻想」（『折口信夫全集』第二十巻、中央公論社、一九七六年。初出一九四七年）が、

此種の歌の、天子は神だからと言ふのは、天子が本道の神なら、不思議はないので、何も取り立てゝ言ふ事はないのである。既にわれわれの様な、人間でいらせられることは、明らかに知つてゐるのであつて、人間でゐながらこんな事が、お出来なさる、と言つてゐる訣だ。神だからかうしてゐる、と言ふのなら、平凡だ。

といい、「一種の誇張である。神でなくてはこんな事は出来ない、と言つてゐるのである」といったことが想起されます。吉井巌「雷岳の歌」（『万葉集への視角』和泉書院、一九九〇年。初出一九七八年）が、⑸、⑹について、「偉大な人間の事業とはいえても、なお上句の聖性とは埋めがたい距離を感じさせずにはおれないものであった」というのも、おなじことの表明です。ともに、この表現を、天皇を神として信じたたえる、天皇即神の思想としてそのまま受けとることはできないというのです。表現の理解として正当と思われます。

⑴をのぞいて、これらの歌は、下句においてあくまで具体的な現実を離れることがありません。その現実のことがらを、人為をこえたものとして「人間わざではない」「こんなことは神わざだ」と感嘆する体なのです。たとえば、⑵は「雷山」という地名に引っ掛けて、その名をおそれずに下に敷いて居ることをいいなしたものであり、⑶

は、獦路池は皇子がつくったかのごとく、こんな山のなかに海をつくるとは人わざでないと驚嘆してみせるものです。とってつけたように誇張して讃美する表現としてあります。(5)、(6)の宮の造営にしてもおなじです。(4)の場合は、死の敬避表現がこの成句にのって成されたという、やや特異な例にすぎません。

それに対して、(1)は、具体的現実的なことがらから離れます。吉井前掲論文が、「天雲」が「もともと天の観念に基づいて成立した語の一つであり、古代ではなお非地上的、他界的、呪術的な観念がこの語には感じられていた」といったことは、重要です。さらに、「雷の上に」と、単に山の名ではなく「雷」そのものとしていいなされます。具体性を昇華して、非地上的な存在としての大君の現前を表現するものとなっているのであり、他の五首とは異なる表現の質がそこにはあります。

その質において、(1)の二三五歌は巻頭をにないうるのだといえます。それが、巻一、二における、神としての天皇たちを、だれであれ、引き受けて、巻三をその天皇の世界（あるいは、その磁場）につなぐのです。

3 寧楽宮終焉にいたる巻三、四、六

そして、巻三は、巻一、二がわずかにはいりこんでいた寧楽宮時代を延伸してゆきます。雑歌には年次記載が一例（三八〇歌左注）にとどまりますが、左注には、年次にかかわる記述がいくつかあります。「石川大夫和歌一首名闕」という二四七歌左注には、石川大夫が「慶雲年中任大貳」の石川宮麻呂朝臣か、「神亀年中任少貳」の石川朝臣吉美侯か、いずれの作かわからないとし、「鴨君足人香具山歌一首并短歌」（二五七〜二五九歌、或本歌二六〇歌）の左注には「右今案、遷都寧楽之後怜旧作此歌歟」とあり、「長屋王故郷歌一首」（二六八歌）の左注には「右今案、従明日香遷藤原宮之後作此歌歟」とあります。「幸志賀時」として二八七、二八八歌を掲げて左注に「右今案、不審

幸行年月」とするのもその一です。譬喩歌の部にはそうした例は皆無ですが、挽歌は年次をしめすほうがおおいものとなっています。

列挙してみると、以下のごとくです。

上宮聖徳皇子出遊竹原井之時見龍田山死人悲傷御作歌一首（四一五歌）、題詞下注「小墾田宮御宇天皇代」

大津皇子被死之時磐余池陂流涕御作歌一首（四一六歌）の左注「右藤原宮朱鳥元年冬十一月」

和銅四年辛亥河辺宮人見姫嶋松原美人屍哀慟作歌四首（四三四〜四三七歌）

神亀五年戊辰大宰帥大伴卿思恋故人歌三首（四三八〜四四〇歌）

神亀六年己巳左大臣長屋王賜死之後倉橋部女王作歌一首（四四一歌）、悲傷膳部王歌一首（四四二歌）

天平元年己巳摂津国班田史生丈部龍麻呂自経死之時判官大伴宿祢三中作歌一首并短歌（四四三〜四四五歌）

天平二年庚午冬十二月大宰帥大伴卿向京上道之時作歌五首（四四六〜四五〇歌）、還入故郷家即作歌三首（四五一〜四五三歌）

天平三年辛未秋七月大納言大伴卿薨之時歌六首（四五四〜四五九歌）

七年乙亥大伴坂上郎女悲嘆尼理願死去作歌一首并短歌（四六〇〜四六一歌）

十一年己卯夏六月大伴宿祢家持悲傷亡妾作歌一首（四六二歌）、弟大伴宿祢書持即和歌一首（四六三歌）、又家持見砌上瞿麦花作歌一首（四六四歌）、移朔而後悲嘆秋風家持作歌一首（四六五歌）、又家持作歌一首并短歌（四六六〜四六九歌）、悲緒未息更作歌五首（四七〇〜四七四歌）

十六年甲申春二月安積皇子薨之時内舎人大伴宿祢家持作歌六首（四七五〜四八〇歌）、四七七歌左注に「右三首二月三日作歌」、四八〇歌左注に「右三首三月廿四日作歌」

悲傷死妻高橋朝臣作歌一首并短歌（四八一～四八三歌）、四八三歌左注に「右三首七月廿日高橋朝臣作歌也」

寧楽宮時代が中心となっていることはこうして見ればあきらかです。そして、注意したいことは、この挽歌部の年次記載が、雑歌の部にもはたらいてゆくことです。三三一～三三五歌、三三八～三五〇歌には、挽歌とおなじ作者が、「帥大伴卿」という官名とともにあらわれるのですから、挽歌部の年次とあいまって天平二年前後として見ることになるのは当然です。

また、人麻呂歌は巻三では年次は記されませんが、巻一、二とかかわらせて、あるいは、山部赤人歌（三一七～三一八歌、三二一～三二三歌、三二四～三二五歌、三五七～三六二歌、三七二～三七三歌、三七八歌、三八四歌、四三一～四三三歌）や笠金村歌（三六四～三六五歌、三六六～三六七歌）が、巻六とかかわらせて、年次的位置づけを得るのも当然です。かかわりあう全体なのです。

そして、天平十六年が、年次の最後となることにとくに留意したいと思います。安積皇子が薨じた年ですが、巻六も、この年が年次を記す最後で、「同月十一日登活道岡集一株松下飲歌二首」とあります（一〇四二、一〇四三歌）。「同月」は、直前の一〇四一歌題詞に「十六年甲申春正月五日」云々とあるのをうけ、天平十六年正月の謂いです。その「活道《いくぢ》」が、巻三の安積皇子挽歌の「活道山」（四七八歌）、「活道の路」（四七九歌）とともに、安積皇子にゆかりの地であったものとしてうけとられることはいわれてきたとおりです（『全注』等）。その区切りは、すでに久迩京に遷り、寧楽宮時代がおわったことを確定するものにほかなりません。そして、安積皇子の死によって男系が絶え、天武皇統は断絶します。この天平十六年の区切りには、寧楽宮の終焉と、天武王朝の遠からざる終焉とが重なっているのです。

巻四についても、巻三とおなじようにとらえることができます。相聞だけで成るこの巻の先頭に置かれるのは、

難波天皇の妹《いろも》、大和に在《いま》す皇兄《すめいろ》に奉上《たてまつ》る御歌一首
一日《ひとひ》こそ　人《ひと》も待《ま》ち吉《よ》き　長《なが》きけを　かくし待《ま》たえば　有《あ》り
かつましじ（四八四歌）

です。巻二相聞が「難波高津宮御宇天皇代」の標題のもとに「磐姫皇后、天皇を思ひて作らす歌四首」を巻頭とするのとおなじく、仁徳天皇にかかわる歌で始まるのです。しかも、天皇を長く待つ思いをいう歌として主題も共通します。ここで巻二に重ねているのです。さらに、この巻頭につづくのは、「岡本天皇」の歌です。

岡本天皇の御製一首并せて短歌
神代《かみよ》より　生《あ》れ継《つ》ぎ来《く》れば　人多《ひとさは》に　国《くに》には満《み》ちて　あぢむ
らの　去来《かよひ》は行《ゆ》けど　吾《あ》が恋《こ》ふる　君《きみ》にしあらねば　昼《ひる》は
日《ひ》のくるるまで　夜《よる》は　夜《よ》の明《あ》くるきはみ　念《おも》ひつつ　寝《い》も
宿《ね》かてにと　明《あ》かしつらくも　長《なが》きこの夜《よ》を（四八五歌）

反歌
山《やま》の端《は》に　あぢむら騒《さわ》き　行《ゆ》くなれど　吾《あれ》はさぶしゑ　君《きみ》に
しあらねば（四八六歌）
淡海路《あふみぢ》の　鳥籠《とこ》の山《やま》なる　不知哉川《いさやがは》　けのこのごろは　恋《こ》ひ
つつもあらむ（四八七歌）

難波天皇（仁徳天皇）の妹が、大和にいられる
兄の天皇に奉った御歌一首
一日ならばこそ　あなたを待つこともできます
長いあいだ　このようにお帰りが待たれたら　生
きていられそうにありません

岡本天皇の御製一首　と短歌
神代から　生まれ継いできたので　人はいっぱい
に　国には満ちて　あじ鴨の群れのように　行き
来してはいるが　わたしが恋い慕う　あなたでは
ないので　昼は　日がくれるまで　夜は　夜が明
けるまで　思いながら　まんじりともしないで
明かしてしまったことよ　長いこの夜を

反歌
山の端に　あじ鴨の群れは鳴き騒いで　行く声が
聞こえるけれど　わたしは寂しい　あなたではな
いので
近江道の　鳥籠の山を流れる　不知哉川ではない

右、今案ふるに、高市岡本宮・後岡本宮、二代二帝各異にあり。ただし、岡本天皇といふは、未だその指すところを審らかにせず。

が　このさきのことはわからないがしばらくはずっと　恋いつづけて生きていよう
右は、今考えてみるに、高市岡本宮（舒明天皇）と後岡本宮（斉明天皇）と、二代二帝それぞれ別である。ただ岡本天皇というのでは、どちらを指すのか明らかでない。

左注は、「岡本天皇」とはだれをさすかということを問題とします。「岡本」ということで、「高市岡本宮」の舒明天皇と、「後岡本宮」の斉明天皇とが候補になるが、いずれを指すかあきらかでないといって、判断を左注は停止します。諸注も、舒明、斉明で説がわかれますが、「吾が恋ふる君」ということばは作者が女性であるほうがふさわしいとして、斉明説が有力となっています（現在の諸注はほぼ一致します）。

作者はともあれ、注意したいのは、左注の「高市岡本宮」「後岡本宮」は、巻一の天皇代標示とおなじ系列の宮の呼びかただということです。前章に述べたとおり、『日本書紀』とは異なる系列の呼びかたです。おなじ「歴史」の基盤に立つということができます。

この巻頭歌のあとには、額田王の歌（四八八歌）、人麻呂の歌（四九六〜四九九歌、五〇一〜五〇三歌）があって、巻二と重なりつつ、寧楽宮時代へと延伸してゆきます。はじまりかたと、重なりとにおいて巻一、二の（部立てのうえでは、巻二の）磁場のもとに延伸することは、巻三とおなじです。

そして、ずっと年時は記されていなかったのが、いきなり神亀元年の年時があらわれ（五四三歌題詞）、二年（五四六〜五四八歌題詞）、五年（五四九〜五五一歌題詞）と神亀の年記のある歌がならびます。年時を記すことは、巻四にあっては、この他には一例のみです。「大宰大監大伴宿祢百代等贈駅使歌二首」（五六六、五六七歌）の左注に、

「以前は、天平二年庚午夏六月に、帥大伴卿、忽ちに瘡を脚に生し、枕席に疾苦ぶ」といい、大伴旅人が足に腫物を生じて苦しみ、朝廷に奏上して弟稲公と甥の胡麻呂とに来てもらって遺言をしたいと願った、そこで、二人に勅命を下し、見舞いに行かせたが、幸いに病は癒えた、そこで大伴百代らが使いを送って宴を設けこれらの歌をつくった、とあるのがそれです。題詞に年時を記すのは、神亀のそれの一連のみです。神亀元年は、聖武天皇がこの年二月に即位して改元し、神亀となったのであり、まさに指標となるものです。聖武天皇の代におよぶことを明示して、際立つかたちで、この年号を示しているのです。それは、巻六と相応じて、聖武朝をあわせてひとつの「歴史」として見ることをもとめています。

巻四の巻末に近く、「久迩京に在りて、寧楽の宅に留まれる坂上大嬢を思ひて、大伴宿祢家持が作る歌一首」（七六五歌）、「大伴宿祢家持が久迩京より坂上大嬢に贈る歌五首」が載ります（七七〇〜七七四歌）。この題詞によって、巻四が寧楽宮を離れ、久迩京に遷ったところまで展開することをうけとることになります。寧楽宮の終焉にいたることを確認するものです。こうして、巻三、四、六のいたりつくところはそろいます。

あらためて、巻一、二の規制のもとにつくられる「歴史」として、巻一〜六の全体を見るべきだとたしかめてまとめとします。

図式化して示せば、つぎのとおりです。

巻一・…………雄略　舒明——寧楽宮
巻三・——推古——天平十六年
巻六　養老七年——天平十六年
巻四・…………仁徳　舒明・斉明——久迩京
巻二・…………仁徳　天智——寧楽宮

破線は、とび離れていて、連続的ではないことをあらわします。巻一、二が、他の巻をはさむようにしたのは、巻一、二の規制のもとにある（磁場のもとにある）ことをあらわしたかったからです。

巻一〜六を見わたすところまですすめてきましたが、まだ巻五の位置づけについては述べていません。また、巻一〜六のつくる「歴史」世界はどのようなものとしてあるか、これらについては、章をあらためて述べることとします。

四 私情をふくむ「歴史」世界

1 泣血哀慟歌をめぐって

巻一〜六がつくるものを「歴史」と呼んできましたが、それはどのような世界として構築されるのか。巻一、二が核となるものですから、まず巻一、二について見てゆくこととします。

きっかけを、人麻呂の泣血哀慟歌（巻二・二〇七〜二一六歌）にもとめたいと思います。以下に掲げるように、長歌二首構成のおおきな作品です。

柿本朝臣人麻呂、妻が死にし後に、泣血哀慟して作る歌
二首 并せて短歌

天飛《あまと》ぶや 軽《かる》の路《みち》は 吾妹子《わぎもこ》が 里《さと》にしあれば ねもころに
見《み》まく欲《ほ》しけど 已《や》まず行《い》かば 人目《ひとめ》を多《おほ》み まねく往《い》か
ば 人知《ひとし》りぬべみ さね葛《かづら》 後《のち》も相《あ》はむと 大船《おほぶね》の 思《おも》ひ頼《たの》
みて 玉蜻《たまかぎる》 磐垣淵《いはかきふち》の 隠《こも》りのみ 恋《こ》ひつつあるに 渡《わた》る日《ひ》
の 晩《く》れぬるがごと 照《て》る月《つき》の 雲隠《くもがく》るごと 奥《おき》つ藻《も》の な
びきし妹《いも》は 黄葉《もみちば》の 過《す》ぎて去《い》にきと 玉梓《たまづさ》の 使《つか》ひの言《い》へ

柿本朝臣人麻呂が、妻が死んだ後に、泣き悲しんで作った歌二首 と短歌

（天飛ぶや）軽の道は わが妻の 里なので 念入りに 見たいと思うけれども 絶えず行ったら 人目が多いし たびたび行ったら 人が知ってしまうだろうから （さね葛）後にも逢おうと （大船の）それを頼りにして （玉かぎる）岩垣淵のように 人知れず 恋いつづけていたが 空を渡る日が 暮れてゆくように 照る月が 雲に隠

ば　梓弓《あづさゆみ》　声《おと》に聞《き》きて〈一に云ふ、「声《おと》のみ聞《き》きて」〉　言《い》はむすべ　せむすべ知《し》らに　声《おと》のみを　聞《き》きてあり得《え》ねば　吾《あ》が恋《こ》ふる　千重《ちへ》の一重《ひとへ》も　遣悶《なぐさも》る　情《こころ》もありやと　吾妹子《わぎもこ》が　止《や》まず出《い》で見《み》し　軽《かる》の市《いち》に　吾《あ》が立《た》ち聞《き》けば　玉《たま》だすき　畝火《うねび》の山《やま》に　喧《な》く鳥《とり》の　音《こゑ》も聞《き》こえず　玉桙《たまほこ》の　道行《みちゆ》き人《ひと》も　独《ひとり》だに　似《に》てし去《ゆ》かねば　すべをなみ　妹《いも》が名喚《なよ》びて　袖《そで》ぞ振《ふ》りつる〈或本には、「名《な》のみを　聞《き》きてあり得《え》ねば」といふ句あり〉

（二〇七歌）

短歌二首

秋山《あきやま》の　黄葉《もみち》を茂《しげ》み　迷《まと》ひぬる　妹《いも》を求《もと》めむ　山道《やまぢ》知《し》らずも
〈一に云ふ、「路知《みちし》らずして」〉（二〇八歌）

黄葉《もみちば》の　落《ち》り去《ゆ》くなへに　玉梓《たまづさ》の　使《つか》ひを見《み》れば　相《あ》ひし日《ひ》念《おも》ほゆ（二〇九歌）

うつせみと　念《おも》ひし時《とき》に〈一に云ふ、「うつそみと　思《おも》ひし」〉
取《と》り持《も》ちて　吾《わ》が二人《ふたり》見《み》し　走《はし》り出《で》の　堤《つつみ》に立《た》てる　槻《つき》の木《き》の　こちごちの枝《え》の　春《はる》の葉《は》の　茂《しげ》きがごとく　念《おも》へりし　妹《いも》にはあれど　頼《たの》めりし　児《こ》らにはあれど　世間《よのなか》を　背《そむ》きし得《え》ねば　かぎろひの　もゆる荒野《あらの》に　白妙《しろたへ》の　天領巾《あまひれ》隠《がく》り　鳥《とり》じもの　朝立《あさだ》ちいまして　入日《いりひ》なす　隠《かく》りにしかば　吾妹《わぎも》

れるように（沖つ藻の）靡き寝た妻は（もみち葉の）はかなく散っていったと（玉梓の）使いがいうので（梓弓）話を聞いて（一本に「話にだけ聞いて」）言いようもなく　どうしてよいかもわからず　話だけを　聞いていられないので　わたしの思いの　千分の一でも　慰められる　気持ちもあろうかと　妻が　いつも出て見ていた　軽の市に　わたしが立って聞くと（玉だすき）畝傍の山に　鳴く鳥の　声も聞こえず（玉桙の）道を行く人も　ただの一人も　似ている人が通らないので　しかたなく　妻の名を呼んで　袖を振ったことだ（ある本には「噂だけ　聞いてはおれないので」という句がある。）

短歌二首

秋山の　黄葉が茂くて　迷い込んでしまった　妻を探しに行く　その山道がわからないことだ（一本に「道がわからなくて」という）

黄葉の　散ってゆくその折に（玉梓の）使いを見ると　妻と逢った日のことが思い出される

この世の人だと　思っていた時（一本に「この世の人と　思っていた」という）手に取り持って　二人で見た　突き出た　堤に立っている　槻の木の　あちこちの枝の　春の葉の　繁っているよ

子《こ》が　形見《かたみ》に置《お》ける　若児《みどりこ》の　乞《こ》ひ泣《な》くごとに　取《と》り与《あた》ふる　物《もの》しなければ　をとこじもの　わき挟《ばさ》み持《も》ち　吾妹子《わぎもこ》と　二人《ふたり》吾《わ》が宿《ね》し　枕《まくら》づく　嬬屋《つまや》の内《うち》に　昼《ひる》はも　うらさび暮《く》らし　夜《よる》はも　気《いき》づき明《あ》かし　嘆《なげ》けども　せむすべ知《し》らに　恋《こ》ふれども　相《あ》ふよしをなみ　大鳥《おほとり》の　羽易《はがひ》の山《やま》に　吾《あ》が恋《こ》ふる　妹《いも》はいますと　人《ひと》の云《い》へば　石根《いはね》さくみて　なづみ来《こ》し　吉《よ》けくもそなき　うつせみと　念《おも》ひし妹《いも》が　珠蜻《たまかぎる》　髣髴《ほのか》にだにも　見《み》えなく思《おも》へば（二一〇歌）

短歌二首

去年《こぞ》見《み》てし　秋《あき》の月夜《つくよ》は　照《て》らせども　相見《あひみ》し妹《いも》は　いや年《とし》放《さか》る（二一一歌）

衾道《ふすまぢ》を　引手《ひきて》の山《やま》に　妹《いも》を置《お》きて　山道《やまぢ》を行《ゆ》けば　生《い》けりともなし（二一二歌）

或本の歌に曰く

うつそみと　念《おも》ひし時《とき》に　携《たづさ》はり　吾《わ》が二人《ふたり》見《み》し　出《い》で立《た》ちの　百足《ももだ》る槻《つき》の木《き》　こちごちに　枝《えだ》させるごと　春《はる》の葉《は》の　茂《しげ》きがごとく　念《おも》へりし　妹《いも》にはあれど　頼《たの》めりし　妹《いも》にはあれど　世《よ》の中《なか》を　背《そむ》きし得《え》ねば　香切火《かぎるひ》の　もゆる荒野《あらの》に　白栲《しろたへ》の　天領巾隠《あまひれがく》り　鳥《とり》じもの　朝立《あさだ》ちい行《ゆ》きて　入日《いりひ》な

うに　若いと思っていた　妻ではあるが　頼りにしていた　妻ではあるが　世の定めに　背くことができないので　陽炎の　もえる荒野に　真っ白な　天人の領布に包まれ　鳥でもないのに　朝立ってゆかれ　（入日なす）　隠れてしまったので　わが妻が　形見にのこした　幼子が　物を欲しがって泣くたびに　とり与える　物もないので　男なのに　わきに抱きかかえ　わが妻と　二人で寝た　（枕づく）　離れ屋のなかで　昼は　こころ寂しく暮らし　夜は　ため息をついて明かし　嘆くけれども　どうしようもなく　恋うても　逢うすべがないので　（大鳥の）　羽易の山に　わたしが恋い慕う　妻はいらっしゃると　人が言うので　岩を押し分けて　苦労してやって来た　その甲斐もないことだ　この世の人だと　思っていた妻が　（玉かぎる）　ぼんやりとも　見えないことを思うと

短歌二首

去年見た　秋の月は　いまも照っているけれども　一緒にこの月を見た妻は　ますます年月が遠ざかる

（衾道を）　引手の山に　妻を置いて　山道をかえって行くと　生きている感じがしない

す　隠《かく》りにしかば　吾妹子《わぎもこ》が　形見《かたみ》に置《お》ける　緑児《みどりこ》の　乞《こ》ひ
哭《な》くごとに　取《と》り委《まか》す　物《もの》しなければ　男《をとこ》じもの　わき挟《ばさ》み
持《も》ち　吾妹子《わぎもこ》と　二人《ふたり》吾《わ》が宿《ね》し　枕《まくら》づく　嬬屋《つまや》の内《うち》に　日《ひる》は
　うらさび暮《く》らし　夜《よる》は　息《いき》づき明《あ》かし　嘆《なげ》けども　せむす
べ知《し》らに　恋《こ》ふれども　相《あ》ふよしをなみ　大鳥《おほとり》の　羽易《はがひ》の山《やま》
に　汝《な》が恋《こ》ふる　妹《いも》はいますと　人《ひと》の云《い》へば　石根《いはね》さくみて
　なづみ来《こ》し　好《よ》けくもぞなき　うつそみと　念《おも》ひし妹《いも》が
灰《はひ》にていませば（二一三歌）
　短歌三首
去年見《こぞみ》てし　秋《あき》の月夜《つくよ》は　度《わた》れども　相見《あひみ》し妹《いも》は　いや年離《としさか》
る（二一四歌）
衾路《ふすまぢ》を　引出《ひきで》の山《やま》に　妹《いも》を置《お》きて　山路《やまぢ》念《おも》ふに　生《い》けるとも
なし（二一五歌）
家《いへ》に来《き》て　吾《わ》が屋《や》を見《み》れば　玉床《たまどこ》の　外《よそ》に向《む》きけり　妹《いも》が木《こま》
枕《くら》（二一六歌）

ある本の歌にいう
この世の人だと　思っていた時　手を取りあって
　二人で見た　突き出た　たくさんの枝の張った
槻の木の　あちこちに　枝が伸びているように
春の葉が　繁っているように若いと　思っていた
妻ではあるが　頼りにしていた　妻ではあるが
世の定めに　背くことができないので　陽炎の
もえる荒野に　真っ白な　天人の領布に包まれ
　鳥でもないのに　朝立ってゆかれ（入日なす）
隠れてしまったので　わが妻が　形見にのこした
　幼子が　物を欲しがって泣くたびに　とり与え
る　物もないので　男なのに　わきに抱きかかえ
　わが妻と　二人で寝た（枕づく）離れ屋のな
かで　昼は　こころ寂しく暮らし　夜は　ため息
をついて明かし　嘆くけれども　どうしようもな
く　恋うても　逢うすべがないので（大鳥の）
羽易の山に　あなたが恋い慕う　妻はいらっしゃ
ると　人が言うので　岩を押し分けて　苦労して
やって来た　その甲斐もないことだ　この世の人
だと　思っていた妻が　灰になっておられるので
　短歌三首
去年見た　秋の月は　いまも空を渡っているが
一緒に見た妻は　ますます年月が遠ざかる

（衾道を）引手の山に　妻を置いて　その山道を思うと　正気もない
家に帰って　わが屋を見ると　寝床の　あらぬ方を向いている　妻の木枕は

「或本の歌」は、第二歌群（二一〇～二一二歌）に対応しますが、長歌の結びも、反歌の数も異なります。また、「一に云ふ」の書き込みもあって、異伝は複雑です。そのことがおおくの論議を呼んできました。その諸説については、曾倉岑「泣血哀慟歌」（『セミナー万葉の歌人と作品　第三巻』和泉書院、一九九九年）に、適切な問題整理を見ることができます。

いま問題にしたいのは、あれこれの説の検討ではなく、異伝に対する態度です。巻一、二の人麻呂歌にはこの歌のように異伝を書き込むことがおおく見られます。それをめぐって、人麻呂歌が伝誦されたことによるものだとする説と、人麻呂自身の推敲のあとを示すものだとする説とがありますが、そのことはいまおきます。要は、伝誦、推敲のいずれであれ、異伝はそれぞれのかたちで作品として成り立つものだったということです。ただ、西條勉『柿本人麻呂の詩学』（翰林書房、二〇〇九年）のように、異伝のうちにのこされる「声の歌」をさぐろうというのは、『万葉集』の把握として正当ではないといわねばなりません。『万葉集』の歌は、異伝であれ本文であれ、文字テキストとして成り立ちます。「異文系が誦詠の場に即しているのに対し、本文系の方は（略）文字テクストにおいて自己完結する」とか、「声の歌の生態に即して受け取れば」などと「誦詠の場」や「声の歌の生態」を持ち込むのは、文字テキストに対して筋違いであり、「詩学」を標榜しうるものではありません。

わたしは、石見相聞歌の異伝をめぐって「異伝のかたちでひとつの歌として成りたち、本文は本文で当然そのかたちでひとつの歌を成りたたしめる」と述べ、「本文と二つの異伝と、それぞれが独自な主題的統一を示している」ことを見るべきだと述べたことがあります（「異伝の意味」『柿本人麻呂研究』塙書房、一九九二年。初出一九八七年）。異伝に対する態度として、本文と異伝と、成立はどうであれ、それぞれ作品として成り立つものであり、その作品としての把握が第一義だと考えます（石見相聞歌については後述します）。

泣血哀慟歌についてもおなじことです。鉄野昌弘「人麻呂泣血哀慟歌の異伝と本文――「宇都曾臣」と「打蟬」」（『万葉』一四二号、一九九二年一月）が、「まず必要なのは、かかる大きな相違を持つ異伝と本文とを、各々別の構想になる、別の作品として読み解くことではあるまいか」というとおりです。ただし、前の章でも述べましたが、「構想」という意図の問題を持ち込まないで、歌の表現を読み解くというのがわたしの立場であることをはっきりさせておきます。或本歌の長歌が「うつそみと思ひし」という表現をもって首尾照応させながら、「灰にていませば」と結び、「家に来て」という、本文歌にはない第三反歌をもつことを、意図はおいて、そのかたちで成り立つ歌として理解するということです。

「或本の歌」の別な歌としての理解については、伊藤博「人麻呂の推敲」（『万葉集の表現と方法　下』塙書房、一九七六年。初出一九七一年）の提起が注意されます。長歌が「灰にて座せば」と結ぶからには、山を去らねばならず、反歌は「次元を「山」から移して、また別のものによって「妹」を嘆かなければならな」くなるというものです。そして、

第三反歌は、

家に来て我が屋を見れば玉床の外に向きけり妹が木枕

というのであり、この第一句「家に来て」によれば、第二反歌は、「山路」でもなければ「家」でもないところ、つまり、「家近き路」のその途中に次元を置く抒情であることが看取される。逆にいえば、第二

反歌が、「山路」でもなければ「家」でもない「途中」の抒情であるから、第三反歌は、「家に来て我が屋を見れば……」とうたいおこされたのである。さらにいえば、「うつそみと思ひし妹が灰にていませば」という長歌の結びの必然の結果として山の抒情（第一反歌）、中途の抒情（第二反歌）とうたいつづけられてきた反歌群は、またさらに、必然のなりゆきとして、家の抒情である第三反歌を要請したわけである。

として、第三反歌の、家にもどりついて悲嘆を述べるという展開は、「この結末の位置に絶対的に必要な歌だった」ととらえます。それに対して、「ほのかにだにも見えなく思へば」と閉じる本文歌第二歌群（二一〇～二一二歌）は、「山路を行けば生けりともなし」（二一二歌）と山における彷徨につないでおわるのだと見ます。両者の主題的統一が異なることを明確に示そうとしたものです。

鉄野前掲論文も、或本歌では、不滅の生命力の信念が「灰にて座せば」によって一挙に逆転させられるのに対して、本文歌が「ほのかにだにも見えなく念」うというのは、生から死への逆転とは異質だととらえ、「二つの作品は、ドラマツルギーを基本的に異にする」といい、死にかかわる歌いかたという点において、主題的統一の違いを見とどけようとしました。

ともに、或本歌と本文歌第二歌群とは違う歌として見ることを具体化したものです。作品理解として、正当な、納得されるものと受けとめます。

さらに、本文歌の第一歌群と第二歌群も違う歌だと考えられます。妻のありようが根本的に異なるからです。第一歌群は、「已まず行かば人目を多み　まねく往かば人知りぬべみ」（二〇七歌）と、行くことをはばかっていたかのようにいいます。「妹」の死の知らせを聞いて行ったのは「軽の市」であり、そこにとどまることをいうのでした。家に赴いたとはいいません。それを、「人麻呂は、妻の家に急行する途中でそこを通過した」（伊藤前掲論文）というかたちで整合するのでなく、第二歌群とは違うことを見るべきです。第二歌群は、「吾が二人見し」「二人吾が寝し」(二一〇歌)「相見し」(二一一歌)と二人でともにあったことを繰り返していい、「若児」(二一〇歌)もいるというのでした。あきらかに異なるのであり、二つの歌の妻は別人だとする説が、『考』以来有力だったのも当然といえます。

しかし、同人、別人の論議は、作品の表現を事実の問題に帰着させようとしたものです。その作品理解の立場に対して、あくまで作品の表現として見ることにとどまるべきです。「人麻呂は、妻の家に急行する途中でそこを通過した」といった推測は、歌のそとにもちだして都合をつけるだけで、無意味です。わたしたちが歌に見るのは、妻の家に行くことなく、軽の市にたちつくす「われ」があるということだけです。前掲曾倉岑「泣血哀慟歌」が明確にこういったとおりです。

作品上の事実から、人生上の事実を求めようとするのは順序が逆である。作者の示した作品上の事実から、作者の意図するところ、この場合は「妹」、「われ」と「妹」との関係をどのようなものとして表現しているかを考えるべきである。

わたしは、「作者の意図」は問題にできないと考え、あくまで歌があらわすものとして見ますが、曾倉が、「作品上の事実から」検討した結果として、「第一歌群の「妹」と第二・第三歌群の「妹」とは、別人として作品化されていると考えるべきであろう」というのは正当だと考えます。第一歌群の「妹」は「忍び妻」(『考』)といえるかということさえ疑われるような関係としてあり、第二歌群が二人でともにあったことを繰り返していうのとは、あきらかに別のかたちで歌っていることを受けとるべきです。

曾倉は「同一テーマによる連作的作品」といいましたが、二つの歌群は、別なかたちで妻の死という主題を実現して見せたととらえられます。実際に妻の死にあったかどうかということや、虚構を問題にしようというのでもありません。妻の死の悲しみを歌うことの可能性をそこにひらいたことを見ようといいたいのです。見たいのは、虚構にせよ、そうでないにせよ、歌がそのように違ったかたちで、妻の死を悲しむことを歌いうることを示すものとしてあるということです。

妻の死は私的なものです。それを歌にするとはどういうことか。伊藤博「歌俳優の哀歓」(『万葉集の歌人と作品上』塙書房、一九七五年。初出一九七三年)が、「この二首の文体は、終始、他人を意識し他人に語りかけたような表現を採用している」と述べたことが本質を衝いていいます。伊藤は「「歌による私小説」とでも称すべき性格」ともいいましたが、いいなおせば、妻の死を歌うことが、他者に示す歌として可能であるものとして実現して見せたということです。挽歌が、殯宮など儀礼的な場とはべつに、妻の死という私的な場面、ないし、私的な領域とそこにおける悲しみまで覆うことが可能だと示すものなのです。わたしは、それを、歌の可能性をひらく(掘りおこす、という俗ないいかたがあたっているかもしれません)という点でおさえたいのです。

こうした泣血哀慟歌をふくんで、『万葉集』の「歴史」は、あります。ことは「歴史」のありようにかかります。私的な領域まで歌がひらいてカバーし、組み込んでしまう、そうしたありようを、『万葉集』の「歴史」世界の構築として見るべきなのです。

2 石見相聞歌をめぐって

巻二相聞の部の石見相聞歌(一三一〜一三九歌)を取り上げて、より具体的にすすめます。石見相聞歌も、長歌二首構成のおおきな作品です。

柿本朝臣人麻呂、石見国より妻を別れて上り来る時の歌二首　幷せて短歌

石見《いはみ》の海《うみ》　角《つの》の浦廻《うらみ》を　浦《うら》なしと　人《ひと》こそ見《み》らめ　潟《かた》なしと〈一に云ふ、「礒なしと」〉　人《ひと》こそ見《み》らめ　よしゑやし　浦《うら》はなくとも　よしゑやし　潟《かた》は〈一に云ふ、「礒《いそ》は」〉なくとも　いさなとり　海辺《うみへ》をさして　和多豆《わたづ》の　荒磯《ありそ》の上《うへ》に　か青《おを》く生《お》ふる　玉藻《たまも》沖《おき》つ藻《も》　朝羽《あさは》振《ふ》る　風《かぜ》こそ寄《よ》せめ　夕羽《ゆふは》振《ふ》る　波《なみ》こそ来寄《きよ》れ　浪《なみ》のむた　か縁《よ》りかく依《よ》る　玉藻《たまも》なす　依《よ》り宿《ね》し妹《いも》を〈一に云ふ、「はしきよし　妹《いも》が手本《たもと》を」〉　露霜《つゆしも》の　置《お》きてし来《く》れば　この道《みち》の　八十隈《やそくま》ごとに　万段《よろづたび》　顧《かえりみ》すれど　いや遠《とほ》に　里《さと》は放《さか》りぬ　いや高《たか》に　山《やま》も越《こ》え来《き》ぬ　夏草《なつくさ》の　念《おも》ひしなえて　しのふらむ　妹《いも》が門《かど》見《み》む　靡《なび》けこの山《やま》（巻二・一三一歌）

反歌二首

石見《いはみ》のや　高角山《たかつのやま》の　木《こ》の際《ま》より　我《あ》が振《ふ》る袖《そで》を　妹見《いもみ》つらむか（一三二歌）

小竹《ささ》の葉《は》は　み山《やま》も清《さや》に　乱《みだ》るとも　吾《あれ》は妹思《いもおも》ふ　別《わか》れ来《き》ぬれば（一三三歌）

或本の反歌に曰く

柿本朝臣人麻呂が石見国から妻と別れて上京して来る時の歌二首　と短歌

石見の海の　角の浦のあたりを　よい浦がないと　人こそ見るだろうが　よい潟はないと（一本に「礒がないと」いう）　人こそ見るだろうが　えいままよ　浦はなくとも　えいままよ　潟は（一本に「礒は」という）なくとも（いさなとり）海辺にむかって　渡の津の　荒磯の上に　青々と生えている　玉裳沖つ藻は　朝吹く　風が寄せてこよう　夕に立つ　波に寄ってこよう　その波とともに　あちこちと寄って　玉藻のように　寄り添って寝た妻を（一本に「いとしい　妻の腕を」という）（露霜の）置いて来たので　この道の　曲がり角ごとに　何度も何度も　振り返って見るけれども　ますます遠く　里は遠ざかってしまった　ますます高く　山も越えて来た（夏草の）思いしおれて　わたしを偲んでいるであろう　お前の家の門口を見よう　靡けこの山よ

反歌二首

石見の　高角山の　木の間から　わたしが振る袖を　お前は見ているだろうか

笹の葉は　山もざわめくなかに　乱れているが　わたしはお前を思う　別れてきたので

石見《いはみ》なる　高角山《たかつのやま》の　木《こ》の間《ま》ゆも　吾《あ》が袂振《そでふ》るを　妹見《いもみ》けむかも（一三四歌）

角障《つのさは》ふ　石見《いはみ》の海《うみ》の　言《こと》さへく　辛《から》の崎《さき》なる　いくりにそ　深海松生《ふかみるお》ふる　荒磯《ありそ》にそ　玉藻《たまも》は生《お》ふる　玉藻《たまも》なす　靡《なび》き寝《ね》し児《こ》を　深海松《ふかみる》の　深《ふか》めて思《おも》へど　さ宿《ね》し夜《よ》は　いくだもあらず　延《は》ふつたの　別《わか》れし来《く》れば　肝向《きもむ》かふ　心《こころ》を痛《いた》み　念《おも》ひつつ　顧《かへりみ》すれど　大舟《おほぶね》の　渡《わたり》の山《やま》の　黄葉《もみちば》の　散《ち》りの乱《まが》ひに　妹《いも》が袖《そで》　清《さや》にも見《み》えず　嬬隠《つまごも》る　屋上《やかみ》の〈一に云ふ、「室《むろ》上山《かみやま》」〉山《やま》の　雲間《くもま》より　渡《わた》らふ月《つき》の　惜《を》しけども　隠《かく》らひ来《く》れば　天伝《あまづた》ふ　入日《いりひ》さしぬれ　大夫《ますらを》と　念《おも》へる吾《あれ》も　しきたへの　衣《ころも》の袖《そで》は　通《とほ》りて沾《ぬ》れぬ（一三五）

反歌二首

青駒《あをこま》が　足《あ》掻《が》きを速《はや》み　雲居《くもゐ》にそ　妹《いも》があたりを　過《す》ぎて来《き》にける〈一に云ふ、「あたりは　隠《かく》り来《き》にける」〉（一三六）

秋山《あきやま》に　落《お》つる黄葉《もみちば》　しましくは　な散《ち》り乱《まが》ひそ　妹《いも》があたり見《み》む〈一に云ふ、「散りなまがひそ」〉（一三七）

或本の歌一首　幷せて短歌

石見《いはみ》の海《うみ》　津《つ》の浦《うら》をなみ　浦《うら》なしと　人《ひと》こそ見《み》らめ　潟《かた》なしと　人《ひと》こそ見《み》らめ　よしゑやし　浦《うら》はなくとも　よしゑやし

ある本の反歌にいう

石見にある　高角山の　木の間からも　私の袖を振ったのを　お前は見ただろうか

角の里をへだてる　石見の海の　言葉をさえぎる　辛の崎にある　暗礁に　深海松は生えている　荒磯に　玉藻は生えている　その玉藻のように寄り添って寝た妻を　（深海松の）深く思うけれども　共寝した夜は　いくらもなく　（這うつたの）別れて来たので　（肝むかう）こころが痛み　振り返って見るが　（大船の）渡の山の　もみじ葉が　散り乱れて　あの子の袖も　はっきりとは見えず　（妻隠る）屋上の（一本に「室上山の」という）山の　雲間を　わたってゆく月のように　名残惜しいけれども　すがたが隠れて来たので　（天伝う）入日がさしてきて　ますらおだと思っていたわたしも　（しきたえの）衣の袖は涙で濡れ通ってしまった

反歌二首

青駒の　歩みが速いので　雲のかなたに　お前の家のあたりを　過ぎて来てしまった（一本に「家のあたりは見えなくなった」という）

秋山に　落ちる黄葉よ　しばらくは　散り乱れるな　お前の家のあたりを見たい（一本に「散って

潟《かた》はなくとも　いさなとり　海辺《うみへ》をさして　柔田津《にきたつ》の　荒磯《ありそ》の上《うへ》に　か青《あを》く生《お》ふる　玉藻《たまも》沖《おき》つ藻《も》　明《あ》け来《く》れば　浪《なみ》こそ来依《きよ》れ　夕《ゆふ》されば　風《かぜ》こそ来依《きよ》れ　浪《なみ》のむた　か依《よ》りかく依《よ》る　玉藻《たまも》なす　靡《なび》き吾《わ》が宿《ね》し　しきたへの　妹《いも》が手本《たもと》を　露霜《つゆしも》の　置《お》きてし来《く》れば　この道《みち》の　八十隈《やそくま》ごとに　万段《よろづたひ》　顧《かへりみ》すれど　いや遠《とほ》に　里放《さとさか》り来《き》ぬ　いや高《たか》に　山《やま》も越《こ》え来《き》ぬ　はしきやし　吾《わ》が嬬《つま》の児《こ》が　夏草《なつくさ》の　思《おも》ひしなえて　嘆《なげ》くらむ　角《つの》の里見《さとみ》む　靡《なび》けこの山《やま》（一三八歌）

反歌一首

石見《いはみ》の海《うみ》　打歌《うつた》の山《やま》の　木《こ》の際《ま》より　吾《あ》が振《ふ》る袖《そで》を　妹見《いもみ》つらむか（一三九歌）

右は、歌の体同じといへども、句々相替れり。これに因りて重ねて載せたり。

乱れるな」という）

ある本の歌一首　と短歌

石見の海は　船の着く浦がないので　よい浦がないと　人こそ見るだろうが　よい潟はないと　人こそ見るだろうが　えいままよ　浦はなくとも　えいままよ　潟はなくとも（いさなとり）海辺にむかって　にきたつの　荒磯の上に　青々と生えている　玉裳沖つ藻は　朝になると　波に寄ってこよう　夕方になると　風に寄ってこよう　その波とともに　あちこちと寄って　玉藻のように寄り添って寝た（しきたえの）妻の手を（露霜の）置いて来たので　この道の　曲がり角ごとに　何度も何度も　振り返って見るけれども　ますます遠く　里は遠ざかってしまった　ますます高く　山も越えて来た　いとしい　わが妻が（夏草の）思いしおれて　嘆いているであろう　角の里を見よう　靡けこの山よ

反歌一首

石見の海の　打歌の山の　木の間から　わたしが振る袖を　お前は見ているだろうか

右は、歌のさまはおなじだが、句ごとに相違がある。そこで重ねて載せる。

まず、異伝について見る必要があります。「或本の歌」と第一歌群とが対応しますが、「或本の歌」は、長歌反歌各一首であり、有名な「笹の葉は」の歌はないのです。また、第一歌群に書き入れられた「一に云ふ」と「或本の反歌」(一三四歌)とが対応し、これも長歌反歌各一首の構成の異伝と認められます。後述するように、一三四歌は回想で閉じるものですから、そのさきに、第二歌群のような別離の思いを歌い継ぐことはありえません。こうして異伝を整理してみると、A一三八～一三九歌、B一三一歌一云・一三四歌、C一三一～一三三歌＋一三五～一三七歌一云、D一三一～一三三歌＋一三五～一三七歌、という四つのかたちを見ることになります。おおざっぱにいえば、長歌一首反歌一首でなるもの(A、B)と、長歌反歌各二首(C、D)でなるものとがあったのです。構成のうえでおおきく異なるのは別な歌だというしかありません。

A、Bについていえば、長歌はともに、妹の里である角を見おさめる山での激情で閉じます。「靡けこの山」という結びの表現は強い印象をあたえてきました。たとえば、「「靡けこの山」といふあたり、その恋情の切なるをあらはしえて古今に稀なるうたなりとす」といったのは、『講義』です。その「靡け」は、山にむかって平らに臥せよということるのが一般的ですが、ナビクという語にそくしてなお検討する必要があります。ナビクは、藻や草木など植物について波・風などの力を受けて押され臥すさまをいうものです。そうした具体的な物からいうと、山についてナビクというのは表現として異例です。その特異さは、たんに山が平らに臥すといってすむものではありません。山全体がひとつの木でもあるかのようにいうと、おさえておくべきです。一方、反歌(一三四歌、一三九歌)の「木の間(際)」は、実態である木において歌うものとして、「靡け」ということとあわせて見ることがもとめられます。一三九歌は、「靡け」といった木の間から、いま振っている袖をみているだろうかと、おなじ別離の時点の思いを具体的にいいなおした体で述べるものです。一三四歌の「見けむかも」のケムは過去の推量です。別離の場を時間的にも空間的にも離れて、振った袖を妹は見てくれただろうかと回想するのであり、ここで完結し、全体を回想で閉じるものとなります。長歌一首反歌一首のかたちはおなじで、小異があるだけのようですが、違う歌だといわねばなりません。

長歌二首の構成のものは、C、Dのあいだには小異があるだけです。二首としての構成・構造をめぐって論議がありますが、わたしは、つぎに図式化したかたちでその構成をとらえます。

〈一三一、二歌〉
「妹」へむかう激情
（見納め山での別れの時点）
↓
〈一三三歌〉
別れてきてしまったことの確認

〈一三五、六歌〉
「妹」との隔絶の悲しみ
（夜の宿りの時点）
↓
〈一三七歌〉
なお「妹」へむかうこころ

それは人麻呂の構想として見るのではありません。『万葉集』に人麻呂歌として載る二首構成の実現したものとして見るのです。一三三歌（第一歌群の第二反歌）はそこで要となっています。

笹の葉は　み山も清に　乱るとも　吾は妹思ふ　別れ来ぬれば

小竹之葉者三山毛清尓乱友吾者妹思別来礼婆

とあります。漢字本文をあわせて掲げました。第三句の「乱」の訓については、サヤゲドモが多数派ですが、ミダルトモ（和歌文学大系など）をとりました。文字に即してそのほうが無理がないからです。

結句「別れ来ぬれば」は、「靡けこの山」といい「妹見つらむか」という、長歌・第一反歌の妹に寄りつこうとする情動とは異なって、反省と沈滞のなかにあります。離れているともいえます。その離れは、一三五歌（第二歌群長歌）が「角障《つのさは》ふ石見の海の　言さへく辛の崎なる」（「角障ふ」はその「障」のごとくさえぎることをいい、「言さへく」はことばが通じないの意です。角の里をさえぎりことばも通わないのです。）と隔絶をもって歌いだし、「延ふつたの別れし来れば」と別離を確認するのと相応じ、全体構成の結節をになうのです。

この歌に即していえば、上三句が「笹の葉」についていうのと下二句の「妹思ふ」とを、トモで対置する構造です。上三句をどう見るかは、「乱」にかかるところがあります。ことばの用例からいうと、ミダルはどちらかといえば視覚的であり、サヤグは聴覚的です。いま、ミダルと訓みましたが、「笹の葉は（み山もさやに）乱るとも」は、「み山もさやに」をはさみ込んだ構文です。視覚的にとらえられた笹の葉と、山全体に満ちたざわめきをいう聴覚的な「さや」との併存がここにあります。ざわめきにとり囲まれ、視覚的にも笹の葉の乱れるなかにあることをいうのです。その外界の表現が、「妹思ふ」と対置されます。

「全山を占めている笹の葉の葉ずれの音と、わが沈んだ心との対照であって、その対照によって打ち沈んだ心を暗示してゐるのである」（窪田『評釈』）といわれたりします。「暗示」は微妙ないいかたですが、その対照・対置は、心情の表現を意図したのではなく、そうすることで心にかたちをあたえたというべきです。

　その外界が、心のあり様に合わせて意図的に切りとられたものではなく、むしろ、認識できずにあった外界が聴覚を通して捉えられ、その認識が同時に外界と不調和な自己の内面の発見につながるという形をこの歌はもつ。

といったのは、野田浩子「小竹の葉はみ山もさやにさやげども」（『太田善麿先生退官記念論文集』表現社、一九八〇年）でした。「内面の発見につながるという形をこの歌はもつ」ということは、本質にふれているとうけとめられます。

作者の意図としていうのではなく、歌において実現してしまったものとして、「笹の葉はみ山もさやに乱るとも」という表現とともに発見された「吾」というべきなのです。視覚的・聴覚的に迫ってくる笹の葉の広がりに囲まれながら、そのように迫られることのなかで「別れ来」たから「妹」を思わずにはいられないのだと、はじめてはっきりとたちあらわれる「吾」と「思ふ」ことの具体的なかたちとありようとが、歌によって実現される（あるいは、獲得される）のです。

なお、あれこれの論議については、神野志隆光「石見相聞歌」（『セミナー　万葉の歌人と作品』第二巻、和泉書院、一九九九年）に問題を整理しておきました。

ここで注意したいのは、第二歌群です。その長歌（一三五歌）の末部に、「天伝ふ入日さしぬれ　大夫《ますらを》と念へる吾も　しきたへの衣の袖は通りて沾れぬ」とあります。「大夫」と自負していたにもかかわらず妻を思う悲しみにながされて、袖も濡れとおるほど涙にくれるというのです。

「大夫と思へる我」というのは官人であることを意識したもののいいです。マスラヲを「大夫」と表記します。マスラヲを「健男」（一三五四歌、一三七六歌）、「建男」（一三八六歌）と表記する人麻呂歌集歌の例は、剛強な男という意味をあらわそうとしていると見られますが、仮名書記以外のほとんどは「大夫」と書かれます。「大夫」は、題詞や左注にも、「山上憶良大夫」（六歌左注他）、「石上大夫」（三六八歌題詞）、「京職藤原大夫」（五二一〜五二四歌題詞）などとあるように、官名や五位以上の官人を呼ぶものとしてあらわれます。歌のなかの「大夫」にも、それと通じる官人意識を見るべきです（参照、稲岡耕二「軍王作歌の論」『万葉集の作品と方法』岩波書店、一九八五年。初出一九七三年）。

注意されるのは、「大夫と念へる吾」という成句です。一三五歌をふくめて八例を集中に数えます。列挙すれば、巻一・五歌、巻二・一三五歌、巻四・七一九歌、巻六・九六八歌、巻十一・二五八四歌、巻十二・二八七五歌、巻二十・四四五六歌です。ただし、四四五六歌は「ますらをとおもへるものを」というので、すこし違いますが、準じて見ることができます。例を挙げていえば、

大夫《ますらを》と　念《おも》へる吾《われ》や　かくばかり　みつれにみつれ　片思《かたもひ》をせむ（七一九歌）

ますらおと　思っているわたしが　こんなにも　やつれにやつれ　片思いをすることか

大夫《ますらを》と　念《おも》へる吾《われ》を　かくばかり　恋《こひ》せしむるは　あしくはありけり（二五八四歌）

ますらおと　思っているわたしを　こんなにも　恋させるのは　よくないことだ

は、おなじ発想といえます。「大夫」と自負しているにもかかわらず、恋の思いにとらわれて、それらしからぬ状況にあるという歌いかたです。四四五六歌は、班田使の葛城王が山背国から芹の包みを送り、それに添えた歌「あかねさす　昼《ひる》は田《た》たびて　ぬばたまの　夜《よる》のいとまに　摘《つ》める芹《せり》これ」（四四五五歌。（あかねさす）昼は田を与えて（ぬばたまの）夜の寸暇に摘んだ芹なのだ、これは）とあったのに、薩妙観命婦が答えて贈った歌です。

ますらをと　おもへるものを　大刀《たち》佩《は》きて　かにはの田居《たゐ》に　芹《せり》そ摘《つ》みける（四四五六歌）

ますらおと　思っていたのに　太刀を佩いて　綺田《かばた》の田んぼで　芹を摘んだのであったとは

多忙な公用のなかにあって夜の寸暇に摘んだのだという、葛城王の口上に、大刀を佩く「ますらを」らしくもなく田に芹を摘んだのですね、と答えたわけです。四四五五歌の題詞とあいまって、官人たる「ますらを」が田に芹を摘むと、期待されるありようとのギャップをいうかたちです。

そして、一三五歌にそくしていえば、「大夫」と自負していたが、それらしくもなく、涙にくれて袖まで濡れとおってしまったというのです。「大夫」らしからぬ女々しさということができます。注意したいのは、「大夫」と思っていたわたしなのにと、言立てていうことの意味です。官人たることを離れてかかえてしまったものとしてあらわにするのです。それは、私的な思い、私情としてあることを意識して表現したということです。自らのうちにとどめて、そのままおわってよいかもしれないものまで歌となったのです。

歌にして見せることは、公表される私情というのがふさわしいといえます。私情の発見とその社会化というべきだとわたしは考えます。離別の悲しみのなかにあることを、「大夫」たる「吾」がかかえるものとして取り出してかたちをあたえるのです。発見、といったのは、歌うことによって見出されたというのが適切だと思うからです。もとより何もなかったというのではありません。任地を離れるにあたって、親しかった女性との別れに悲しみを覚えること自体はあったでしょう。しかし、道行きのなかにあって、「大夫」らしからぬ女々しい悲しみの涙にくれてしまう「吾」は、そのように歌うことによってはじめて取り出されえたというべきです。

清水克彦「石見の国より上り来る時の歌（二）」（『柿本人麻呂――作品研究』風間書房、一九六五年。初出一九六〇年）が、一三五歌について「妻に対する愛情といったような私的な感情は、もともと丈夫の口に出すべきものでもなく、また、公の場で公表すべきものでもない」といったことが想起されます。あらためて、「公表すべきでもない」ものが、歌となるとはどういうことか――、それはどうありえたのか、また、そういう歌がなされたことの意味をどう見るかと、問いたいのです。さきに述べたのは、私情があらしめられ、歌うべきものとして制度化されるということです。

あらしめられるといいましたが、私的な別離の悲哀があったことを否定しようというのではありません。それをどう取り出して、どうことばのかたちにすることがありえたかが問題なのです。歌として社会化する、ないし、公表することは自明ではありません。「大夫と念へる吾」をいうことによって、はじめてあらわれたものだから、あらしめられたといい、見出された（発見）といいたいのです。

『万葉集』は、そうした歌をふくんで「歴史」をつくります。「大夫」らしからぬものとして分離される私的な領域を見出したうえで、そこまでをも余すことなくからめとるというべきです。それが、『万葉集』がつくる「歴史」世界なのです。

『万葉集』がつくる、といったことについて、あらためて、「構想」としていうものではないと念をおしておきます。「構想」というと、意図されたものということになります。わたしがいうのは、『万葉集』がつくっているもの、すなわち、『万葉集』において見ることができるものということにほかなりません。人（編者）の意図があってできたには相違ないとして、わたしたちが見るのは現にある『万葉集』です。「意図」や「構想」は、『万葉集』において見た結果から、あったものとしていうにすぎません。堂々巡りでしかないのです。わたしたちは、あくまで『万葉集』において見ることができるだけです。

3　私的領域を組み込んだ「歴史」世界

『万葉集』がつくる「歴史」世界といってきたことは、その世界構築にかかわるものとしての部立てのなかでいうべきでしょう。巻一〜六の構成の基軸となっているのは、「雑歌」「相聞」「挽歌」という部立てですが、それを世界の構成のしかたとして見、そのなかに置いて見るということです。

部立ては、歌がかかわる場面をいわば切り分けるものです。それぞれの部立てがどういう場面かということは、「雑歌」「相聞」「挽歌」の名に標示されます。諸注に説かれているとおりですが、「相聞」は「消息を通じ意を交換する義」（山田孝雄『万葉集考叢』宝文館、一九五五年）で、巻十一・十二の目録に「相聞往来」とあるようにやりとりするものをいい、「挽歌」は文字のとおり柩を挽く時の歌という義がもととなるもので、「雑歌」はこの二つ以外のものです。それらの称は『文選』からとったとされます。その全体がつくるものは、世界という点から見るとき、世界の生活的局面ないし場面の切り分けといえます。

『万葉集』は、切り分けられたそれぞれの局面において、私的領域、および、そこにあったものとしての私情を見出しながら、それをもからめとって世界を構築するのだといいなおしましょう。

これに対して、相聞の部などは、もとより恋の歌を主とした、私的な歌があり、それが集められたのではないかといわれるかもしれません。しかし、見すごしてならない要は、あったかもしれないにせよ、それを私的なものとして取り出して見せ、公表すべき私情として制度化するということです。それは、「歌集」のレベルにおいてありえたものです。石見相聞歌が巻二相聞の部の最後に位置するということは、この点で重要です。公表すべき私情であることを明確にして、相聞の部をまとめる位置にたつのです。そうした部立てによって、私情としての恋の歌が公表されるべきものとなってしまう制度をつくることが、歌による世界構築なのです。

私的領域を見出し、からめとることは、雑歌にしてもおなじです。たとえば、巻一・五～六歌が「大夫と念へる我も」と歌うことが注意されます。

讃岐国の安益《あや》郡に幸《いでま》せる時に、軍王《いくさのおほきみ》、山を見て作る歌

霞立《かすみた》つ　長《なが》き春日《はるひ》の　晩《く》れにける　わづきも知《し》らず　むら肝《きも》の　心《こころ》を痛《いた》み　ぬえこ鳥《とり》　うらなけ居《を》れば　珠《たま》だすき　かけの宜《よろ》しく　遠《とほ》つ神《かみ》　吾《わ》が大王《おほきみ》の　行幸《いでまし》の　山越《やまこ》す風《かぜ》の　独座《ひとりを》る　吾《わ》が衣手《ころもで》に　朝夕《あさよひ》に　かへらひぬれば　大夫《ますらを》と　念《おも》へる我《あれ》も　草枕《くさまくら》　旅《たび》にしあれば　思《おも》ひ遣《や》る　たづきを知《し》らに　網《あみ》の浦《うら》の　海処女《あまをとめ》らが　焼《や》く塩《しほ》の　念《おも》ひそ焼《も》ゆる　吾《あ》が下情《したごころ》（五歌）

反歌

山越《やまごし》の　風《かぜ》を時《とき》じみ　寝《ぬ》る夜《よ》落《お》ちず　家《いへ》なる妹《いも》を　かけてしのひつ（六歌）

右、日本書紀に検《ただ》すに、讃岐国に幸ししことなし。また、軍王も未詳なり。ただし、山上憶良大夫《やまのうへのおくらのだいぶ》の類聚歌林《るいじうかりん》に曰く、「記に曰く、『天皇の十一年己亥の冬十二月、己巳の朔の壬午に、伊予の温湯《ゆ》の宮に幸す云々』といふ。一書に、『この時に、宮の前に二つの樹木あり。この二つ

讃岐の国の安益郡に行幸なさった時に、軍王が山を見て作った歌

霞の立つ　長い春の日が　いつ暮れたかも　わからないほど（むら肝の）心が苦しいので（ぬえこ鳥）胸のなかで泣いていると（玉だすき）こころにかけて思うのに具合よく（遠つ神）わが大君が　行幸なさっている　この山を越える風がひとり居る　わが袖に　朝夕に　吹きかえってゆくので　ますらおと　思っているわたしも（草枕）旅にあるので　愁いをはらす　すべもなく　網の浦の　海人のむすめたちが　焼く塩のように　思いが燃える　わたしの胸のうちは

反歌

山を越えてくる　風が絶え間ないので　毎晩　家にいる妻を　心にかけて思った

右は、『日本書紀』に検するに、讃岐の国に行幸したことはない。また、軍王も未詳である。ただし、山上憶良の『類聚歌林』には、「記に、『天皇の十一年十二月十四日に、伊予の温泉の

の樹に、斑鳩《いかるが》と比米《ひめ》との二つの鳥大く集けり。時に勅して、多く稲穂を掛けてこれに養はしめたまふ。仍りて作る歌云々』といふ」といふ。けだし、ここより便《すなは》ち幸せるか。

宮に行幸云々』という。ある書に『この時に、宮の前に二本の木があった。このふたつの木に、いかるがとひめと、二種類の鳥がたくさん集まった。その時に、勅命をもって、おおくの稲穂を掛けて餌としてあたえた。そこで作った歌云々』という」とある。思うに、天皇はこの伊予からそのまま讃岐に行幸されたのであろうか。

左注は「類聚歌林」を見合わせることによって、行幸を確認し、舒明天皇の伊予行幸のなかにあった歌として定位しようとします。歌は、行幸に供奉している官人であるにもかかわらず、「念ひそ焼ゆる」と「家なる妹」への思いをいうものとして示されます。妻への思いは私的なものです。「大夫と念へる我も」は、石見相聞歌とおなじ表現であり、「家なる妹」への思いという、供奉の官人たる「大夫」（その表記に官人意識があることはさきに述べたとおりです）らしからぬものをかかえてしまうと歌うのです。やはり私的なものとして見出したのであり、その私情を歌うことを世界のなかに組み込んでここにあります。

また、吉野讃歌にすぐ続く、やはり人麻呂のいわゆる留京三首（巻一・四〇〜四二歌）についても、おなじことを見ます。

伊勢国に幸せる時に、京《みやこ》に留まれる柿本朝臣人麻呂が作る歌

あみの浦《うら》に　船乗《ふなの》りすらむ　𡢳嬬《をとめ》らが　珠裳《たまも》の裾《すそ》に　しほみ

伊勢の国に行幸なさった時に、都に留まった柿本朝臣人麻呂が作った歌

あみの浦に　船遊びをしているであろう　乙女ら

つらむか（四〇歌）
釧《くしろ》つく　手節《たふし》の埼《さき》に　今日《けふ》もかも　大宮人《おほみやひと》の　玉藻《たまも》刈《か》るらむ
（四一歌）
潮《しほ》さゐに　伊良虞《いらご》の島辺《しまへ》　榜《こ》ぐ船《ふね》に　妹《いも》乗るらむか　荒《あら》き嶋《しま》廻《み》を（四二歌）

の　玉藻の裾に　潮が満ちているであろうか
（釧つく）答志の崎で　今日も　大宮人が　玉藻を刈っているであろうか
潮騒のなかで　伊良湖の島のあたりを　漕ぐ船に
お前は乗っているのであろうか　荒々しい島のあたりを

三首とも「らむ」をもって歌うものです。ラムは現在推量で、ここでは旅にある人を、いまごろ〜しているであろう、と思いやるものであり、留守の歌の発想です。すぐ後に、おなじ行幸の歌として、つぎの二首が載ります。

当麻《たぎま》真《ま》人《ひと》麻呂《まろ》が妻の作る歌
吾《わ》が背《せ》子《こ》は　いづく行《ゆ》くらむ　おきつもの　名張《なばり》の山《やま》を　今《け》日《ふ》か越《こ》ゆらむ（四三歌）
石上《いそのかみの》大臣《おほまへつきみ》、従駕して作る歌
吾妹《わぎも》子《こ》を　いざみの山《やま》の　高《たか》みかも　日本《やまと》の見《み》えぬ　国遠《くにとほ》みかも（四四歌）

当麻真人麻呂の妻が作った歌
わが夫は　どのあたりを行っているのであろうか
（おきつもの）名張の山を　今日越えているであろうか
石上大臣が供奉して作った歌
（我妹子を）いざみの山が　高いからか　大和が
見えない　国が遠いからなのか

これは、家なる妻が行幸の旅にある夫を思う四三歌と、従駕の人が家なる妻を思う四四歌——これは、さきの軍王の五〜六歌とおなじです——とを対比的に並べたものです。四三歌が、第二句と結句とにくりかえしてラムを用いることが、留守の歌の発想をよく示してくれます。人麻呂歌が供奉した妹を思うというのは、通常、妻が家にあって旅にある夫を思うという留守歌を逆転させたかたちです。

人麻呂歌は、ラムによって思いやられる対象を、三首のなかで呼びわけます。これについて、澤瀉『注釈』は、

作者は意識してはじめに「をとめら」と云ふひろい呼び名で呼び、次にその範囲をせばめて「大宮人」といひ、ここではじめて「妹」と云つて我が心中の唯一人の人である事を明らかにしてゐる（以下略）

と説きます。明快であり、そのこと自体は正当ですが、「妹」についてなお踏み込む必要があると思います。四二歌の「妹」は、直前の四一歌において、「大宮人」と客観的に行幸にあるものたちをいうのに対置してあらわれます。「我が心中の唯一人の人」というとおり、公的な立場から分離されたものとして、その「妹」はあります。公的な行幸にかかわりながら、見出してしまう私的関係なのです。石上大臣の四四歌が、「従駕」と題詞に明記しながら「吾妹子」と歌うのもおなじことです。それは人麻呂の歌とともにあります。人麻呂歌は、三首が連ねられるなかで「妹」を見出すにいたり、私的な領域までからめるかたちで成り立つものとなっているのと、「従駕」という題詞のもとに「吾妹子」ということとは、ひとつにつながります。

この雑歌もあわせて、『万葉集』の「歴史」は、私的領域を見出しながら、それまでをも組み込んだ世界をあらわしだすのだといってよいでしょう。

そのような「歴史」世界として見るとき、『古事記』『日本書紀』の「歴史」とは異なるということができます。それが『万葉集』の「歴史」なのです。

4　感情をも組織する世界

そうした観点から、泣血哀慟歌の題詞「哀慟」にも注意が向けられます。これも、部立てによる切り分けととも

に、標題・題詞・左注があいまって成り立たせる、『万葉集』の「歴史」世界にとって、本質にかかわる問題ではないかと考えるのです。

巻一、二の題詞において、こうした心情ないし感情をあらわす語をふくむのは、泣血哀慟歌のほかにも、たとえば、「高市古人、近江の旧き堵《みやこ》を感傷して作る歌」（巻一・三二～三三歌題詞）のごときがあります。直前の、おなじ近江荒都をうたう人麻呂の巻一・二九～三一歌の題詞「近江の荒れたる都を過る時に、柿本朝臣人麻呂が作る歌」が、ことがらを述べるだけなのとの違いが注意されます。古人歌は、題詞「感傷」と、「見れば悲しき」（三二歌）「見れば悲しも」（三三歌）と結び、ともに感情を表出する形容詞に託して歌います。異なるのは、古人歌の題詞には直接感情を示していることとです。その意味が問われます。

こうした題詞を巻一、二から抽出してみると以下のようになります。

1、麻績王、伊勢国の伊良虞の嶋に流されたる時に、人の哀傷して作る歌（巻一・二三歌）
2、麻績王、これを聞き感傷して和ふる歌（巻一・二四歌）
3、高市古人、近江の旧き堵を感傷して作る歌（巻一・三二～三三歌）
4、有間皇子自ら傷みて松が枝を結ぶ歌二首（巻二・一四一～一四二歌）
5、長忌寸意吉麻呂、結び松を見て哀咽する歌二首（巻二・一四三～一四四歌）
6、大津皇子の屍を葛城の二上山に移し葬る時に、大来皇女の哀傷して作らす歌二首（巻二・一六五～一六六歌）
7、皇子尊の宮の舎人等が慟傷して作る歌廿三首（巻二・一七一～一九三歌）
8、但馬皇女の薨ぜし後に、穂積皇子、冬の日雪の落るに、御墓を遥かに望み、悲傷流涕して作らす歌一首（巻

二・二〇三歌）

9、柿本朝臣人麻呂、妻が死にし後に、泣血哀慟して作る歌二首、幷せて短歌（巻二・二〇七〜二一二歌）

10、柿本朝臣人麻呂、石見国に在りて死に臨む時に、自ら傷みて作る歌一首（巻二・二二三歌）

題詞だけでなく、つぎの左注もあげねばなりません。

11、右、山上憶良大夫の類聚歌林に検すに、曰く、「飛鳥岡本宮に天の下治めたまひし天皇の元年己丑、九年丁酉の十二月、己巳の朔の壬午に、天皇・大后、伊予の湯の宮に幸す。後岡本宮に天の下治めたまひし天皇の七年辛酉の春正月、丁酉の朔の壬寅に、御船西つかたに征き、始めて海路に就く。庚戌、御船、伊予の熟田津の石湯の行宮に泊つ。天皇、昔日《むかし》の猶し存《のこ》れる物を御覧《みそこなは》して、当時《そのとき》に忽ちに感愛の情を起したまふ。所以《このゆゑ》に因りて歌詠《みうた》を製《つく》りて哀傷したまふ」といふ。即ち、この歌は天皇の御製なり。ただし、額田王の歌は、別に四首あり。（巻一・八歌）

12、右の一首は、今案《かむが》ふるに、移し葬る歌に似ず。けだし疑ふらくは、伊勢神宮より京に還る時に、路の上に花を見て、感傷哀咽して此の歌を作れるか。（巻二・一六六歌）

11は、題詞は「額田王の歌」としますが、左注は「類聚歌林」を引き、そこには、斉明天皇が、舒明天皇とともに行幸した時の風物が昔のままにあるのを見て作った歌として、この歌を載せるといって、年次・事情を具体化します。題詞と左注とで異なる作者の歌として示すので、どちらをとるべきかという論議もあり、天皇の意を体した額田王による代作と見る論もありましたが、わたしは、歌がひとりの作者に帰しえないものとしてあったというありようを示すと見ます。12は、題詞（引用の6）に対して、別な事情を見るべきだというものです。

これらは、「傷」「哀」「悲」に集中します。「感傷」「悲傷」「哀傷」などと熟する場合もありますが、すべて悲しみをいうものです。4～10は挽歌であって、悲しみが主になるのは当然といえるかもしれません。ただ、挽歌であっても、このように直接心情や感情を示す題詞は普通ではありません。「天皇の聖躬不予《みやまひ》したまふ時に、太后の奉る御歌一首」（巻二・一四七歌）のように、事態ないしことがらを記すにとどまるのが一般的です。これらには、歌自体において「かなし」と表現するのとはちがう意味があります。つまり、主題が悲しみの感情であることを外形的に明示するのです。問うべきなのは、それが『万葉集』の「歴史」にとってもつ意味です。

端的に、それら題詞・左注における「哀」「傷」は、感情の組織という点から見るべきです。さまざまな場面の歌を組織して世界を覆うことが、感性・感情のレベルにおよぶものであったということです。歌自体によるのみでなく、感情を外形的に明示して世界構築をになうものであり、つまり、感情まで組織して世界を構築するものとしてあるのです。

麻績王、有間皇子、大津皇子という事件にかかわる感情も、ここで、「哀傷」ということに、いわば統制されて「歴史」に定位されています。泣血哀慟歌のような、私情として見出されてありえたものも、おなじく「哀」であって、おなじ題詞のもとに組織されるのです。感情の枠をつくるのだといえます。

以上をまとめていえば、私的領域を見出し、これをからめとって組み込むとともに、感情をも組織して世界を成り立たせてある、ということです。この巻一、二のつくる磁場に、巻六までを引き寄せているのです。それが、『万葉集』の「歴史」世界です。

5　巻六について

そうした観点が必要でかつ有効だということを、巻六についても見届けておきます。神亀三年の印南野行幸の時の歌として、次のように、金村歌と赤人歌とが並んで載ります。

三年丙寅の秋九月十五日に、播磨国の印南野《いなみの》に幸せる時に、笠朝臣金村が作る歌一首　并せて短歌

名寸隅《なきすみ》の　船瀬《ふなせ》ゆ見《み》ゆる　淡路嶋《あはぢしま》　松帆《まつほ》の浦《うら》に　朝《あさ》なぎに
玉藻《たまも》刈《か》りつつ　暮《ゆふ》なぎに　藻塩焼《もしほや》きつつ　海未通女《あまをとめ》　有《あ》りと
は聞《き》けど　見《み》に去《ゆ》かむ　よしのなければ　大夫《ますらを》の　情《こころ》はなし
に　手弱女《たわやめ》の　念《おも》ひたわみて　たもとほり　吾《あれ》はそ恋《こ》ふる
船梶《ふなかぢ》をなみ（九三五歌）

反歌二首

玉藻《たまも》刈《か》る　海未通女《あまをとめ》ども　見《み》に去《ゆ》かむ　船梶《ふなかぢ》もがも　浪高《なみたか》く
とも（九三六歌）
往《ゆ》き廻《めぐ》り　見《み》とも飽《あ》かめや　名寸隅《なきすみ》の　船瀬《ふなせ》の浜《はま》に　しきる
白波《しらなみ》（九三七歌）

山部宿祢赤人が作る歌一首　并せて短歌

八《や》隅知《すみし》し　吾《わ》が大君《おほきみ》の　神《かむ》ながら　高知《たかし》らせる　稲見野《いなみの》の

神亀三年九月十五日に、天皇が播磨国の印南野に行幸された時に、笠朝臣金村が作った歌一首と短歌

名寸隅の　船瀬から見える　淡路島の　松帆の浦に　朝なぎに　玉藻を刈り　夕なぎに　藻塩を焼いて　海人おとめたちが　いるとは聞くが　見にゆこうとしても　すべがないので　ますらおたるべき心もなく　たおやめのように　思いしおれてうろうろと　恋焦がれていることだ　舟も梶もないので

反歌二首

玉藻を刈る　海人おとめたちを　見に行く　舟や梶があればよい　波が高くとも

行きめぐって　見ても飽きるだろうか否飽きはしない　名寸隅の　船瀬の浜に　しきりに寄せるなみは

大海《おふみ》の原《はら》の　荒妙《あらたへ》の　藤井《ふじゐ》の浦《うら》に　鮪釣《しびつ》ると　海人船騒《あまぶねさわ》き　塩焼《しほや》くと　人《ひと》そさはにある　浦《うら》を吉《よ》み　うべも釣《つり》はす　浜《はま》を吉《よ》み　うべも塩焼《しほや》く　あり往来《かよ》ひ　御覧《め》さくも著《しる》し　清《きよ》き白《しら》浜《はま》（九三八歌）

反歌三首

奥《おき》つ浪《なみ》　辺《へ》波静《なみしづ》けみ　漁《いざ》りすと　藤江《ふぢえ》の浦《うら》に　船《ふね》そ動《さわ》ける（九三九歌）

不欲見野《いなみの》の　浅茅《あさぢ》押《お》し靡《な》べ　さ宿《ぬ》る夜《よ》の　け長《なが》くしあれば　家《いへ》ししのはゆ（九四〇歌）

明石潟《あかしがた》　潮干《しほひ》の道《みち》を　明日《あす》よりは　下咲《したゑ》ましけむ　家近《いへちか》づけば（九四一歌）

山部宿祢赤人の作った歌　と短歌

（やすみしし）吾が大君が　神としての本性のままに　お治めになる　印南野の　大海の原の（荒妙の）藤井の浦に　鮪を釣ろうと　海人の舟が騒ぎ　潮を焼こうと　人がおおくいる　浦がよいから　釣りをするのももっともなこと　浜がよいから　潮を焼くのももっともなことと　通いつづけて　ご覧になるわけもはっきりしている　この清い白浜は

反歌三首

沖の波　岸の波がしずかなので　魚をとろうと　藤江の浦に　舟がにぎわっていることだ

印南野の　浅茅を押し靡かせて　旅寝する夜が　幾日もつづくので　家がおもわれることだ

明石潟の　潮の干た海辺の道を　明日からは　心はずんでゆくことであろう　家が近くなるから

その内容は対照的で、金村長歌は海人娘子への恋情をいい、赤人長歌は行幸の地を讃美するものとなっています。行幸の歌らしいといえるのは赤人長歌ですが、それも、金村歌の第二反歌「見とも飽かめや」をうけて展開されるのであり、また、第二、第三反歌は「家ししのはゆ」「家近づけば」と、家（妻）への思いをもっていい、かならずしも行幸の地の讃美で一貫せず、行幸の歌らしくないのです。金村歌―赤人歌―金村歌と円環するともいえ、両者はかかわりあって一体だと認められます。

そのような歌が、行幸供奉の歌であることをどう見るか。『全注』は、金村歌について「供奉歌の歌われる場面の質的な変化に応ずるものではないか、と考えられる」といいますが、「場面」の変化という条件で説明するのではなく、そのように歌うことが意味をもつものとして見るべきではないでしょうか。

九三五歌にも「大夫の情はなしに」とあります。「大夫」と自負しているにもかかわらず、「大夫」たるべきありようを離れた状況におちいっていることを、あらわにするのです。歌の場が変化したというより、軍王歌などとおなじく、私的な領域まで組みこんで世界を構築するうえで、そのように歌われるべきものとしてあったというべきです。

そうした点から、巻頭の金村歌につづいて載る車持千年の歌の理解も「世界」の問題として明確にされます。

　車持朝臣千年が作る歌一首　并せて短歌

うまこり　あやにともしく　鳴《な》る神《かみ》の　音《おと》のみ聞《き》きし　み芳《よし》野《の》の　真木《まき》立《た》つ山《やま》ゆ　見降《みおろ》せば　川《かは》の瀬《せ》ごとに　開《あ》け来《く》れば　朝霧《あさぎり》立《た》ち　夕《ゆふ》されば　かはづ鳴《な》くなへ　紐解《ひもと》かぬ　旅《たび》にしあれば　吾《あ》のみして　清《きよ》き川原《かはら》を　見《み》らくし惜《を》しも（九一三歌）

　反歌一首

滝《たき》の上《うへ》の　三船《みふね》の山《やま》は　畏《かしこ》けど　思《おも》ひ忘《わす》るる　時《とき》も日《ひ》もなし（九一四歌）

　或本の反歌に曰く

　車持朝臣千年が作った歌一首　と短歌

（うまこり）むしょうに見たく思いながら　（鳴る神の）音にだけ聞いていた　み吉野の　真木の茂り立つ山から　見おろすと　川の瀬ごとに　夜が明けると　朝霧がたち　夕方になると　かわずが鳴くにつけて　下着の紐を解くことのない　旅のことであるから　わたしだけで　この清い川原を見るのが惜しいことだ

　反歌一首

滝のほとりの　三船の山は　畏れおおいが　家の妻を思い忘れる　時も日もない

　ある本の反歌にいう

千鳥《ちどり》鳴《な》く　み吉野川《よしのがは》の　川《かは》の音《おと》の　止《や》む時《とき》なしに　思《おも》ほゆる公《きみ》（九一五歌）
あかねさす　日並《けなら》べなくに　吾《あ》が恋《こひ》は　吉野《よしの》の川《かは》の　霧《きり》に立《た》ちつつ（九一六歌）
　右、年月審らかならず。ただし、歌の類を以てこの次《つぎて》に載せたり。或本に云はく、養老七年五月に吉野の離宮《とつみや》に幸せる時の作、といふ。

千鳥の鳴く　み吉野川の　川の音が　絶えることがないように　思われるあなただ
（あかねさす）日数を重ねたでもないのに　わたしの恋の嘆きは　吉野の川の　霧としてたっている
　右は、年月がわからない。ただし、歌の類似をもってこの順序に載せた。或る本には、養老七年五月に吉野の離宮に行幸された時の作だという。

この歌について、新編全集は「行幸従駕の歌らしからぬ個人的感情の露出が見られ、単なる羈旅の歌といってもよいほどである」といいます。それに対して、大事なのはそうした歌が金村歌に並ぶことだといいましょう。そうした「個人的感情の露出」が意味を持つことを見るべきなのです。『全注』が「金村の作が表の世界での予祝の歌として、千年の作が裏の官人たちの世界での恋の歌として」組をなすというのは、それにふれようとしたものだとはいえます。しかし、「表裏」というようなことではなく、そのように歌うことによって、私的な感情まで見出し、すべてすくいとってしまうかたちで、世界として構築するものとして、金村歌・千年歌あいまって意味あることを見るべきなのです。

五　歌の環境——巻五について

1　巻五の特異さ

第一章の最後にすこしふれましたが、巻五は特異な巻として知られています。大伴旅人と山上憶良との二人にかかわる作が中心となり、年次は神亀五年（七二八）から天平五年（七三三）という短い期間に集約されていて、大宰府を場とするものが多く、漢文の手紙、漢文の序や漢詩とともに歌があるという、他の巻とは異なる特色をもつ巻です。こうした巻がどのようにして成り立ったか、成立・編纂にとくに強い関心が寄せられてきたのも当然といえます。大宰府を場とすることをめぐって「筑紫歌壇」という論議があり——古代に「歌壇」という概念を導入することが適切かどうか、伊藤博「古代の歌壇」（『万葉集の表現と方法　上』、塙書房、一九七五年。初出一九六九年）の検討があります。近代的な概念である「歌壇」をもちこむことには問題がありますが、「筑紫歌壇」ということは、定着したものとなっています——、編纂をめぐる論もおおく重ねられてきました。

しかし、ここでは、そうした成立的視点から離れて、巻五について、巻一～六のなかでこの巻がどのような位置と意味をもつものであるかということに目をむけます。特異であることは、『万葉集』にとっての問題として、巻一～六のなかにあって意味をもつことを見るべきだからです。

2 仮名書記の歌

巻五は、歌を一字一音の仮名で書きます。巻一〜六のなかでは、歌を仮名で書くものは巻五のほかにありません。そのことにまず注意したいと思います。歌の仮名書記は、巻五の選択であり、この巻の特異さと切り離せないからです。

旅人・憶良の筑紫にかかわる歌は、巻五以外にもあります。たとえば、巻八には、憶良の七夕の歌があります。一五二〇〜一五二二歌の左注には「右天平元年七月七日夜憶良仰観天河　一云帥家作」とし、一五二三〜一五二六歌左注には「右天平二年七月八日夜帥家集会」とあって、あきらかに巻五の歌々とおなじ大宰府の歌の場と受け取られます。歌の年次的位置からすれば、この七夕歌が鎮懐石の歌（八一三〜八一四歌）の前後に置かれた資料を考えたくなるかもしれません。七夕歌が巻五に入れられなかったのは、巻五は鎮懐石の歌のような漢文を伴うものを選んで、そうでないのは他巻に切りだしたのだといえば説明としてはわかりやすいかもしれません。

ただ、巻八の七夕歌の書記は、

秋風之吹尓之日従何時可登吾待恋之君曾来座流（一五二三歌）
秋風《あきかぜ》の吹《ふ》きにし日《ひ》より何時《いつ》しかと吾《あ》が待《ま》ち恋《こ》ひし君《きみ》そ来座《きま》せる

秋風が　吹いたその日から　いつになったらと　わたしの待ち恋うていた　あの人がやって来られた

のごとく、『万葉集』における標準的な訓主体の書記です。成立的に説明しようとすれば、もとの資料では巻五のように仮名書記であったが、巻八では書き換えたのだといった体の説明が必要になります。

しかし、そうした成立の問題として考えるのは、巻五として見ることとはちがいます。たとえば、この巻を大宰府において旅人と憶良とのあいだにひらけた「筑紫新文芸」たる「漢倭併用体・書牘体」の作品をもって一巻としてつくろうとしたのだという伊藤博「万葉集の成り立ち」(『釈注』別巻、集英社、一九九九年)に対していえば、どうつくろうとしたかという意図はおいて、『万葉集』としていまあるものに即して、他の巻とは異なることをこの巻の特異さとして見るのが第一義です。

そこにおいて歌が仮名書記であることが問題なのです。その仮名書記を資料の問題に還元するのでは、『万葉集』の理解になりません。巻八は書き換えたかどうかといえば、書き換えたかもしれませんが、それは『万葉集』にとっての問題ではありません。『万葉集』において見るべきなのは、巻五は通常ならざる仮名書記を選択し、巻八は通常の訓主体書記を選択したということであり、問われるのは、巻五の書記の特異性、ないし非標準性です。

そこには、二重の問題があります。まず、巻五に即して、仮名書記の選択の意味を見ることが必要です。ただ、ことはそこにとどまりません。そのような仮名書記をもって歌がある特異な巻五が、『万葉集』巻一~巻六の「歴史」世界においていかなる意味をもつかということまですすめねばなりません。

3 「日本挽歌」をめぐって

第一章に、旅人や憶良の「意図」を問題としないという立場について述べましたが、あらためて、巻五における仮名書記を、旅人や憶良の「意図」の問題ではなく、『万葉集』の選択として見ることをたしかめておきます。わたしたちの見ることができるのは、『万葉集』の構成したかたちであり、それについて見るだけです。資料はあったかもしれません。そこに、たとえばそれぞれの用字の傾向をとどめていたかもしれません。しかし、「かもしれない」ということにとどまります。用字の傾向についていえば、巻五の問題として、歌の構成を考える際に歌の帰属の標識として意味をもつという以上のものではありません。

巻五において、歌を一字一音で書くことは、おなじ憶良の歌を載せる巻八とは異なる選択でした。標準的な書記を選んだ巻八と見合わせれば、条件の違いはあきらかです。巻八は歌だけを載せます。巻五は、第一章に掲げた「凶問に報ふる歌」に見るように（三一〜三二ページ）、歌は、漢文の手紙や、序、漢詩などとともにあります。伊藤のいう「漢倭併用体」であり、歌だけで構成されるものではありません。歌が仮名書記であることはその点にかかると、まず受け取るべきです。

さきに歌であることの標示だといいました。すべてが漢字のなかにあって、一字一音で書かれたものは、固有のことばをそのままあらわしだしています。漢字の表意性は切り捨てるという選択――文字の表現性の「零化」――とともにそうあるというのが、漢文の手紙に対しての歌です。

漢字の表現空間における歌の固有性という問題がそこにあります。漢字世界のなかで歌は固有言語によるものとしていかにありえたかということですが、「凶問に報ふる歌」のようなかたちは、漢字世界にあって、漢文と言語的に対峙して、歌を示しだしているということができます。対峙といいましたが、歌と漢文とが、異なる言語表現をもってかかわってあるということです。そうした関係性をとらえるには、環境というのがもっともふさわしいと考えます。

歌をふくむ作品のかたちとして、「凶問に報ふる歌」のようなかたちは、巻五の特徴です。伊藤博「万葉集の成り立ち」（前掲）のように、それを大宰府における旅人たちの新しい歌のこころみとしてとらえることもなされています。たしかに他の巻にないかたちですが、それを「筑紫新文芸」（伊藤）などというとき、限られた場で旅人・憶良によってなされた独自なこころみとして見ることになります。この巻の特異さを、そのように歌人論的に切り離してしまうのでよいのでしょうか。

この巻の特異さは、巻一～六の、歌の「歴史」世界にかかわる問題として見るべきです。漢字世界の歌の環境ということはそのための視点です。

具体的に、「凶問に報ふる歌」につづく、漢文と漢詩と「日本挽歌」と題する歌（七九四～七九九歌）とから成る作品（漢字本文のすがたを見ることが必要なので、漢字本文・読み下し文を併せて掲げ、現代語訳をつけました）を取り上げて述べます。

蓋聞、四生起滅、方夢皆空、三界漂流、喩環不息。所以維摩大士在于方丈、有懐染疾之患、釈迦能仁坐於双林、無免泥洹之苦。故知、二聖至極、不能払力負之尋至、三千世界、誰能逃黒闇之捜来。二鼠競走、而度目之鳥旦飛、四蛇争侵、而過隙之駒夕走。嗟乎痛哉。紅顔共三従長逝、素質与四徳永滅。何図、偕老違於要期、独飛生於半路。蘭室屏風徒張、断腸之哀弥痛、枕頭明鏡空懸、染筠之涙逾落。泉門一掩、無由再見。嗚呼哀哉。

愛河波浪已先滅　苦海煩悩亦無結
従来厭離此穢土　本願託生彼浄刹

日本挽歌一首

大王能　等保乃朝庭等　斯良農比　筑紫国尓　泣子那須　斯多比枳摩斯提　伊企陁尓母　伊摩陁夜周米受　年月母　伊摩他阿良祢婆　許々呂由母　於母波奴阿比陁尓　宇知那毗枳　許夜斯努礼　伊波牟須弊

聞くところによれば、四生（卵生・胎生・湿生・化生）の生死は夢がすべてはかないのとおなじであり、三界（欲界・色界・無色界）に漂い迷うのは輪がつながっておわりがないのと同じだという。それゆえ、維摩大士も方丈の居室にあって病気に悩むことがあり、釈迦如来も沙羅双樹の林に坐して死の苦しみから免れることはおできにならなかったと聞く。無上の二人の聖人ですら死の手を払いのけることができず、この三千世界にあって誰もが死神の追及を逃れることはできないことがわかる。二匹の鼠（昼と夜）が競争して走り、朝飛ぶ鳥が目の前を通り過ぎるよ

世武須弊斯良尓　石木乎母　刀比佐気斯良受　伊弊那良婆　迦多知波阿良牟乎　宇良売斯企　伊毛乃美許等能　阿礼乎婆母　伊可尓世与等可　尓保鳥能　布多利那良毗為　加多良比斯　許々呂曾牟企弖　伊弊社加利伊摩須（七九四歌）

反歌

伊弊尓由伎弖　伊可尓可阿我世牟　摩久良豆久　都摩夜佐夫斯久　於母保由倍斯母（七九五歌）

伴之伎与之　加久乃未可良尓　之多比己之　伊毛我己許呂乃　須別毛須別那左（七九六歌）

久夜斯可母　可久斯良摩世婆　阿乎尓与斯　久奴知許等其等　美世摩斯母乃乎（七九七歌）

伊毛何美斯　阿布知乃波那波　知利奴倍斯　和何那久那美多　伊摩陁飛那久尓（七九八歌）

大野山　紀利多知和多流　和何那宜久　於伎蘇乃可是尓　紀利多知和多流（七九九歌）

神亀五年七月廿一日　筑前国守山上憶良上

蓋《けだ》し聞く、四生《ししやう》の起滅するは、夢《いめ》の皆空しきが方《ごと》く、三界の漂流するは、環《たまき》の息《や》まぬが喩《ごと》し。所以に維摩《ゆいま》大士《だいし》も方丈に在りて、染疾《ぜんしつ》の患へ

うに時が過ぎ、四蛇（地水火風の四大要素）は互いに侵しあって、それらから成る人の身は、戸の隙間を走る駒が夕方に逃げ走るように衰える。ああ痛ましいことだ。美しい容貌は三従の徳（婚前は父に従い、婚後は夫に従い、夫亡きあとは子に従う）とともに永遠に失われ、白い肌も四徳の婦道（婦徳・婦言・婦容・婦功）とともに永久に滅びてしまった。思いもよらなかったことだ。夫婦偕老の誓いも空しく、やもめ鳥のように人生の道のなかばにして独りとりのこされて生きることになろうとは。かぐわしい部屋には屏風がいたずらに張られたままで断腸の悲しみはますますせつなく、枕もとには明鏡が空しく懸っていて、青竹をまだらに染めたという嘆きの涙があふれおちてくる。黄泉の門がひとたび閉ざされれば二度とあうすべはない。ああ悲しいことよ。

愛欲の川浪はすでに消えた。煩悩の苦しみの海もまたなくなってしまった。

を懐くことあり、釈迦能仁《しやかのうにん》も双林《そうりん》に坐して、泥洹《ないをん》の苦しびを免れたまふことなし、と。故に知りぬ、二聖の至極《しごく》すらに、力負《りきふ》の尋ね至ることを払ふこと能はず、三千世界に、誰か能く黒闇の捜《あなぐ》り来ることを逃れむ、といふことを。二つの鼠競ひ走りて、目を渡る鳥は旦《あした》に飛び、四つの蛇争ひ侵して、隙を過ぐる駒も夕に走《に》ぐ。嗟乎《あ》痛きかも。紅顔は三従と長く逝き、素質は四徳と永く滅びぬ。なにか図りけむ、偕老要期《えうご》に違ひ、独飛半路に生かむとは。蘭室に屏風徒らに張りて、断腸の哀しびいよいよ痛く、枕頭に明鏡空しく懸かりて、染筠《ぜんなん》の涙いよいよ落つ。泉門一たび掩《と》ぢて、再び見む由もなし。嗚呼《あ》哀しきかも。

愛河の波浪已に先づ滅《き》え、
苦海の煩悩も亦結ぼほるといふことなし。
従来《むかしより》この穢土を厭離せり、
本願生《しやう》をその浄刹に託《よ》せむ。

日本挽歌

大王《おほきみ》の　とほの朝庭《みかど》と　しらぬひ　筑紫国《つくしのくに》に　泣《な》く子《こ》なす　したひきまして　息《いき》だにも　いまだやすめず　年月《としつき》も　いまだあらねば　心《こころ》ゆも　思《おも》はぬあひだに　うちなびき　こやしぬれ　いはむすべ　せむすべ知《し》らに　石木《いはき》をも　問《と》ひさけ知《し》らず　家《いへ》ならば　かたちはあらむを　うらめしき　妹《いも》の命《みこと》の　我《あれ》をばも　いかにせよとか　にほ鳥《どり》の　ふ

それ以来、この穢土を厭離せんと願っていたが、仏の本願のとおりにあの浄土に身をよせたい。

日本挽歌

大君の　遠い政庁として　（しらぬひ）筑紫の国に　泣く子のように　慕って来られて　息さえ　整える間もなく　年月も　まだ経っていないのに　思いもかけず　ぐったりと　臥してしまったので　何と言ってよいか　どうしてよいかわからずに　岩や木に　問いかけることもできない　家におれば　すがたかたちはあっただろうに　恨めしい　わが妻の君は　わたしに　どうせよというのか　カイツブリのように　二人並んで　語り合った　誓いにそむいて　家を離れて行ってしまわれる

反歌

家に行って　どうすればよいのだろうか　（枕づく）つま屋が寂しく　思われるに違いない

いとしいことよ　こうなるだけだったのに　慕ってやってきた　妻の心の

たりならびゐ　語《かた》らひし　心《こころ》そむきて　家《いへ》ざかりいます
　反歌
家《いへ》にゆきて　いかにか我《あ》がせむ　枕《まくら》づく　つまやさぶしく　思《おも》ほゆべしも
はしきよし　かくのみからに　したひこし　妹《いも》が心《こころ》の　すべもすべなさ
くやしかも　かく知《し》らませば　あをによし　国内《くぬち》ことごと　見《み》せましものを
妹《いも》が見《み》し　楝《あふち》の花は　散《ち》りぬべし　我《わ》がなく涙《なみた》　いまだ干《ひ》なくに
大野山《おほのやま》　霧《きり》たちわたる　我《わ》が嘆《なげ》く　おきその風《かぜ》に　霧《きり》たちわたる
　神亀五年七月二十一日に、筑前国守山上憶良上《たてまつ》る。

どうしようもなくせつないことよ
後悔されることだ　こうだとわかっていたら　(あをによし)　国中のすべてを　見せておくのだったのに
妻が見た　楝の花は　散ってしまうであろう　わたしの泣く涙が　まだかわかないのに
大野山に　霧が立ちこめる　わたしが嘆く　ため息の風によって　霧が立ちこめる
神亀五年七月二十一日に、筑前国守山上憶良が献上します

漢文があって、漢詩があり、「日本挽歌」がつづくという構成です。「神亀五年七月二十一日に、筑前国守山上憶良上る」は、その全体をまとめると認められます。

歌は一字一音を原則としますが、「大王」「朝庭」などいくつかのことばは訓で書きます。仮名の場合の意味理解の迂遠を避け、意味の直接性を選んだ部分です。漢字連続のなかの意味の句切りとしても働かせます。長歌において一字一音で通すには困難があったということですが、仮名書記は、漢文・漢詩と言語的に対峙して日本語をそのままあらわすものとしてはたらいています。

その歌の題が注目されます。歌を標示するのに「日本」を冠するのです。この標示の意味について、江戸時代以

来漢詩に対して「日本」というのだとすることが一般的でした――『代匠記』に「右ノ詩ニ対シテ、日本トイヘリ」といい、澤瀉注釈等もこれをうけてきました――が、現在は、前の漢文・漢詩に対してではなく、中国の挽歌に対して日本における挽歌を意味したものと見るのが有力です（全注、新大系、和歌文学大系など）。「日本語による伝統の倭歌によって、かれに匹敵するほどのものを作ってみた……中国の挽歌に対する、わがニッポンバンカ（ニホンバンカ）」（全注）というわけです。漢文・漢詩を前に置くなかでの意味として、この理解のほうがより明快です。

ただ、「日本」が中国に対するものだということでおわってよいのか、なお考えるべき問題があります。「日本」について、それが奈良朝のかれらにとってどういう意味をもつものか、従来、そのことに十分配慮してきたとはいえないのです。「日本」を自明としてやり過ごさないで見る必要があります。

4 「日本」の成立

「日本」は大宝令で定められたものでした。「公式令」（文書の書式についての規定）の詔書式に、「日本天皇」として君主号を定めたことが、「日本」の制定でした。大宝令はいま残っていません。わたしたちが見ることができるのは養老令です。それも『令義解』（八三三年の成立）という公的解釈（この解釈とあいまって令は機能していました）によって見ることができるものです。

『令義解』を見れば、養老令の公式令の最初に、天皇の発する詔書の書式が次のように規定されています。

明神御宇日本天皇詔旨。　云々。咸聞。
明神御宇天皇詔旨。　云々。咸聞。

明神御大八洲天皇詔旨。　云々。咸聞。
天皇詔旨。　云々。咸聞。
詔旨。*　云々。咸聞。

＊『令集解』には「詔書」とあります。

そして、令の解釈に関する諸説を集めた『令集解』（九世紀後半の成立）に引用された「古記」によって、大宝令文を見ることができます。この「古記」に引用された令文は養老令と異なっていて、大宝令の注釈と見られるものです。「古記」からうかがうことができる大宝令文は、養老令とは大きく異なっていました。五種の書式があることは大宝令でも同じでしたが、天皇を「明神」（あきつかみ）（現実にすがたをあらわした神）だという表現がなかったのです。大宝令は以下のようになっていたと認められます。

御宇日本天皇詔旨。
御宇天皇詔旨。
御大八洲天皇詔旨。
天皇詔旨。
詔書。　云々。聞宣。

「古記」によれば、最初のものは対外的に用い、第二、第三のものは大事について、第四、第五のものは小事について用いるのだといいます。養老令と比較して注目されるのは、「明神」という語句がなかったということです。

このことは天皇にかかわる思想の表現の問題として重要ですが、いまそれには立ち入らないでおきます（神野志隆光『柿本人麻呂研究』塙書房、一九九二年、でこのことを論じたので、参照を請います）。

ここで注意したいのは、「御宇日本天皇詔旨」とあったことです。「日本天皇」というかたちで、「日本」が大宝令にあらわれたのです。それ以前の例は確認できず、大宝二年の遣唐使が「日本」の承認を得たということにてらして、これが「日本」の制定と認められます。

その「日本」はどういう意味をもつものであったのか。

御宇日本天皇詔旨
御宇天皇詔旨
御大八洲天皇詔旨

と、並べてみれば、問題がはっきりします。「御宇」と「御大八洲」とが対応します。「御」は治めることをいい、「御宇」は天下を治める意、「御大八洲」は「大八洲」という国土を治める意になります。「御宇日本」と「御大八洲」とを見合わせて、「日本」が「大八洲」と同じ次元で並ぶような国の呼び方でない（国土の呼び名ではない）ことはあきらかです。

「日本天皇」というかたちで「日本」は意味をもつのです。「天皇」という称自体は、七世紀末、天武天皇のときにすでにありました。近年出土した木簡によってそれは実証されました。

そして、「日本」は、「日本天皇」として、つまり天皇の呼び方として定められたことを、ここに見るのです。その「日本」は、吉田孝『日本の誕生』（岩波新書、一九九七年）がいうように、王朝の名であったと見るのが妥当です。対外的に、君主号に王朝名を冠したのです。また、『日本書紀』という書名を考えてみれば、中国の正史である『漢書』『後漢書』『晋書』などにならうものです。編纂者たちが中国の正史の書名が王朝の名を冠するのを知らないはずはありません。それから見ても、王朝名としての「日本」と見るのが妥当だといえます。

その「日本」を大宝令において設定したのですが、「日本」側が、自分たちは「日本」だと設定すればすむものではありません。古代の東アジア世界においては、中国王朝が認めなければ意味がないのです。古代東アジアの国際関係は中国を中心として成り立っていたからですが、その中国の承認という大きな役割をになったのが、大宝二年（七〇二）の遣唐使でした。慶雲元年（七〇四）七月に帰国した粟田真人の報告に、その事情がよくうかがえます。『続日本紀』慶雲元年七月朔条に、粟田朝臣真人が、唐国から帰ったと記したあとに、こうあります。

はじめ唐に着いたとき、「どこの国からの使いか」と尋ねられた。「日本国の使いである」と答え、こちらからここはどの州の管内かと尋ねたところ、「ここは大周楚州の塩城県の地である」と言う。以前には大唐であったのに、今は大周というのはどうしてかと問うたところ、皇太后（則天武后）が即位して、聖神皇帝と称し、国号を大周としたということであった。問答がおわって、唐の役人は、「海の東に大倭国がある、その国を君子国といい、人民は豊かで楽しんでおり、礼儀もあつくおこなわれている、と聞いていたが、今、使いの人を見ると、よく礼にかなったかたちを整えており、信じないわけにはいかない」と言った。（原文は漢文ですが現代語訳しました。）

唐の現地の役人のことばは、「日本国」と名のったのが、いままで「倭（大倭）」として聞いている国だと承知していたことを示すものです。中国は、後漢以来、「倭」として受け入れてきました。隋のときも、「倭」の使いとして、受け入れています。「倭」の意味は不明というしかありませんが、人種を呼ぶ名であったと見られます。「魏志倭人伝」というのがそのことをよく示しています。「倭国」というのは、倭人の国という程度のものでした。その「倭」が、「日本」と称して遣使してきたのは、無条件に受け入れられるものではありません。

粟田真人は、「日本国」の使いということを押し立てて入唐し、受け入れられることを、その使命としました。ですから、大宝令の編纂にも参加し、この役にふさわしい有能な人を選んだのでした。則天武后は、この粟田真人の「日本国」を受け入れました。『史記』の注釈書『史記正義』に、こうあります。

案、武后、改倭国為日本国。（五帝本紀）

倭国、武皇后、改曰日本国。（夏本紀）

『史記正義』は、唐の張守節の撰、開元二十四年（七三六）に成ったものですから、則天武后とほぼ同時代になります。信頼できる証言と言ってよいでしょう。二つの記事は、ともに、則天武后が「倭国」を改めて「日本国」としたといいます。それは、あくまで中国王朝が名付けるのだという態度です。朝貢国が勝手に決めることではなく、中国が決める問題だというのです。東アジア世界では、中国王朝が「――国王」と名付けて冊封し、あるいは朝貢を認めて体制に組み込みます。名付けることができるのは中国王朝だけです。武后が認めてはじめて王朝名「日本」が、国名として東アジア世界において認められることとなったのです。こうして、大宝二年（七〇二）、東アジア世界に「日本」が誕生しました。

なお付け加えておく必要があります。「日本」を承認するということは、その王朝名が、中国側にとって受け入れても問題を生じることなく、認めてもいいものだったということです。逆に言えば、中国に受け入れられるものとして選択されたということです。

そういうものとして、「日本」は、中華的世界のなかに適合していたと見るべきなのです。「日本」はみずから独自に発明したものではなく、もともと古代中国の世界像のなかに、「日本」を生むような基盤、あるいは、許容するような基盤があったというべきです。

古代中国の世界像において、東夷がどうとらえられていたかということをふりかえることによってそれをあきらかにしたいと思いますが、結論をさきに言えば、中国から見て、日の出る、東の果ての蛮夷の地（東夷の極）をいうものとして「日本」はありました。それゆえ、なんら問題なく、武后の承認するところとなったのでした。

まず、『山海経』『淮南子』などに、東の果てに湯の谷があって、十の太陽が湯浴みをする、その谷の上に扶桑の木があって、太陽がそこに昇る、その太陽にはみな鳥を載せている、という記事があります。その東の果ての地は「日域」と呼ばれます。それは、いわば世界表現であって、特定固有の地をさすものではありません。そうした世界像において、「日域」「日下」と同じく、東夷の極を呼ぶものとしての「日本」を考えることができます。「本」は木のもと、つまり日の出る木・扶桑のもとを意味すると受け取られます。

「日本」という語そのものは、従来、古代中国の典籍のなかに、大宝令以前であることが確かな例をあげることができませんでしたが、最近、中国から出土した百済人の将軍祢軍（百済が滅亡したとき唐側についた人です）の墓誌に「日本」の語があり、注目されます。

この墓誌は、祢軍が儀鳳三年（六七八）に亡くなったことからその時点のものと考えてよいとすれば、大宝令以前の「日本」の例となります。その出現によって、大宝令以前にすでに「日本」という国号が成立していたのではないかと論議を呼ぶこととなりました。しかし、この墓誌の文脈は国名をいうとは認めがたいものです。必要な部分だけ引用すると、次のとおりです。

（前略）于時日本余噍據因桑以逋誅風谷遺甿負盤桃而阻固（以下略）

（前略）時に日本の余噍《よしょう》、扶桑《ふそう》に拠りて以て誅《ちゅう》を逋《のが》れ、風谷《ふうこく》の遺甿《いぼう》、盤桃《ばんとう》を負ひて阻み固む。（以下略）

その時（まえに、顕慶五年＝六六〇年に唐が百済の首都を陥したことをいうのを受けます）日本の残党は扶桑の地に拠って討伐を逃れ、風谷の末裔は盤桃（三千里も曲りくねってのび広がっているという桃の木）を負って阻み備えを固めている。

百済の王都は陥してもなお討つべき敵があることをいう件ですが、そこに「日本」が出てくるのです。「風谷の遺甿」は、風の神を箕伯と呼ぶことを踏まえたもので箕子の王朝の末裔である高句麗を指すと見られます。「扶桑」「盤桃」はともに東のはてにある伝説の木をもちだしたものです。それと関連していうものとして、「日本」と「風谷」とが対をなしています。そうした「日本」は具体的な国名と認めることはできません。東のはての地をいい、そこになお跋扈する百済の残党を指すと見ておくべきものです（参照、東野治之「百済人祢軍墓誌の「日本」」『図書』二〇一二年二月）。

この七世紀にさかのぼる「日本」の例を得て、「日本」の語の基盤は明確になりました。そして、九三六〜九四三年におこなわれた『日本書紀』講書（朝廷主催の『日本書紀』講読）の「師説」（講読の中心となる博士・矢田部公望の発言です）に、「日本の号、晋の恵帝の時に見るといえども、義理明らかならず」（日本という名は、晋の恵帝の時に見えるが、その意味はあきらかでない）とあることにあらためて注意されます。このときの講書に関する覚え書＝「私

識變杖劍知歸似由余之出戎如金磾之入漢 聖上嘉歎擢以榮班授右
武衛滻川府折衝都尉于時日本餘噍據扶桑以逋誅風谷遺甿負盤桃而阻
固萬騎亘野与盖馬以驚塵千艘横波援原虵而縱沵以公格謨海左龜鏡瀛

図1 祢軍墓誌（部分）

記」は、『日本書紀私記』丁本として新訂増補国史大系に収められています。そこに見えるものです。この発言がなににもとづくかは明らかではありませんが、何の根拠もなくいわれたものではないことはたしかです。恵帝の在位は二九〇～三〇六年ですから、非常にはやい時代の例となりますが、『山海経』『淮南子』などのもとに、「日本」の語があったことは十分考えられます。この墓誌の出現は「私記」の「師説」の発言の信憑性を高めることとなりました。

あらためていえば、「日本」は中国の世界像に何ら問題なく収まるものでした。それゆえ、中国王朝が受け入れることもできたのでした。そして、当時の中国は則天武后の時代であり、国号（王朝名）も変え、新しい文字を作ろうとするなど、すべてを変えてしまおうとする時代でした。それゆえ、朝貢国の名の変更ということも可能だったのです。遣唐使はその絶好の機会をとらえたといえます。さらに、「倭国」というのは、ある意味で中途半端な称でした。百済、新羅、吐蕃等、中華世界のなかでは中国王朝をのぞいて二字の国名（王朝名）であるのがふつうです。「日本」と改めれば、二字の王朝名として落ち着きを得ることとなります。それゆえ、受け入れられたということができます。

中国の世界像の中に収まることは、日本側にも認識されていたことでした。九世紀初から十世紀後半にかけて、『日本書紀』の講書は六度に及んでおこなわれましたが、そこで、「日本」を、中国が東夷の極として呼んだ呼び方だと考えていたことは明らかなのです。たとえば、さきにも見た九三六～九四三年の講書で博士矢田部公望は、「唐朝、日出の方に在るを以て、号けて日本国と云ふ。東夷の極、因りて此の号を得たる歟」（唐王朝が、日の出る方向にあるということを以て日本国と名付けた。東夷の果てなるによってこの名を得たか）と述べます。この日本側の認識をもおさえて、ことはいっそう確かとなります。後漢以来の中国からの呼び名であった「倭」とは別なものを選んで、みずからの王朝名を設定したのですが、その選択は決して自由ではなかったといわねばなりません。古代東アジア世界が、中国中心の、ひとつの文化世界としてある、その価値観のもとで、「日本」が取り出されたのでした。

もちろん、「東夷」という位置づけにとどまらず、「日本」を名のることの積極的な意味づけがなければなりません。『日本書紀』は、朝鮮諸国に対して大国的関係をになうものとして「日本」の意味づけを与えています。このことは、神野志隆光『「日本」とは何か』（講談社現代新書、二〇〇五年）にくわしく述べたので、参照を請います。

5「日本」を標題とすることの意味

これをふまえて、「日本挽歌」の「日本」にたちもどります。この標題のもとに歌を掲げることを、「中国の挽歌に対する、わがニッポンバンカ（ニホンバンカ）」（全注）を標榜するものだと見ることはあやまっていません。しかし、それは伝統の意識などというのとは異なるというべきです。

そもそも「挽歌」という部立ては巻二、三にありましたが、そこに載る歌の題詞に「挽歌」ということはありません。たとえば、巻二挽歌部の「日並皇子尊殯宮之時柿本朝臣人麻呂作歌一首并短歌」を、「草壁皇子挽歌」といいならわしていますが、題詞に「挽歌」とはありません。「日本挽歌」が、いわゆる挽歌ではなく、巻五全体を統括する「雑歌」の標題のもとにあるのは、このことにかかっています。

要は、中国から見れば東夷であっても、固有の文明をもち、中国の挽歌に対置しうる、わが「日本挽歌」があることを確認するということです。漢文・漢詩とともに展示されて、「雑歌」の標題のもとにおかれているのは、挽歌の伝統などというものではなく、日本語によって挽歌・挽歌詩とおなじものを実現したと示すのです。歌の可能性を、その環境においてあらわしだしたものだというべきです。

現在の注釈にあっては、新大系が、「中国の挽歌に対して、日本における葬送の歌の意」であって「葬送の道に

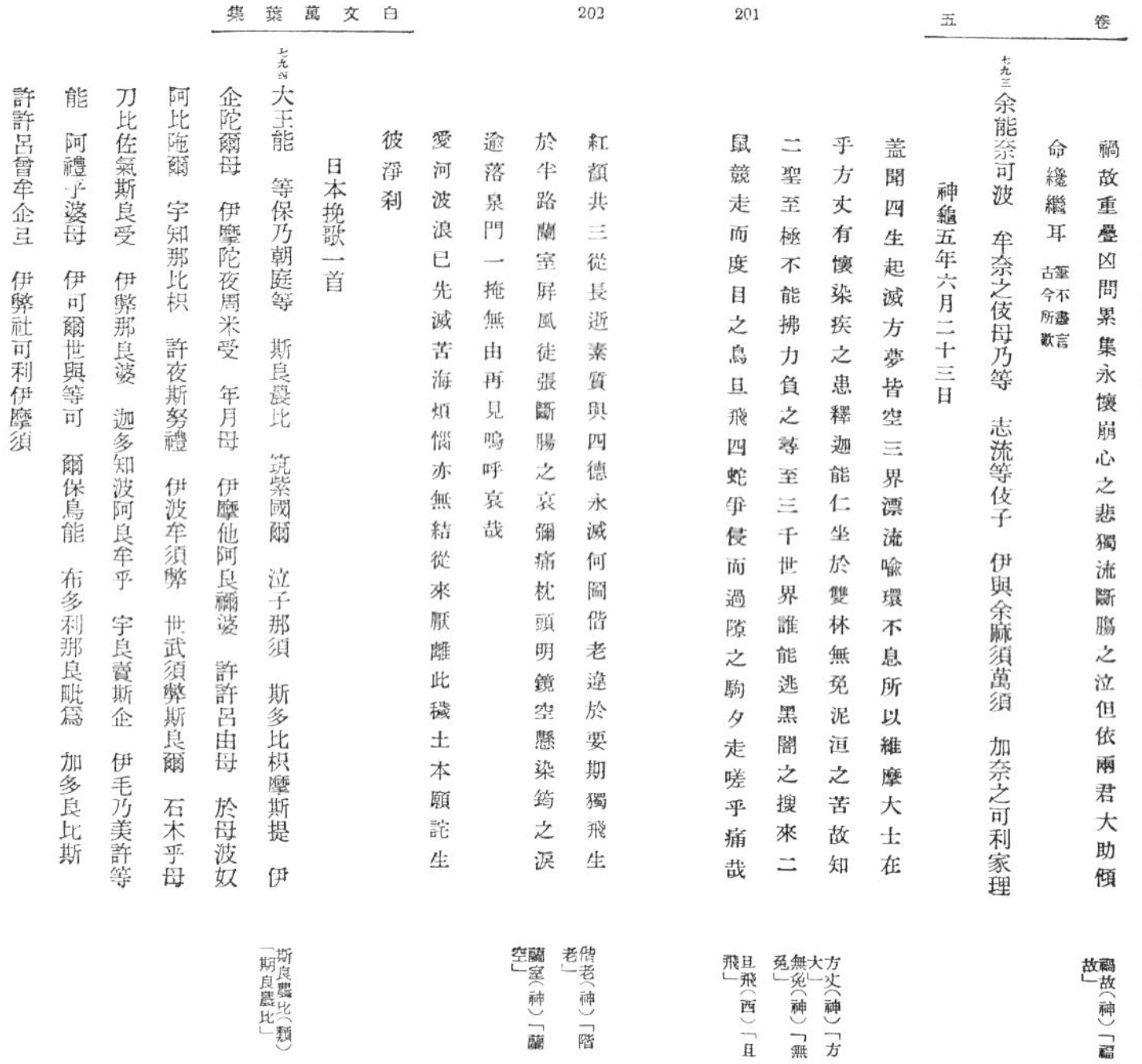

巻　五　　201　　202　　白文萬葉集

雜歌

大宰帥大伴卿報凶問歌一首

禍故重疊凶問累集永懷崩心之悲獨流斷腸之泣但依兩君大助傾

命纔繼耳　筆不盡言古今所歎

七九三 余能奈可波　牟奈之伎母乃等　志流等伎子　伊與余麻須萬須　加奈之可利家理

神龜五年六月二十三日

蓋聞四生起滅方夢皆空三界漂流喩環不息所以維摩大士在

乎方丈有懷染疾之患釋迦能仁坐於雙林無免泥洹之苦故知

二聖至極不能拂力負之尋至三千世界誰能逃黒闇之捜來二

鼠競走而度目之鳥旦飛四蛇爭侵而過隙之駒夕走嗟乎痛哉

紅顏共三從長逝素質與四德永滅何圖偕老違於要期獨飛生

於半路蘭室屛風徒張斷腸之哀彌痛枕頭明鏡空懸染筠之淚

逾落泉門一掩無由再見嗚呼哀哉

愛河波浪已先滅苦海煩惱亦無結從來厭離此穢土本願託生

彼淨刹

日本挽歌一首

七九四 大王能　等保乃朝庭等　斯良農比　筑紫國爾　泣子那須　斯多比枳摩斯提　伊

企陀爾母　伊摩陀夜周米受　年月母　伊摩他阿良禰婆　許許呂由母　於母波奴

阿比陀爾　宇知那比枳　許夜斯努禮　伊波牟須弊　世武須弊斯良爾　石木乎母

刀比佐氣斯良受　伊弊那良婆　迦多知波阿良牟乎　宇良賣斯企　伊毛乃美許等

能　阿禮乎婆母　伊可爾世與等可　爾保鳥能　布多利那良毗爲　加多良比斯

許許呂曾牟企弖　伊弊社可利伊摩須

禍故（神）「福故」

方丈（神）「方大」　無免（神）「無免」

旦飛（西）「且飛」

偕老（神）「階老」

蘭室（神）「蘭空」

斯良農比（類）「期良農比」

図2　巻五巻頭

おける悲嘆の心を」「日本語で表現しようとするもの」だというのが、もっとも明快に、日本語による「挽歌」の実現という本質をいいあてています。

そうした立場から見れば、だれの死をめぐる歌か——憶良自身の妻か、旅人の妻か——という論議も、歌のなかにあらわれる「いへ（家）」（七九四歌に二箇所、七九五歌）に関する諸説——奈良か筑紫か——も、それを問題にすること自体、有効ではなかったといわねばなりません。

「家」についていえば、伊藤博「家と旅」（『万葉集の表現と方法 下』塙書房、一九七六年。初出一九七三年）が、「家」と「旅」との対比から見るべきことを提起して、奈良の家説を根拠づけて以来、現在の諸注は、古典集成、『全注』、釈注、和歌文学大系等がこれをとり、多数派となっています。

しかし、題詞は、「挽」（この字の意味は柩をひくことです）の語によって柩を送る歌として読むことをもとめます。その柩を送ることに、奈良の家をかかわらせるいわれはありません。「いへ（家）ならば」「いへざか（家離）りいます」という、ふたつの「家」は生きてあったときの家（柩が出た家）と解するほかありません。

歌にそくしても、長歌末尾の「いへざか（家離）りいます」を、「奈良の家を遠ざかる」とするのは文脈的に無理があります。「うちなびき　こ（臥）やしぬれ　いはむすべ　せむすべしらに」は、死に対する歎きです。それをうけて、「家ならば」とかき口説きつつ「家離りいます」というのは、葬送の婉曲表現と見るのがおだやかです。「家にあらば」の「家」も柩を送りだす家です。

筑紫の地での歌だから、その地にそくして筑紫国といい、大野山を歌い込むことになりますが、「旅」という問題をもちこむ理由はありません。「旅」－「家」の対比で読むことの批判的見直しは、関谷由一「〈「家」と「旅」〉再考——山上憶良「日本挽歌」の「家」をめぐって」（『国語国文研究』北海道大学国語国文学会、一四〇号、二〇一二年四月）がすでに提起していますが、「旅」との対比で「家」を問題にすることそのものがすでに、歌の読みかたとして正当でないといわねばなりません。

おなじことは、憶良の妻か、旅人の妻かという論議にもいえます。注意したいのは、左注などにも具体的な事情についての説明をもたないということです。それは、具体的に限定しないということであって、あえていえば、どちらの妻であってもよいのです。妻の死を歌うものとして、日本語によって可能な「挽歌」（柩を送る歌）を開示して見せたのであり、どちらの妻のためにつくったかということ（動機ないし意図）が問題にされるものではないというべきです。ただ、直前の「凶問に報ふる歌」とのつながりにおいて受け取られ、旅人を襲った不幸としての、その妻の死を歌うと見ることに導かれることを妨げません。左注に「山上憶良上る」とあって、この作品がだれかに献じられたものとして示されるのも、そうした受けとりかたにつながるかもしれません。

しかし、だれに献じたかということより大事なのは、「凶問に報ふる歌」が手紙として相手をもつものとしてあったのとおなじく、これも「上る」相手をもつものだったということです。つまり、漢字世界において、そうしたやりとりが、漢文とともに生きる歌の現場であったものとして示すということです。

こうして「日本挽歌」は、漢文・漢詩と対峙したかたちで示されますが、その対峙自体が眼目なのです。それを、わたしは、環境といいたいのです。そこで歌が一字一音の仮名書記をとるのは、ことばをそのままにあらわし、対峙のなかの識別としてはたらいて歌の標示となっています。漢字世界に歌はありました。しかし、ただ「あった」といってすむものではありません。漢字で読み書きするものとして、漢文とひとつづきの空間にあったのです。漢字の読み書きをささえるひとつの基盤のうえにあったということができます。そのなかで、固有の言語によるものであることの意識をはらんで、歌は仮名で書記されていました（参照、第一章）。

その、歌の実用の書記であったものがここで選択されます。それはあくまで『万葉集』巻五という「歌集」の問題です。歌の可能性を環境とともにあらわしだす「歌集」というべきですが、実用の場の書記を持ち込むことによって、現場のよそおいをもつことに意味があります。よそおいというのは、実際のすがたではなく、いわば、あらしめられた現場だからです。漢文とひとつづきにあった歌が、その環境においてなにを可能にしてあったかという現場を現出する（あらしめる）ものとして見るべきなのです。歌と漢文とひとつづきであったのが読み書きの現実であり、巻五は、その現実を基盤とはしていますが、歌が歌としてありえた環境を成り立たせるのは、「歌集」の構成においてです。固有の言語による歌を、漢文と対峙して、漢字の表意性を捨象してなまのことばによって独自な可能性を開示して成り立たせている環境は、「歌集」の水準でありえたものです。「日本挽歌」に見るのはその水準です。それは、そのまま現場にもどして見ることはできません。憶良の意図や構想としてではなく、『万葉集』の、この構成においてありえたものとして見るべき歌の可能性です。

6　巻一〜六の「歴史」世界における巻五

環境といってきましたが、それは、漢文の手紙を前置きとする「凶問に報ふる歌」や、漢文の序をもつ構成にもつうじていえることです。「漢倭併用体」といわれる巻五の特異さを、この視点でとらえて、巻一〜六の「歴史」世界における巻五の意味を明確にすることができます。

巻五の内包する年次は短い期間に集約され、「歴史」的構成とはいいがたいものです。その年次は、巻三、四、さらに巻六が、平城京時代を中心として構成するなかの、聖武朝がはじまったばかりの天平初年に対応します。三巻との関係は、横並びではなく、その時期の現場を現出するものとして、いわば三巻を横断するようにしてかかわっているといえます。第三章の図（本書九一ページ）にくわえて示せば左のようにとらえられます。

この関係を、環境という視点からいえば、歌だけで構成する巻三、四、六に対して、巻五は、それらの歌があった環境を示すものとしてはたらくといいたいのです。巻五の特異さを、大宰府における旅人・憶良の「新文芸」と

して『万葉集』のなかで切り離してしまうのが、従来の見地（「筑紫歌壇」論）でした。いま、環境という視点によって、巻一〜六を「歴史」世界として構成する、その全体において見る方向にひらこうとするものです。

あらためて、巻五が示したものは、歌の環境だったといいましょう。巻五は『万葉集』のなかでは特異ですが、その示す歌のありようが特異に孤立的なのではなかったと見るべきです。巻三、四、六は、固有の文芸としての歌を取り出して構成します。それが『万葉集』の機軸です。しかし、その歌が歌としてありえた状況――歌の「歴史」世界の環境です――はどうであったか。それを巻五が示しているといえばよいでしょう。

これに関連して、吉野をめぐる詩と歌とを想起したいと思います。『懐風藻』において吉野の作であることを明示する詩は十七首にのぼります。そのうち、行幸従駕の作であることが題によってあきらかなものも五首あります。列挙すれば、以下の如くです。作者、題の順に掲げ、カッコ内に古典大系本の番号を示します。

1、大伴王。五言。従駕吉野宮。応詔。二首（47、48）。2、紀男人。五言。扈従吉野宮。一首（73）。

3、吉田宜。五言。従駕吉野宮。一首（80）。4、高向諸足。五言。従駕吉野宮。一首（102）。

それらは、聖武朝のものと認められますが、他の吉野詩とおなじく、皆、吉野を仙境としてうたうものです。紀男人は、巻五の天平二年正月の梅花の宴の歌三十二首のなかに、大弐紀卿として登場する人と見られます（八一五歌）。吉田宜は、その梅花歌幷序、松浦川に遊ぶ序と歌を贈られて、返書とともに「和歌」をつくった人としてやはり巻五にあらわれます（八六四〜八六六歌、および八六四歌の前の手紙）。歌の世界とのかかわりが注意されます。

おなじ時期の吉野行幸の歌が、巻六に載ります。養老七年の笠金村・車持千年の九〇七〜九一六歌、神亀二年の金村・山部赤人の九二〇〜九二七歌、天平八年の赤人の一〇〇五〜一〇〇六歌です。巻六は歌だけで構成しますが、見忘れてならないのは、それらが歌としてありえた環境です。

『懐風藻』の詩と『万葉集』の歌とを並べて見ようというのではありません。要は、歌は伝統として歌自体としてあったのではなく、詩と対峙する環境――実際の場を問題にするわけではなく、おなじ場にあったというのではありません――において、歌たりえていたことを見ようということです。巻六は、漢詩とともに構成しないという、歌集としての当然の原則に立ったということですが、その歌の環境を見ることに、巻五は導きます。

念のためにいいそえれば、『万葉集』の歌の世界の問題としていうのであって、吉野行幸歌と吉野詩との実際を問題にしようというものではありません。漢字世界のなかで、歌が、固有の言語によるものとして、漢文と対峙してあるという環境は、歌としての存立にかかわります。歌はいかにして歌としてありえたか、巻五が、その環境をあらわしだして展示するとき、歌は固有のことばをそのままに示して一字一音でなければならないのです。巻六は、環境をそのものとしてあらわしだすことのない構成において、歌を通常の訓主体で書記します。文字の表現を生かして歌を成り立たせるという、当然の選択でしたが、『懐風藻』を視野にいれ、巻五とあいまって、その意味ははっきりします。

巻五は、歌の環境を顕在させ、歌の可能性を開示して、歌をあらしめます。そのことが、歌の「歴史」世界のなかでもつ位置と役割とを、さきに図式化しました。巻五は、巻一〜六の「歴史」世界を成り立たせる不可欠の一環なのです。

III 歌の世界のひろがり

巻一〜六の「歴史」世界に対して、巻七以下の巻々がどうかかわるか。巻七〜十六は作者を示さず、したがって年次を記すこともありません。歌は主題別にまとめられています。巻八、巻九、巻十五のように作者を示す巻もありますが、巻六までとは構成の原則が違います。巻七〜十二は人麻呂歌集歌を拡大し、巻十三以下は区々に、全体として歌の世界のひろがりと可能性とを展示して、「歴史」と対応するものです。

巻十七〜二十は、大伴家持の「歌日記」といわれますが、巻一〜六の「歴史」を、時間的に延伸してあります。「歴史」をうける「日記」というべきですが、それは、個において歌の世界を生きることを示し、歌の世界を体現するものです。

六 歌の世界のひろがりと成熟

巻七にはいると、『万葉集』の歌集としてのすがたは一変します。まず、作者を示すことがありません。したがって、年次を記すこともなく、その構成は年代的構成ではなく、主題別ないし類聚的構成というのがふさわしいものです。たとえば、巻七は、雑歌・譬喩歌・挽歌の部をたてますが、雑歌は「詠天」「詠月」等、譬喩歌は「寄衣」「寄玉」等のごとく、主題となる物を標題として掲げながら構成します。そうした構成は、巻七から巻十二までの、巻九をのぞく巻々に共通しています。巻十が四季の分類を立て、巻十一、十二がもっぱら相聞の歌を収めるといった、それぞれの巻の個性はありますが、作者を記さないで主題別ないし類聚的に構成することはおなじです。さらに、巻七〜巻十二は、その構成の核となるところに人麻呂歌集歌——正確にいえば、「柿本朝臣人麻呂（之）歌集出」として掲出する歌——を多数ふくんでいます（巻八をのぞく）。巻七〜十二をひとつの問題として見る必要があると考えるゆえんです。

ただ、そのなかで巻八と巻九には、作者を記し、年次を記すこともあります。また、巻九は主題別構成をとるものでもありません。それをひとくくりにして、巻七〜十二というのは問題があるといわれるかもしれません。しかし、後で述べるように、巻八の場合、『万葉集』のなかで四季分類をとるのは巻十とこの巻との二巻だけであり、巻十との関係でとらえるべきものですし、巻九は、人麻呂歌集歌を金村歌集歌や福麻呂歌集歌とともに載せるということに意味があります。巻七〜十二は、人麻呂歌集歌を軸にした、それ以前の巻とは異なる構成をもつものとしてとらえ、巻一〜六の「歴史」世界とどうかかわるかを考えるべきなのです。

1　人麻呂歌集歌にどう対するか

人麻呂歌集歌の問題については、歌数のおおいことともに、第一章に取り上げた、「略体」と呼ばれるような特異な書記の歌をふくむということがあっておおくの論議を呼んできたのでした。それぞれの巻に載る人麻呂歌集歌は、巻七に五六首、巻九に四四首――巻九の歌数に異説があることはあとにふれます――、巻十に六八首、巻十一に一六一首、巻十二に二七首を数えます（他に、巻二に一首、巻十三に三首、巻十四に四首）。これをめぐって、編纂論的成立論的な論考が重ねられてきました。「人麻呂歌集」を編纂資料として『万葉集』がどのようにつくられたかということに関心がむけられてきたのです。また、『万葉集』から取り出した人麻呂歌集歌をもとに、歌集としてのすがたを考えようとすることもおこなわれてきました。そうした論議を代表するのが、伊藤博「万葉集の成り立ち」（『釈注』別巻、集英社、一九九九年）、渡瀬昌忠『人麻呂歌集略体歌論　上下』『人麻呂歌集非略体歌論　上』『人麻呂歌集非略体歌論　下　七夕歌群論』『万葉集と人麻呂歌集』（渡瀬昌忠著作集一―五、おうふう、二〇〇二～二〇〇三年）です。精緻に詳細に説かれたものですが、その編纂論や「人麻呂歌集」論は『万葉集』として理解することとはべつな方向にむかうものであったといわねばなりません。

わたしがいいたいことは、あくまで『万葉集』として見るということにつきます。『万葉集』をこえて問うことはしないということです。つまり、「人麻呂歌集」という歌集があったであろうということは否定されないとして、その歌集そのものを考えることはできないといいたいのです。穏やかにいえば、「人麻呂歌集」論としては完結しえないということです。

『万葉集』からぬき出した人麻呂歌集歌によって、「人麻呂歌集」の構造など、この歌集そのものを論議するわけにはゆかないのです。あたりまえのことですが、わたしたちが見ているもの、正確にいえば、見ることができるものは、『万葉集』としてあるものしかないからです。

左のように図式化して示しましょう。「人麻呂歌集」論や成立論は、『万葉集』のなかの人麻呂歌集歌を、ありえた「人麻呂歌集」のレベルにスライドさせて論議するのであり――『万葉集』のそとに持ち出してしまうのです――、それをまた『万葉集』に持ち込むものです。

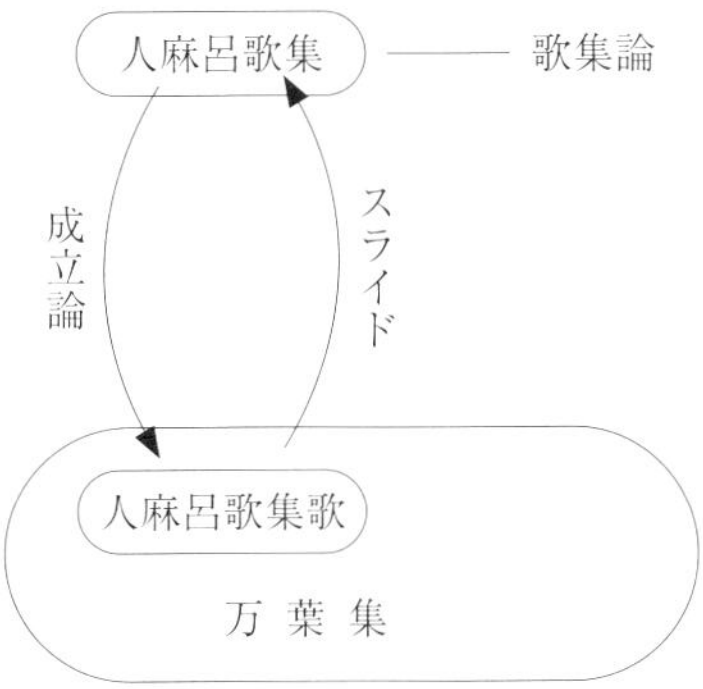

そのように『万葉集』のそとに持ち出してしまうのではなく、『万葉集』理解としてもとめられるのは、『万葉集』にとどまることです。つまり、人麻呂歌集歌をふくむことによって歌集としてなりたっている『万葉集』として見ることです。第一章ですでにふれましたが、「略体」であれ、そうでないものであれ、人麻呂歌集歌の書記は、『万葉集』のなかでの問題であり、その特異さにおいて『万葉集』にあることの意味を見なければならないのです。

そして、いま見ようとするのは、その人麻呂歌集歌を核として構成する巻々が、巻一〜六の「歴史」とあいまって、『万葉集』としてなにを実現しているかということです。

2　人麻呂歌集歌を核として拡大する――巻十をめぐって

具体的に、まず巻十を取り上げて見てゆくこととします。人麻呂歌集歌を核として構成するといいましたが、そのことがよくわかる巻だからです。わかりやすくするために、全体を概観してみます。標題のあとに歌番号を示しました。歌番号のあとに記したのは左注です。

春雑歌
　一八一二〜一八一八歌　右柿本朝臣人麻呂歌集出
詠鳥　一八一九〜一八四〇歌
　一八四一〜一八四二歌　右一首問答
詠霞　一八四三〜一八四五歌
詠柳　一八四六〜一八五三歌
詠花　一八五四〜一八七三歌
詠月　一八七四〜一八七六歌
詠雨　一八七七歌
詠河　一八七八歌
詠煙　一八七九歌
野遊　一八八〇〜一八八三歌

歎旧　一八八四〜一八八五歌
懽逢　一八八六歌
旋頭歌　一八八七〜一八八八歌
譬喩歌　一八八九歌
春相聞
　一八九〇〜一八九六歌　右柿本朝臣人麻呂歌集出
寄鳥　一八九七〜一八九八歌
寄花　一八九九〜一九〇七歌
寄霜　一九〇八歌
寄霞　一九〇九〜一九一四歌
寄雨　一九一五〜一九一八歌
寄草　一九一九〜一九二一歌

寄松　一九二二歌
寄雲　一九二三歌
贈蘰　一九二四歌
悲別　一九二五歌
問答　一九二六〜一九三六歌
夏雑歌
詠鳥　一九三七〜一九三八歌　右古歌集中出
　　　一九三九〜一九六三歌
詠蟬　一九六四歌
詠榛　一九六五歌
詠花　一九六六〜一九七五歌
問答　一九七六〜一九七七歌
譬喩歌　一九七八歌
夏相聞
寄鳥　一九七九〜一九八一歌
寄蟬　一九八二歌
寄草　一九八三〜一九八六歌
寄花　一九八七〜一九九三歌
寄露　一九九四歌
寄日　一九九五歌
秋雑歌
七夕　一九九六〜二〇三三歌　此歌一首庚辰年作之
　　　右柿本朝臣人麻呂之歌集出

　　　二〇三四〜二〇九三歌
詠花　二〇九四〜二〇九五歌　右二首柿本朝臣人麻
　　　呂之歌集出
　　　二〇九六〜二一二七歌
詠鴈　二一二八〜二一四〇歌
詠鹿鳴　二一四一〜二一五六歌
詠蟬　二一五七歌
詠蟋　二一五八〜二一六〇歌
詠蝦　二一六一〜二一六五歌
詠鳥　二一六六〜二一六七歌
詠露　二一六八〜二一七六歌
詠山　二一七七歌
詠黄葉　二一七八〜二一七九歌　右二首柿本朝臣人
　　　麻呂之歌集出
　　　二一八〇〜二二一八歌
詠水田　二二一九〜二二二一歌
詠河　二二二二歌
詠月　二二二三〜二二二九歌
詠風　二二三〇〜二二三二歌
詠芳　二二三三歌
詠雨　二二三四歌　右一首柿本朝臣人麻呂之歌集出
　　　二二三五〜二二三七歌
詠霜　二二三八歌

秋相聞
二二三九〜二二四三歌 右柿本朝臣人麻呂之歌集出
寄水田 二二四四〜二二五一歌
寄露 二二五二〜二二五九歌
寄風 二二六〇〜二二六一歌
寄雨 二二六二〜二二六三歌
寄蟋 二二六四歌
寄蝦 二二六五歌
寄鴈 二二六六歌
寄鹿 二二六七〜二二六八歌
寄鶴 二二六九歌
寄草 二二七〇歌
寄花 二二七一〜二二九三歌
寄山 二二九四歌
寄黄葉 二二九五〜二二九七歌
寄月 二二九八〜二三〇〇歌
寄夜 二三〇一〜二三〇三歌
寄衣 二三〇四歌

問答 二三〇五〜二三〇八歌
譬喩歌 二三〇九歌
旋頭歌 二三一〇〜二三一一歌
冬雑歌
二三一二〜二三一五歌 右柿本朝臣人麻呂之歌集出
詠雪 二三一六〜二三二四歌
詠花 二三二五〜二三二九歌
詠露 二三三〇歌
詠黄葉 二三三一歌
詠月 二三三二歌
冬相聞
二三三三〜二三三四歌 右柿本朝臣人麻呂之歌集出
寄露 二三三五歌
寄霜 二三三六歌
寄雪 二三三七〜二三四八歌
寄花 二三四九歌
寄夜 二三五〇歌

それぞれの季節の雑歌・相聞の部の先頭に、人麻呂歌集歌を、主題的標題を示すことなく配置します。秋雑歌のはじめの「七夕」だけは、標題を掲げますが、先頭の歌群が人麻呂歌集歌であることはおなじです。主題的標題のもとにおさめられる人麻呂歌集歌もありますが（秋雑歌の「詠花」「詠黄葉」「詠雨」）、いずれも、その部のはじめに置かれます。こうして見渡すと、人麻呂歌集歌の特別な位置はあきらかです。あとにつづく歌をみちびくものとしてあるということができます。いいかえれば、人麻呂歌集歌を拡大して季節の歌があるというかたちです。

これをめぐって、「人麻呂歌集」自体に季節分類があったのではないかということが論じられ、巻十の季節分類もそれをうけたものではないかといわれてもきました（渡瀬昌忠前掲書など）。しかし、「人麻呂歌集」そのものが、季節分類をもっていたかどうかは問題にできないというほかありません。ただ、春・秋など季節そのものをいうことばや、霰・雪のごとき季物があることによって、巻十の人麻呂歌集歌が季節に振り分けられていることは見るとおりです。巻十によって季節分類があらしめられていることはたしかであり、「人麻呂歌集」そのものにも季節分類があったかのようにあらしめているともいえます。見るべきなのは、巻十にある、この人麻呂歌集歌の季節分類の、『万葉集』にとっての意味です。

たとえば、秋相聞部の冒頭五首は、

金山　舌日下　鳴鳥　音谷聞　何嘆（二二三九歌）
金山《あきやま》の　したひが下《した》に　鳴《な》く鳥《とり》の　音《こゑ》だに聞《き》かば　何《なに》か嘆《なげ》かむ

誰彼　我莫問　九月　露沾乍　君待吾（二二四〇歌）
誰《た》そ彼《かれ》と　我《われ》をな問《と》ひそ　九月《ながつき》の　露《つゆ》に沾《ぬ》れつつ　君待《きみま》つ吾《われ》を

秋夜　霧発渡　凡々　夢見　妹形矣（二二四一歌）
秋《あき》の夜《よ》の　霧発《きりた》ち渡《わた》り　おほほしく　夢《いめ》にそ見《み》つる　妹《いも》が形《すがた》を

秋山の　紅葉の蔭で　鳴く鳥のように　せめて声さえ聞いたら　何を嘆こうか

誰かあの人はと　わたしに尋ねないでください　九月の　露に濡れて　君を待つわたしなのです

秋の夜の　霧が立ちこめたように　おぼろげに　夢にみたことだ　お前のすがたを

秋野 尾花末 生靡 心妹 依鴨（二二四二歌）
秋《あき》の野《の》の 尾花《おばな》が末《うれ》の 生《お》ひ靡《なび》き 心《こころ》は妹《いも》に 依《よ》りにけるかも

秋山 霜零覆 木葉落 歳雖行 我忘八（二二四三歌）
秋山《あきやま》に 霜零《しもふ》り覆《おほ》ひ 木《こ》の葉《は》落《ち》り 歳《とし》は行《ゆ》くとも 我忘《われわす》れめや

秋の野の 薄の穂さきが 風に靡くように ひたすら心はお前に 寄ってしまった
秋山に 霜が降り覆い 木の葉が散って 年は暮れても わたしは忘れようか忘れはしない

とあって、「金山」「九月」「秋夜」「秋野」「秋山」ということばによって秋の歌であることはあきらかです。主題でいえば、鳥・露・夜・霧・尾花・霜といったものになります——露・花（尾花）・夜はあとに標題としても立てられていますが、季節そのものをいうことばによってまとまりをつくってあります。読み下し文とともに漢字本文を掲げたのは、助辞を書記しない「略体」の歌であることを実見するためです。相聞部にはこのように略体歌を、雑歌部には非略体歌を、きれいに、いわばふりわけて配するかたちになっています。

そのように略体歌・非略体歌をふりわけるのは、「人麻呂歌集」そのものが略体・非略体の二部から成っていたからだとするのが伊藤・渡瀬の説ですが、述べたように、人麻呂歌集そのものを考えるのは無理があります。『万葉集』の通常の書記とは異なったやりかたで歌を文字で表現する「略体」のような書記の歌と、通常の書記にちかい「非略体」のような書記の歌とを、巻十において相聞と雑歌とにふりわけたという以上のことはいえません。

大事なことは、人麻呂歌集歌が、さまざまな主題で歌うことをうけて、以下の相聞部に、標題で提示されるような多様な主題があるということです。その関係は、人麻呂歌集歌をいわば拡大したものが、多様な主題的標題の展開となっているといえば、よりわかりやすいものとなります。

人麻呂歌集歌の後の歌群が、人麻呂歌集の主題と重なりつつより多様であることは、各季節・雑歌相聞をつうじてみなおなじです。たとえば、春雑歌冒頭の人麻呂歌集歌七首は霞に一極化しますが、以下につづく歌群の主題的多様性はさきの標題一覧に見るとおりです。他もおなじように、人麻呂歌集歌につづくところは、人麻呂歌集歌の主題と重なりながら、よりひろくさまざまに展開するものとしてあります。つまり、季節というかたちで歌うこと自体をふくめて、人麻呂歌集歌を拡大したものとして、つづく歌群の多様な展開があることを、巻十のこの構成は示しています。つまり、季節の歌の世界を開示するものとして、人麻呂歌集歌は、『万葉集』において意味をあたえられているのです。

標題は一見雑然としています。それを、秩序をもつものとして編纂のうえから説明しようとした渡瀬前掲書『万葉集と人麻呂歌集』のこころみもあります。渡瀬は、四季の雑歌・相聞の各部が、天象・地象・人事（三才）という点で見ると、各部が三才配列を繰り返す三つのパートに分けることができるということに着目しました。

いずれもA・B・C三群に分けることができ、A群はその季節のために特別扱いされる分類標目を先立てたものであり、B群はAに次いでその季節の中心的な分類標目を集め、C群はA・B両群の拾遺を季節毎にまとめたものである。

といいます。しかし、Aの「特別扱いされる分類標目」というのが、動物だったり（春・夏雑歌、春・夏相聞）、歳時（七夕）だったり（秋雑歌）、気象（霰・雪）だったり（冬雑歌・相聞）、水田だったり（秋相聞）と、天象、地象にさだまるわけでもありません。また、冬雑歌のように、天象（雪）―地象（花）―地象（黄葉）―天象（月）となっていて、順序が説明しがたく見えるものを、A天象（雪）―地象（花）／B地象（黄葉）／C天象（月）と三群に分けて、三才の順で反復するのだと説明するのですが、むしろ統一ある構成としては解きがたいことが、その説明自体にあきらかです。

そこにあるのは多様性だということにつきます。多様性が、人麻呂歌集歌の開示した季節の歌を拡大したかたちであらわしだされているのです。伊藤前掲書は、人麻呂歌集歌とつづく歌群との関係を、「白鳳期（古の時代）の歌」と「天平期（今の時代）の歌」としてとらえ、「人麻呂歌集を規範に押し立てた、古今構造の歌巻」として巻十を見ることを提起しました。しかし、この巻は年次を持たないのであり、そこに時間的な原理を持ち込むことは正当とはいえません。

歌の世界のひろがり――現実の作者、年次に帰することをしないという点で、可能性としてのひろがり、というのがふさわしいといえます――が、見るべき本質であり、人麻呂歌集歌の特別性とは、歌の世界のひろがりを季節の歌というかたちで秩序づけて示すもとに位置するということです。その意味で、規範性というのは誤っていないといえます。

巻八は、その巻十と一体です。巻八は、作者をしめし、年次を記すこともあり、季節の歌が現実にあったすがたを示すものです。現実にあったものとして、各部のはじめに岡本天皇・額田王・鏡王女など古歌と目されるものを配置して（春・夏・冬の相聞部をのぞく）、聖武天皇代の歌によって全体を構成します。各部の冒頭に配された古歌は、あわせて二一首――春雑歌五首、夏雑歌五首、秋雑歌七首、秋相聞三首、冬雑歌一首――、あとにつづくのは聖武天皇代の歌で二二五首にのぼります。その対応をつうじて、歌の世界にはやくからありえた季節の歌が、天平時代にまさに多様な展開を見たということがあらわしだされているということができます。それは、固有の文芸としての歌の文雅の実現というべきです。季節の歌の、その現実の展開と、巻十が示す可能性としてのひろがりとが相応じていると見るべきです。現実（巻八）と、その基盤（巻十）ということもできるでしょう。巻八は、作者を記し、年次を示すことがあっても、それは巻一～六の「歴史」とはべつなところで意味をもつのです。

3 歌の世界の可能なひろがりの核としての人麻呂歌集歌

人麻呂歌集歌を拡大して歌の世界のひろがりをあらわしだすことは、巻十一、十二もおなじです。「相聞」というひとつの部で成るものだけに、より単純にそのすがたを見ることとなります。概観は、次のように示すことができます。

巻十一
旋頭歌　二三五一～二三六二歌　右十二首柿本朝臣人麻呂之歌集出
二三六三～二三六七歌　右五首古歌集中出
正述心緒　二三六八～二四一四歌
寄物陳思　二四一五～二五〇七歌
問答　二五〇八～二五一六歌　以前一百四十九首柿本朝臣人麻呂之歌集出
正述心緒　二五一七～二六一八歌
寄物陳思　二六一九～二八〇七歌
問答　二八〇八～二八二七歌
譬喩　二八二八～二八四〇歌

巻十二
正述心緒　二八四一～二八五〇歌
寄物陳思　二八五一～二八六三歌　右廿三首柿本朝臣人麻呂之歌集出
正述心緒　二八六四～二九六三歌

寄物陳思　二九六四〜三一〇〇歌
問答歌　三一〇一〜三一二六歌
羈旅発思　三一二七〜三一三〇歌　右四首柿本朝臣人麻呂歌集出
　　　　　三一三一〜三一七九歌
悲別歌　三一八〇〜三二一〇歌
問答歌　三二一一〜三二二〇歌

巻十一、十二ともに、「正述心緒」「寄物陳思」と分類した歌群（巻十一は「問答」も）を、まず人麻呂歌集歌として載せ、そのあとにまた、おなじ「正述心緒」「寄物陳思」「問答」という分類をもって構成します。「旋頭歌」「羈旅発思」の部も、はじめに人麻呂歌集歌を配するというものです。人麻呂歌集歌につづく歌は、旋頭歌の「古歌集」以外は、何ら注記がありません。

伊藤はそれを「出典」という点から、人麻呂歌集歌・古歌集歌以外の歌を「出典不明」というのですが、それはいうまでもなく編纂論的なとらえかたです。しかし、巻がつくったものとしていえば、何も記さないことは、巻十とおなじく、出典が問題ではなく、歌の世界の可能なひろがりをしめすというべきです。それを、人麻呂歌集歌を拡大してあらわしだすのにほかなりません。

「寄物陳思」のなかは、人麻呂歌集歌群も、そのあとにつづく歌群も、類聚されていると認められます。たとえば、巻十一の「寄物陳思」人麻呂歌集歌群は、神祇（二四一五〜二四一八歌）、天地（二四一九〜二四六四歌）、動植物（二四六五〜二四九三歌）、人事（二四九四〜二五〇七歌）の順に、その内部には、さらに主題的な物による類聚が認められます。人麻呂歌集歌につづく歌群は、人事・神祇・天地・動植物の順で、やや違いがありますが、おなじく三才分類であり、それぞれの内部で、巻十のような標題はありませんが、主題的な物による類聚があることもおなじです。

人麻呂歌集歌とそうでない歌群とでは、分類が組織的に違うといえばいえます。ただ、それを「人麻呂歌集」そのものの組織の問題として考えるのは筋が違います。人麻呂歌集歌が「相聞」においてさまざまな主題を展開したものとしてあり、それを拡大して、「古今」の歌――巻十一、十二は、目録に「古今相聞往来歌類之上、下」とありますが、人麻呂歌集歌をふくめて、全体が「古今」の歌なのです――をまとめて載せたということを見るべきです。違うかたちで分類して載せることは、人麻呂歌集歌にとって、書記の特異さとかさなって独自な展開としてこれをしめす意味をもちますが、全体としては、人麻呂歌集歌を拡大して、多様な――ここでも多様性こそ見るべき本質です――「相聞」の世界の展開として歌が可能にしたひろがりをあらわしているのです。

巻七についても、おなじことです。巻七は、雑歌・譬喩歌・挽歌の三部から成りますが、譬喩歌部の構成にそれはあきらかに見ることができます。さきにならって概観を示すと、以下のごとくです。

寄衣　一二九六～一二九八歌
寄玉　一二九九～一三〇三歌
寄木　一三〇四～一三〇五歌
寄花　一三〇六歌
寄川　一三〇七歌
寄海　一三〇八～一三一〇歌
　右十五首柿本朝臣人麻呂之歌集出
寄衣　一三一一～一三一五歌
寄糸　一三一六歌

寄玉 一三一七～一三二七歌
寄日本琴 一三二八歌
寄弓 一三二九～一三三〇歌
寄山 一三三一～一三三五歌
寄草 一三三六～一三五二歌
寄稲 一三五三歌
寄木 一三五四～一三五九歌
寄花 一三六〇～一三六五歌
寄鳥 一三六六歌
寄獣 一三六七歌
寄雲 一三六八歌
寄雷 一三六九歌
寄雨 一三七〇～一三七一歌
寄月 一三七二～一三七五歌
寄赤土 一三七六歌
寄神 一三七七～一三七八歌
寄河 一三七九～一三八四歌
寄埋木 一三八五歌
寄海 一三八六～一三九一歌
寄浦沙 一三九二～一三九三歌
寄藻 一三九四～一三九七歌
寄船 一三九八～一四〇二歌
旋頭歌 一四〇三歌

はじめに人麻呂歌集歌をまとめて載せ、人麻呂歌集歌にも、そのあとにつづく歌群にも主題的な物を標題としてたてます。その標題を見れば、人麻呂歌集歌のそれとその後の歌群とは重なっていて、順序もおなじですが、後の歌群のほうがはるかに多様です。人麻呂歌集歌を拡大したかたちで多様なのです。

雑歌の部は、これとは違っています。主題的な標題で分類したなかに「右〇首柿本朝臣人麻呂之歌集出」として人麻呂歌集歌を配してゆきます。

詠天　一〇六八歌　右一首柿本朝臣人麻呂之歌集出
詠月　一〇六九〜一〇八六歌
詠雲　一〇八七〜一〇八九歌　（一〇八七、八歌）右二首柿本朝臣人麻呂之歌集出
詠雨　一〇九〇〜一〇九一歌
詠山　一〇九二〜一〇九八歌　（一〇九二〜四歌）右三首柿本朝臣人麻呂之歌集出
詠岳　一〇九九歌
詠河　一一〇〇〜一一一五歌　（一一〇〇、一歌）右二首柿本朝臣人麻呂之歌集出
詠露　一一一六歌
詠花　一一一七歌
詠葉　一一一八〜一一一九歌　右二首柿本朝臣人麻呂之歌集出
詠蘿　一一二〇歌
詠草　一一二一歌
詠鳥　一一二二〜一一二四歌
思故郷　一一二五〜一一二六歌
詠井　一一二七〜一一二八歌

詠倭琴　一一二九歌
芳野作　一一三〇〜一一三四歌
山背作　一一三五〜一一三九歌
摂津作　一一四〇〜一一六〇歌
羈旅作　一一六一〜一二五〇歌（一一八七歌）右一首柿本朝臣人麻呂之歌集出、（一二四七〜一二五〇歌）右四首柿本朝臣人麻呂之歌集出
問答　一二五一〜一二五四歌
臨時　一二五五〜一二六六歌
就所発思　一二六七〜一二六九歌（一二六八、一二六九歌）右二首柿本朝臣人麻呂之歌集出
寄物陳思　一二七〇歌
行路　一二七一歌　右一首柿本朝臣人麻呂之歌集出
旋頭歌　一二七二〜一二九五歌（一二七二〜一二九四歌）右廿三首柿本朝臣人麻呂之歌集出

それぞれの標題のもとの人麻呂歌集歌の位置を見ると、はじめかおわりかにつけるかたちです。分散した格好ですが、その人麻呂歌集歌と他の歌群とあいまって、人麻呂歌集歌を拡大した結果として、多様な歌のひろがりがあらしめられています。

4　歌の多様な可能性

本質は多様性にあるのであって、そこに歌の世界の可能なひろがりを見るべきだといいました。多様性は、「詠──」「寄──」という主題に顕示されます。巻十一、十二には、標題はたてられませんが、物ごとにまとめること

（類聚）によって、多様な主題をあらわしだす構成であることはかわりません。そして、主題の多様性とともに、それぞれの主題にあってその物を歌うことの多様性が開示されているのでもあります。たとえば、巻七、雑歌の「詠月」は十八首にのぼりますが、それらは、以下のように、月を歌うことのバリエーションそのものです。

常《つね》はかつて　念《おも》はぬものを　此《こ》の月《つき》の　過《す》ぎ匿《かく》らまく　惜《を》しき夕《よひ》かも（一〇六九歌）

大夫《ますらを》の　弓上《ゆずゑ》振《ふ》り起《おこ》し　猟高《かりたか》の　野《の》辺《へ》さへ清《きよ》く　照《て》る月夜《つくよ》かも（一〇七〇歌）

山《やま》の末《は》に　いさよふ月《つく》を　出《いで》むかと　待《ま》ちつつ居《を》るに　夜《よ》ぞ降《ふ》けにける（一〇七一歌）

明日《あす》の夕《よひ》　照《て》らむ月夜《つくよ》は　片《かた》よりに　今夜《こよひ》によりて　夜長《よなが》からなむ（一〇七二歌）

玉垂《たまだ》れの　小簾《をす》の間《ま》通《とほ》し　独居《ひとりゐ》て　見《み》る験《しるし》なき　暮月夜《ゆふづくよ》かも（一〇七三歌）

春日山《かすがやま》　おして照《て》らせる　此《こ》の月《つき》は　妹《いも》が庭《には》にも　清《さや》けかりけり（一〇七四歌）

いつもは少しも　そんなことは思わないのに　この月が　隠れて見えなくなるのが　惜しい今夜だ

（ますらおが　弓末を振り立てて　狩りをする）猟高の　野辺までも清らかに　照らしている月であるよ

山の端で　ためらっている月を　もう出るかと　待っているうちに　夜が更けてしまった

明日の晩　照るであろう月は　今夜に片寄って　夜が長くあってほしいものだ

玉垂れの　簾の隙間越しに　ひとりすわって　見るかいがない　夕月夜だ

春日山を　空高くから照らしている　この月は　お前の家の庭にも　明るく照っているのであったよ

海原《うなはら》の　道遠《みちとほ》みかも　月読《つくよみ》の　明少《ひかりすく》なき　夜《よ》は更《ふ》けにつつ（一〇七五歌）

ももしきの　大宮人《おほみやひと》の　退《まか》り出《で》て　遊《あそ》ぶ今夜《こよひ》の　月《つき》の清《さや》けさ（一〇七六歌）

ぬばたまの　夜渡《よわた》る月《つき》を　留《とど》めむに　西《にし》の山辺《やまへ》に　塞《せき》もあらぬかも（一〇七七歌）

此《こ》の月《つき》の　此間《ここ》に来《きた》れば　今《いま》とかも　妹《いも》が出《い》で立《た》ち　待《まち》つつあるらむ（一〇七八歌）

まそ鏡《かがみ》　照《て》るべき月《つき》を　白妙《しろたへ》の　雲《くも》か隠《かく》せる　天《あま》つ霧《きり》かも（一〇七九歌）

ひさかたの　天照《あまて》る月《つき》は　神代《かみよ》にか　出《い》で反《かへ》るらむ　年《とし》は経《へ》につつ（一〇八〇歌）

ぬばたまの　夜渡《よわた》る月《つき》を　おもしろみ　吾《わ》が居《を》る袖《そで》に　露《つゆ》そ置《お》きにける（一〇八一歌）

水底《みなそこ》の　玉《たま》さへ清《さや》に　見《み》つべくも　照《て》る月夜《つくよ》かも　夜《よ》の深《ふ》け去《ゆ》けば

海上をわたる　道が遠いからなのか　月の光が少ない　夜は更けていって

（ももしきの）大宮人たちが　退出して　遊んでいる今夜の　月の明るく清々しいことよ

（ぬばたまの）夜空を渡る月を　留めるのに　西の山辺に　関所でもあってほしい

この月が　ここに来たから　今はもう来るかと　お前が門に立って　待っているであろうか

（まそ鏡）照るはずの月を　白い布のような　雲が隠しているのか　それとも空に霧が立ったのか

（ひさかたの）天に照る月は　神代にもどって変わらぬ姿になるのであろうか　年は過ぎてゆくが

（ぬばたまの）夜空を渡る月が　趣き深いので　ずっと見ているわたしの袖に　露が置いてしまった

水底の　玉まではっきりと　見ることができそうなくらい　照る月であるよ

（一〇八二歌）

霜曇《しもくも》り　すとにかあるらむ　ひさかたの　夜渡《よわた》る月《つき》の　見《み》えなく念《おも》へば（一〇八三歌）

山《やま》の末《は》に　いさよふ月《つき》を　何時《いつ》とかも　吾《あ》が待《ま》ち居《を》らむ　夜《よ》は深《ふ》去《け》につつ（一〇八四歌）

妹《いも》があたり　吾《あ》は袖振《そでふ》らむ　木《こ》の間《ま》より　出《い》で来《く》る月《つき》に　雲《くも》なたなびき（一〇八五歌）

靫掛《ゆきか》くる　伴《とも》の男《を》広《ひき》き　大伴《おほとも》に　国栄《くにさか》えむと　月《つき》は照《て》るらし（一〇八六歌）

夜が更けてゆくと

霜が降ろうとして曇って　いるのであろうか（ひさかたの）夜空を渡る月が　見えないことを思うと

山の端で　ためらう月を　いつ出るかと　わたしは待つのであろうか　夜は更けてゆくのに

お前のほうにむかって　わたしは袖を振ろう　それが見えるように木の間から　出る月に　雲よたなびくな

靫を負った　勇士の多い　大伴の地に　国が栄えるようにと　月は照っているらしい

この歌群のまえに、「詠天」として置かれた人麻呂歌集歌、

天《あめ》の海《うみ》に　雲《くも》の波立《なみた》ち　月《つき》の船《ふね》　星《ほし》の林《はやし》に　榜《こ》ぎ隠《かく》る見《み》ゆ（一〇六八歌）

天の海に　雲の波が立ち　月の船は星の林に　漕いで隠れてゆくのが見える

も、月の歌といえます。この人麻呂歌集歌は、天象全体を導く――「天」から「雨」までが天象、「山」から「鳥」

まで地象、「思故郷」以下が人事という、三才による構成です――ものとしての位置を与えられたのであって、人麻呂歌集歌の特別なあつかいを示すものですが、これをもふくめて、おなじ歌いかたをするものがありません。まさに、月の歌のバリエーションの展示にほかなりません。

おなじ歌いかたをするものがないといいましたが、ざっと見渡しておきます。

一〇六八歌は、細い月を船に見立てたもの。巻十、秋雑歌の「詠月」に、「天《あめ》の海《うみ》に月《つき》の船《ふね》浮《う》け桂梶《かつらかぢ》懸《か》けて滂《こ》ぐ見《み》ゆ月人壮子《つきひとをとこ》」（二二二三歌。天の海に月の船を浮かべ桂の梶をつけて漕ぐのがみえる月の若者が）とあるのも、おなじ見立てです。雲の波、星の林、桂（月中の樹です）の梶といったとりあわせが、見立ての面白さになりますが、いわば、ことば遊びの歌です。

一〇六九歌は、「常は」といっておいて、今夜は「惜しき」というのですから、どういう事情で常でないのかがこの歌の鍵になります。窪田『評釈』が、宴席の主人が「客に対して挨拶として詠んだ」と解くのが正当だと思われます。せっかくの宴、月とともにたのしんでほしいから隠れないでくれ、というのです。

一〇七〇歌も、「猟高の野辺」までも照らすというのですが、「さへ」は添加の助詞、いまいる場所から離れたところまで加えていうのです。月光のもとの遠景をいい、視野のひろがりをもたらしています。ただ、猟高の野辺は、歌の文脈のそとで意味をもっているので、わかりにくさがのこります。

それに対して、一〇七一歌は月の出を待って夜が更けてしまったというだけのものであり、一〇七二歌も、明日の夜の分まで今夜が長くつづいてほしいと、宴の楽しさをいって明快です。

一〇七三、四歌の二首には、相聞的な趣きもあります。一〇七三歌の「ひとり」は、思う相手といっしょでないうらみをいうのであり、一〇七四歌は、訪れた恋人の家を「妹が庭」というのです。「月光の中を歩いて妹の家まで来て」（和歌文学大系）、着いてみると、ここもおなじように「清けく」あったと気づいたということを「けり」

にこめています。

一〇七五歌は、四句切れです。「遠みかも」（遠いからか）というのは、光が少ないことの理由としていったものです。結句に「夜は更けにつつ」とあるように、月の出がおそく、細い月で光がすくないのを、海から上ってくる道が遠いからかと、いいなしてみせたのです。一〇七一歌とはべつなかたちで、おそく出る月を待つ歌です。

一〇七六歌は官人たちの遊ぶ夜の月をいうのですが、結句「月の清けさ」という結び方は集中に他にありません。例がないといえば、一〇七七歌の、月をとどめる「塞《せき》」がほしいという発想も他に見えません。

一〇七八歌は、初句第二句に「この」「ここ」と、現場指示を重ねて、いま月を見ているなかで、「らむ」（いま～であろうという現在推量）によって、待つ恋人を思いやっています。さきの一〇七四歌とも、あとの一〇八五歌とも妹とのかかわりが違います。

一〇七九歌と一〇八三歌とは見えない月を歌いますが、隠すのは雲か霧かというのと、「霜曇り」という漢詩の発想をふまえるのと、違うものを並べているのです。一〇八三歌の「霜曇り」にかんしては、空に充満する冷気であり、その白い霜気によって霞むことをいう「霜靄」に当たるとして、『芸文類聚』「月」部に引く沈約の詩をあげた新大系につくされます。

一〇八〇歌の「神代に出で反る」という表現についてはいまだ明解が得られていません。いま、『略解』の「神代へ立ちかへりては出るならむといふなり」とする解にしたがいました。わかりにくさをのこしますが、月のかわらなさ、永遠性を述べたことはたしかです。

一〇八一、二歌は、夜更けるまで月を見ることをいうものとして共通します。一〇八一歌のような、袖に露が置くというのは、外で待っていて夜が更けたというのがふつうで、巻二・八九歌「居明《ゐあ》かして君《きみ》をば待《ま》たむぬばたまの吾《わ》が黒髪《くろかみ》に霜《しも》は零《ふ》るとも」（ここで夜を明かして君を待とう〈ぬばたまの〉わたしの黒髪に霜はふっても）等、類想がすくなくありません。しかし、ここは恋人をまつのでなく、月を見て夜が更けるのです。その点で「新味のあるもの」（窪田『評釈』）といえます。

一〇八四歌は、一〇七一歌と第一、二句がおなじで、結句も似ています。しかし、一〇七一歌は「出むかと」と、月が出ることをストレートにいい、一〇八四歌の「何時とかも」は来ない人を待つ恨みを重ねるのであって（『全注』）、趣きは異なります。「出むかと待ちつつ居るに」より「何時とかも吾が待ち居らむ」のほうが「焦燥感が強い」と、和歌文学大系がいうのも首肯されます。

一〇八五歌は、「妹があたり吾は袖振らむ」という情景の理解が問題となります。どこで、何のために袖を振るのか、よくわからないところがのこります。「実感には遠い」（『私注』）、「作者の位置などがわからないものとなる」（澤瀉『注釈』）といわれるとおりです。ただ、月の歌い方として、妹に向かって袖を振ることを持ち込むのが他と違うことはたしかです。

一〇八六歌の「大伴」は地名。その地名をいい起こすのに靫を負うといって、土地ほめに月をかかわらせます。その地にいたことに合わせた歌と思われます。

こうして一覧すればあきらかですが、おなじ歌いかたをするものはないのです。さまざまなかたちで歌っていて、どれもおなじではないことが注意されます。新味をもたせ、他には例のない発想やことばをもって、月について歌いうる可能性をひろくこころみるものとして、ここにあるものをうけとめたいと思います。

おなじことは、たとえば雑歌、「詠山」において、七首が、「巻向の檜原の山」（一〇九二歌）、「巻向山」（一〇九三歌）、「三室の山」（一〇九四歌）、「三輪山」（一〇九五歌）、「天の香具山」（一〇九六歌）、「巨勢山」（一〇九七歌）、「妹山、二上山」（一〇九八歌）と、それぞれ異なる山を歌うことにも見るとおりです。前の三首は人麻呂歌集歌です。

歌群の先頭に置かれる人麻呂歌集歌は、特別な位置をになうのであり、それは、規範として意味をもつということとができるかもしれません。しかし、他の歌に対して「古の時代」の歌としての意味をもつものとしてある（伊藤博説）とは認められません。繰り返しになりますが、人麻呂歌集歌と他の歌群とあいまってしめす多様性に、歌の可能なひろがりを見ることが大事なのです。人麻呂歌集歌がひらいている歌の可能性へのこころみを拡大してひろげてゆくのは、歌の世界のひろがりを展示することだというべきです。巻七～十二の、人麻呂歌集歌を核とする構成の意味は、こうした歌の世界の開示にあったととらえられます。

5 類歌への視点——可能性の現実化

巻七～十二における人麻呂歌集歌は歌の世界のひろがりの核をなすものです。しかし、現実に「人麻呂歌集」がそうだったといいたいのではありません。『万葉集』において、そのような意味を与えられている、あるいは、そのような意味をもつものとして見出されているのです。『万葉集』においてある（あらしめられる）「柿本朝臣人麻呂歌集」です。見るべきなのは、『万葉集』が、それを核として拡大し、歌の世界をつくるということです。

類歌の問題も、この拡大という点から見ることができます。巻十一・十二における、人麻呂歌集歌にかかわる類歌は目を引くものがあります。これについて、伊藤博『万葉集の構造と成立 上』がまとめていて、十組をあげています。

列挙するとつぎのとおりです。右が人麻呂歌集歌です。現代語訳は、人麻呂歌集歌を主とし、カッコ内に異なるところを示すこととします。

是量《かくばかり》　恋《こ》ひむものそと　知《し》らませば　遠《とほ》くも見《み》べく　ありけるものを　——これほどに　恋しくなるものと　わか

（十一・二三七二歌）

如是《かく》ばかり　恋《こ》ひむものそと　知《し》らませば　その夜《よ》はゆたに　あらましものを（十二・二八六七歌）

何時《いつ》はしも　恋《こひ》せぬ時《とき》は　あらねども　夕《ゆふ》かたまけて　恋《こひ》は無乏《すべなし》（十一・二三七三歌）

何時《いつ》はなも　恋《こ》ひずありとは　あらねども　うたて比来《このころ》　恋《こひ》し繁《しげ》しも（十二・二八七七歌）

朝影《あさかげ》に　吾《あ》が身《み》はなりぬ　玉垣入《たまかきる》　風《ほのか》に見《み》えて　去《い》にし子故《こゆゑ》に（十一・二三九四歌）

朝影《あさかげ》に　吾《あ》が身《み》はなりぬ　玉蜻《たまかぎる》　髣髴《ほのか》に見《み》えて　去《い》にし児故《こゆゑ》に（十二・三〇八五）

眉根《まよね》かき　鼻《はな》ひ紐《ひもと》解け　待《ま》つらむか　何時《いつ》かも見《み》むと　念《おも》へる吾《われ》を（十一・二四〇八歌）

眉根《まよね》かき　鼻《はな》ひ紐《ひもと》解け　待《ま》てりやも　何時《いつ》かも見《み》むと　恋《こ》ひ来《こ》し吾《あれ》を（十一・　二八〇八歌）

右、上に柿本朝臣人麻呂が歌の中に見えたり。ただし、問答なる

っていたならば　遠く離れて〈あの晩はゆっくりして〉いたらよかったのに

いっとても　恋しく思わないときは〈恋しくないということも〉ないけれども　夕方になると〈みょうにこのごろ〉恋しい思いがつのってやまない〈恋しい思いがつのる〉

朝日による影のように　わたしの体はやせてしまった〈玉かぎる〉ほんのちらと見えただけで　去っていったあの子ゆえに

眉をかき　くしゃみをし衣の紐も解いて　待っているであろうか　いつ逢えるかと　思っているわたしを〈恋しく思ってやってきたわたしを〉

を以ての故に、ここに重ね載せたり。

はしきやし　相《あ》はぬ子故《こゆゑ》に　徒《いたづら》に　是川《うぢかは》の瀬《せ》に　裳《も》の襴《すそ》潤《ぬ》らしつ（十一・二四二九歌）

はしきやし　相《あ》はぬ君故《きみゆゑ》　徒《いたづら》に　此《こ》の川《かは》の瀬《せ》に　玉裳沾《ぬ》らしつ（十一・二七〇五）

淡　海《あふみのうみ》　奥《おき》つ嶋山《しまやま》　奥《おく》まけて　吾《あ》が念《おも》ふ妹《いも》が　事《こと》の繁《しげ》けく（十一・二四三九歌）

淡海《あふみ》の海《うみ》　奥《おき》つ嶋山《しまやま》　奥《おく》まへて　我《あ》が念《おも》ふ妹《いも》が　言《こと》の繁《しげ》けく（十一・二七二八歌）

隠《こも》り沼《ぬ》の　裏《した》ゆ恋《こ》ふれば　無乏《すべをなみ》　妹《いも》が名告《なの》りつ　忌《ゆゆ》しきものを（十一・二四四一歌）

隠《こも》り沼《ぬ》の　下《した》に恋《こ》ふれば　飽《あ》き足《た》らず　人《ひと》に語《かた》りつ　忌《い》むべきものを（十一・二七一九歌）

隠《こも》りどの　沢泉《さはいづみ》なる　石根《いはね》をも　通《とほ》してそ念《おも》ふ　吾《あ》が恋《こ》ふらくは（十一・二四四三歌）

（はしきやし）逢わない人ゆえに〈あわないあなたゆえに〉　甲斐もなく宇治川の瀬で〈この川の瀬で〉　裳の裾を濡らしてしまった〈玉裳を濡らしてしまった〉

近江の海の　沖つ島山ではないが　奥―将来まで　わたしが思うお前は　かれこれ噂がおおいことよ

隠れ沼のように　心のなかで恋うていると　やるせなくて〈満足できず〉　お前の名を口に出してしまった〈人に話してしまった〉　忌みはばかられるのに〈謹むべきことなのに〉

人目につかない　谷間の泉にある〈谷の泉にある〉　岩をも　貫くほどに思

隠《こも》りづの　沢《さは》たつみなる　石根《いはね》ゆも　通《とほ》りて念《おも》ふ　君《きみ》に相《あ》はまくは

（十一・二七九四歌）

遠《とほ》き妹《いも》が　振《ふ》り仰《さ》け見《み》つつ　偲《しの》ふらむ　是《こ》の月《つき》の面《おも》に　雲《くも》な棚《たな》びき

（十一・二四六〇歌）

吾《わ》が背子《せこ》が　振《ふ》り放《さ》け見《み》つつ　嘆《なげ》くらむ　清《きよ》き月夜《つくよ》に　雲《くも》なたなびき

（十一・二六六九歌）

里遠《さとどは》み　眷《こ》ひうらぶれぬ　まそ鏡《かがみ》　床《とこ》のへ去《さ》らず　夢《いめ》に見《み》えこそ　（十一・二五〇一歌）

里遠《さとどは》み　恋《こ》ひわびにけり　まそ鏡《かがみ》　面影《おもかげ》去《さ》らず　夢《いめ》に見《み》えこそ　（十一・二六三四歌）

右の一首、上に柿本朝臣人麻呂が歌のなかに見えたり。ただし、句々相換はれるを以ての故に、ここに載せたり。

類歌の判断はむずかしいのですが（取り上げかたによってすくなからず増えます）、次の歌をおとすことはできません。

朝茅原《あさぢはら》　小野《をの》に印《しめゆ》ひ　空事《むなこと》を　いかなりと云《い》ひ　公《きみ》をし待《ま》たむ　（十

う　わたしの恋うているのは〈あなたに逢いたさは〉

遠く離れているお前が〈いとしいあなたが〉振り仰ぎ見て　わたしのことをおもっているであろう〈嘆いていることであろう〉この月の面に〈この澄んだ月に〉雲よたなびくな

里が遠いので　恋しさにしょんぼりしてしまった（まそ鏡）床のあたり離れず〈おもかげとして離れず〉せめて夢に見えてほしいものだ

一丈の低い茅原の　小野に標を結うよう

一・二四六六歌）

浅茅《あさぢ》原《はら》　小《を》野《の》に標結《しめゆ》ひ　空言《むなこと》も　相《あ》はむと聞《き》こせ　恋《こひ》のなぐさに（十二・三〇六三歌）

或本の歌に曰く「来《こ》むと知《し》らせし君《きみ》をし待《ま》たむ」。また、柿本朝臣人麻呂が歌集に見えたり。然れども、落句少しく異なるのみ。

な　実のない嘘でも　どうなりと言いつくろって〈逢おうと言ってくださいな〉あなたを待とう〈恋しい思いのなぐさめに〉

二四六六歌は「君をし待たむ」というのですから、これはあきらかに女の立場の歌です。これにくわえて、二四二九歌、二七〇五歌も女の立場の歌ととれるものであり——「裳の襴潤らしつ」「君」とあるのはそうとることになります——、また、二四六〇歌〜二六六九歌も注目されます。二四六〇歌は「妹」というのですから男の歌、二六六九歌は「吾が背子」というので、女の歌です。ここには男の歌—女の歌という変換があるのです。

二八〇八歌、二六三四歌、三〇六三歌が、左注で人麻呂歌集との関係を確認するのは、人麻呂歌集の歌がもとにあってひろがると認めているということができます。恋の歌は、こういうふうに、さまざまなかたちで歌いうるものだと人麻呂歌集歌が展示するところをうけて実用化した、そうした拡大の結果として示したのが類歌だといえば、もっとわかりやすいでしょう。

さまざまな場面で歌がどう可能であるかを開拓したものとして、人麻呂歌集歌は位置を与えられているわけです。そのなかに、二四六六歌等のごとき、女ならばこう歌えるということころみもあるということです。人麻呂歌集歌のなかには、「君」や「吾が背子」というなど、呼称のうえから女性の歌と見られるものは、四〇首以上にのぼります。それらも同様にとらえることができます。問答なら女性の歌も一緒に載せたというかたちでまだ説明もつきますが、たとえば、巻十一には（人麻呂歌集歌一六一）、女性の歌が当然ふくまれる問答九首（うち女性歌五）をのぞいていうと、旋頭歌にも（人麻呂歌集歌一二、うち女性歌四）、正述心緒にも（人麻呂歌集歌四七、うち女性歌一〇）、寄物陳思にも（人麻呂歌集歌九三、うち女性歌一七）、かたよりなくおなじように分布しているのです。

そうした点から、巻十一に、問答としてある、九首の人麻呂歌集歌も注目されます（二五〇八～二五一六歌）。略体歌四首二組、非略体歌五首二組ですが、後者には三首で組をつくっているもの（二五一〇～二五一二歌）があって問題があります。

赤駒《あかごま》が　足《あ》がき速《はや》けば　雲居《くもゐ》にも　隠《かく》り往《ゆ》かむぞ　袖《そで》まけ吾妹《わぎも》（二五一〇歌）

こもりくの　豊泊瀬《とよはつせ》道《ぢ》は　常滑《とこなめ》の　恐《かしこ》き道《みち》そ　恋《こ》ふらくはゆめ（二五一一歌）

味酒《うまさけ》の　みもろの山《やま》に　立《た》つ月《つき》の　見《み》が欲《ほ》し君《きみ》が　馬《うま》の音《おと》そする（二五一二歌）

赤駒の　足が速いから　雲のかなたに
　隠れてゆくだろう　袖を巻きかわせ
我がいとしいお前よ
（こもりくの）泊瀬の道は　常滑の
恐ろしい道です　どうかもの思いなさるな
（うまさけの）三諸の山に　出る月を
　待ちかねるように会いたいあなたの
馬の足音が聞こえる

二五一〇歌は、遠くへの旅立ちのさいの別れの前に、別れをおしんで共寝しようという歌です。二五一一歌は、見送る歌であり、二五一二歌は、訪れる男を待つ歌です。男―女―女ということになりますが、ひとつの場にある歌とは認められません。問答としてなされたものを収めたとはいいがたいことは、諸注が記すとおりです。問答のかたちをつくって見せたというのが適切でしょう。それは、『万葉集』が、こうして問答がありうることをしめしたととらえるべきです。

また、略体歌の一組、

しきたへの　枕動《まくらうごき（とよみ）》て　夜《よる》も寝《ね》ず　思《おも》ふ人《ひと》には　後《のち》も相《あ》ふものを（二五一五歌）

しきたへの　枕《まくら》は人《ひと》に　事問《ことと》へや　その枕《まくら》には　苔生《こけむ》しにたり（二五一六歌）

（しきたへの）枕が動いて〈大声をあげて〉夜も寝られません　思う人には　後にもあうと言うけれど

（しきたへの）枕は人に　ものを言うでしょうか　その枕には　苔が生えていますよ

の二首は、どちらが男で、どちらが女か、判定が困難なのですが、そこに面白さがあるともいえます。二五一五歌を、枕が大声を出すととるのは、二五一六歌に「枕は人に事問へや」とあるのと、実際の問答としてなされたと見るからですが、さきのとおなじく、問答としてなされたと考える必要はありません。二五一五歌の第二句の「動」は、「うごく」とも「とよむ」（声を出す）ともよめますが、「とよみ」の説をとると、その枕には苔がはえているのでしょう、という切り返しはいっそうきいて見えます。歌の会話性がしめし出されているといえます。この切り返しのきいたやりとりは、会話として、このような歌い方がありうることの展示として置かれてあるのです。実際の問答でないと見ることが十分可能です。

人麻呂歌集歌の展示したものを実用化したのが、類歌だと見るべきです。ただ、実際に人麻呂歌集歌を見本として歌が作られたといおうとするものではありません。要は、実際はともあれ（それはおいて）、『万葉集』は、人麻呂歌集歌を核として歌の世界をつくることによって、歌の世界の可能性をひらいたという意味を人麻呂歌集歌に与えているということです。

6 律令国家と歌の世界

巻七、十、十一、十二を、人麻呂歌集歌を核として、歌の世界のひろがりをつくるものとして見るべきことを述べてきました。しかし、巻九の人麻呂歌集歌は、それらとおなじということはできません。巻七等の主題的・類聚的構成とは、巻九は巻としてのつくり方が異なるのであり、当然人麻呂歌集歌の意味も異なります。

巻九について、ふたつの点に着目したいと思います。ひとつは、人麻呂歌集歌の他にも個人の名を冠した歌集（私家集、別集）の歌をふくみ、それらとともにこの巻を構成するということです。もうひとつは、巻頭に配置される天皇が巻一とおなじだということです。

歌集の問題について具体的に見るために、歌番号で一覧化すると、つぎのようになります。もうひとつの問題のために、冒頭の歌群の題詞はそのまま書きぬきました。また、題詞に年次が明示されているものはその年次を記しました。

巻九　一六六四～一八一一歌
雑歌
一六六四歌　泊瀬朝倉宮御宇大泊瀬幼武天皇御製歌一首
一六六五～一六六六歌　崗本宮御宇天皇幸紀伊国時歌二首
一六六七～一六七九歌　大宝元年辛丑冬十月太上天皇大行天皇幸紀伊国時歌十三首
一六八〇～一六八一歌　後人歌二首
一六八二～一七〇九歌　右柿本朝臣人麻呂之歌集所出
一七一〇～一七一九歌

一七二〇～一七二五歌　右柿本朝臣人麻呂之歌集出
一七二六～一七三七歌
一七三八～一七六〇歌　右件歌者高橋連虫麻呂歌集中出
一七六一～一七六五歌
相聞
一七六六～一七七二歌
一七七三～一七七五歌　右三首柿本朝臣人麻呂之歌集出
一七七六～一七七九歌
一七八〇～一七八一歌　右二首高橋連虫麻呂之歌中出
一七八二～一七八三歌　右二首柿本朝臣人麻呂之歌中出
一七八四歌
一七八五～一七八九歌　神亀五年、天平元年　右件五首笠朝臣金村之歌中出
一七九〇～一七九一歌　天平五年
一七九二～一七九四歌　右三首田辺福麻呂之歌集出
挽歌
一七九五～一七九九歌　右五首柿本朝臣人麻呂之歌集出
一八〇〇～一八〇六歌　右七首田辺福麻呂之歌集出
一八〇七～一八一一歌　右五首高橋連虫麻呂之歌集中出

この巻の総歌数は一四八首ですが、人麻呂歌集歌が四四首、虫麻呂歌集歌が三〇首、金村歌集歌が五首、福麻呂歌集歌が一五首をかぞえるのであり、これら個人の名を冠した歌集――「歌集出」「歌中出」もおなじにあつかいます――から出たとするものが九四首にのぼるのです。巻全体の六割を超えています。なお、人麻呂歌集歌・虫麻

呂歌集歌をめぐって、一七〇九歌、一七二五歌、一七六〇歌の左注の「右」の範囲をどこまでとするかで異説もありますが、澤瀉『注釈』、和歌文学大系にしたがいました。べつな説として、たとえば、古典集成や『全注』によれば、一七〇九歌の「右」は一六六七歌以下、一七二五歌の「右」は一七一二歌以下、一七六〇歌の「右」は一七二六歌以下を指すとして、歌数は二五首も増えることになります。それだと、これらの歌集歌は八割に達します。

　歌数はなお確定できないところがありますが、個人の名を冠した歌集を中心に構成するものとしてあると見るべきです。大事なのは、それが『万葉集』にとってもつ意味です。人麻呂歌集歌を核として構成する巻七以下のなかで、巻九は、人麻呂歌集歌と他の個人の名を冠する歌集の歌とをおなじ列において構成するのです。おなじ列というのは、これらの歌集歌が区別なくあつかわれて巻九をつくっているからです。巻九の人麻呂歌集歌が題詞を有するのも、歌集の歌としておなじ体裁をとるのです。

　人麻呂歌集歌にならんで、個人の歌集の歌があったということは、巻九が、そうした歌の基盤の上に構成されたということにほかなりません。単発的な個々の歌によるのではないのです。いいなおせば、歌集のうえに成り立つ歌集――個人の集＝「別集」に対する「総集」です――であることをうけとることがもとめられます。要は、歌集といういとなみをすでにもつということです。それは、歌の世界の成熟を証するものというべきです。虫麻呂歌集歌・金村歌集歌・福麻呂歌集歌に、すくなからぬ長歌をふくむ（合わせて一九首）ことの意義は、その点にかかっています。それらの歌集の実態如何が問題ではありません。長歌をふくむ「別集」としてのそれらがあり、またそれらによって、『万葉集』巻九は雑歌・相聞・挽歌という基本構成をつくる――挽歌にいたっては、歌集歌だけで成ります――もの（「総集」）としてあるということが重要なのです。

　そして、もうひとつ着目されるのは、そのような成熟が、「泊瀬朝倉宮御宇天皇」「崗本宮御宇天皇」という巻一とおなじ天皇を巻頭において示されることです。

冒頭の二天皇は巻一においての「歴史」世界のはじまりをになった天皇でした。「崗本天皇」は、巻四において、巻頭（四八四歌）の「難波天皇妹」につづいて登場しました。そこで、「高市崗本宮後崗本宮」のいずれか、審らかでないということが問題にされました（四八七歌左注）。「岡本宮御宇」はそれとおなじ問題をかかえますが、巻一において、「泊瀬朝倉宮御宇天皇代」につづく「高市岡本宮御宇天皇代」「後岡本宮御宇天皇代」に重なることが意味をもつのです。それは巻九自身を歴史的に構成することにつながるものではありませんが、巻一とのかかわりを確保する役割を負うものと見るべきです。世界の枠組みをおなじくすることを示すということもできます。

「泊瀬朝倉宮御宇天皇」「崗本宮御宇天皇」の後、巻九は、いきなり大宝元年にとびます。そして、年次を記すのは、その大宝元年のほか、相聞部のなかの神亀五年、天平元年、天平五年と、あわせて四例にとどまります。大宝元年という記念碑的な年次を画期として、聖武天皇代を主として構成することを示すものにほかなりません。大宝という国家的エポックを柱として、寧楽宮時代の歌の世界の成熟を証してゆく構成だということができます。

大宝以後、すなわち律令国家のもとの歌の世界として、人麻呂歌集歌は、他の個人名を冠する歌集歌とともに歌の世界のひろがりと成熟をあらわしだすと見るべきなのです。

ただ、人麻呂歌集歌に、左注に天武九年作を標示する一首があることは知られるとおりです。巻十秋雑歌の七夕歌の最後、二〇三三歌の左注に「此歌一首庚辰年作之」とありますが、「庚辰年」は六八〇年、天武九年にあたると認められます。いま述べたような人麻呂歌集歌の位置づけにとって支障となると見えるかもしれません。しかし、この左注は、あくまで二〇三三歌一首にかかるものです。この歌が、人麻呂歌集の七夕歌群のなかでとくに古い歌とされてあったことをことわるという以上の意味はないのであって、人麻呂歌集歌が、巻九において大宝以後に位置づけられることと矛盾するものではありません。

その巻九と、巻七等における歌の世界の可能なひろがりを秩序づけるものとしてあることとあいまって、人麻呂歌集歌がもととなって、律令国家の歌の世界（固有のことばによる文芸）をあらしめることになります。

このように、巻九の人麻呂歌集歌は、巻七、十、十一、十二において歌の世界のひろがりの核としてある人麻呂歌集歌とおなじ方向性をもつのではなく、いわば交差して意味をもつと見るべきです。編纂論的見地からは、巻九も、「人麻呂歌集」を「出典」として「採録」したと、一律化されてしまいますが、こうして、おなじ磁場にはないことに留意し、巻九によって、人麻呂歌集歌が歌の世界の可能なひろがりをあらしめた核であることが、歴史的にも定位されると認められるのです。

こう見てくると、巻九が先だって、巻十、十一、十二とつづくのは、交差ないしクロスしてかかわりあう関係としてわかりやすいものとなります。ただし、巻七、八が、巻九に先だつという関係についてはなお説明が必要かもしれません。

『万葉集』に即していうと、巻七においてそれまでとは一変して、多様な主題で展開する歌のひろがりを展示しました。そのひろがりは、歌の「歴史」世界の基盤であり、また、「歴史」がつくってきたものでもあるのですが、巻八は、多様性の展開が季節の歌として、「歴史」として構築されたのとはべつに（並行して）あったことを示すものでした。固有のことばの文芸としての歌の文化性として取り出されたのだといえます。巻九は、それらを回収して、個人の名を冠する歌集の歌とともにあった、律令国家のもちえた文雅として、歌の世界の成熟をあらしめている――巻七、八とともに歌の世界の成熟をしめすことができた――というべきです。

そして、人麻呂歌集歌の拡大をもって巻十～十二が歌の世界を構築してゆくのに対して、巻八は、巻十のしめす可能性の実際として回収され、巻七は、巻十～十二にならぶものとして意味づけを与えられたと見ることができます。

七

東歌と防人歌——列島をおおう定型短歌

前の章では、巻七〜十二が律令国家の歌の世界のひろがりを示すものであることを見ました。その後につづく巻十三〜十六は、主題的構成とも異なる、それぞれ独自な巻です。巻十三は長歌をあつめ、巻十四は東歌《あづまうた》を載せ、巻十五は遣新羅使にかかわるものと中臣宅守《なかとみのやかもり》・狭《さ》野弟上《ののおとがみの》娘子《おとめ》とのふたつの歌群から成り、巻十六は「有由《ゆうゆ》縁《えん》并《あわ》せて雑歌」という特異な歌をおさめるものです。それぞれに即して見てゆくこととしますが、結論的にいえば、これらも、歌の可能なひろがりを示すという見地で巻七〜十二とあわせてとらえることができます。

まず東歌について見ることとします。あわせて、これとふかくかかわる防人歌《さきもりうた》についてふれます。

1　東歌の在地性

巻十四の冒頭に「東歌」という標目があり（参照、図1）、それによってこの巻の歌を東歌と呼んでいます。「東」は東国の謂いであり、この巻は東国にかかわる歌の集としてうけとられます。また、左注に「右○首□□国歌」と、国名をあげて、東国の歌を収めたものであることを明示します。問題は、それが『万葉集』においてどういう意味をもつかということです。

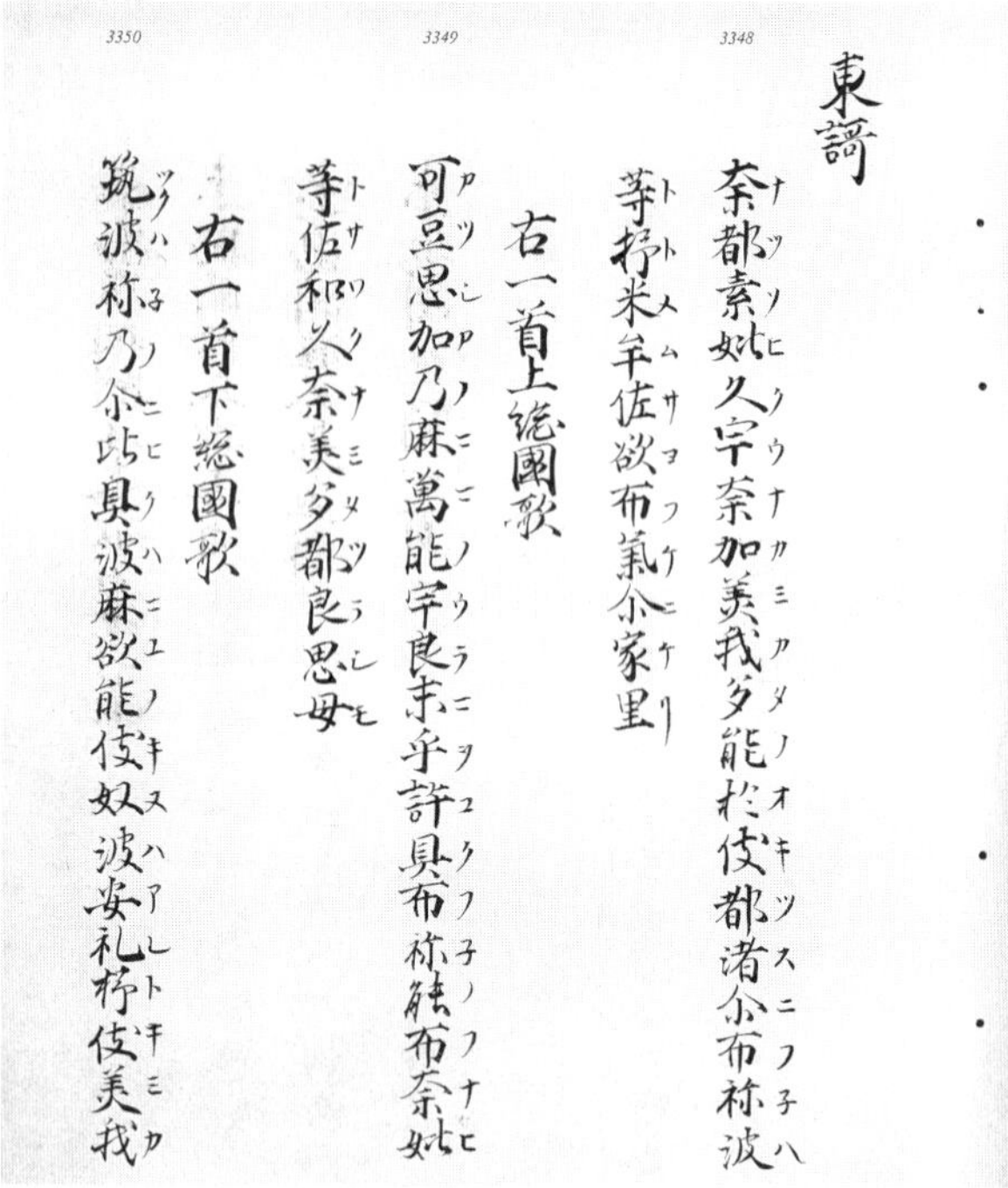

図1　巻十四冒頭　西本願寺本
「東歌」のあとに「雑歌」の一行が元来あったのではないかと考えられています。

『万葉集』のなかで、他にはない特異な趣をもつ歌が巻十四にはあります。たとえば、教科書にもとられてよく知られているつぎのような歌がそうです。（以下一字一音の漢字本文と漢字仮名交りにしたものとをならべて掲げます。）

多麻河泊尓　左良須弖豆久利　佐良左良尓　奈仁曽許能児乃　己許太
可奈之伎（三三七三歌）、
多麻河《たまがは》に　さらす手作《てづく》り　さらさらに　なにそこの児《こ》の　ここだかな
しき

多摩川に　さらす手作りの布ではないが　さらにさらに何だってこの子が　こんなにも愛しいのだろう

この巻は基本的に一字一音で書記されます。ただ、右の歌の初句の「河泊《かは》」の「河」はカの音の仮名というだけでなく、意味をあらわすものともなっているといわれます。第四句の「児」もおなじです。そうした書記を見るために漢字本文も掲げました。川に布をさらすといって、サラサラの序とするのですが、労働と結びついた実感的な表現によって、直截に思いを歌うものです。また、これもよく知られた歌ですが、

伊祢都気波　可加流安我手乎　許余比毛可　等能乃和久胡我　等里弖
奈気可武（三四五九歌）
稲搗《いねつ》けば　かかる我《あ》が手《て》を　今夜《こよひ》もか　殿《との》の若子《わくご》が　取《と》りて嘆《なげ》かむ

稲を搗いて　荒れたわたしの手を　今夜も　館の若君が　取って嘆くことであろうか

も労働と結びついた実感の表現です。稲搗きで荒れた手——第二句の漢字本文の「我手《がて》」は仮名でありつつ意味をもあらわしています——をいいながら、それをおのろけのかたちに転じて見せたものです。現実の恋の歌とはいいがたく、だからといって、労働歌・作業歌として（『全註釈』、古典集成等）、実態に帰してしまうのもどうでしょうか。ともあれ、「かかる」は他に例がなく、その用語・素材に東歌らしさがあることを重視するべきです。もう一例、

可美都気努　安蘇能麻素武良　可伎武太伎　奴礼杼安加奴乎　安杼加
安我世牟（三四〇四歌）
上野《かみつけの》　安蘇《あそ》の真麻群《まそむら》　かき抱《むだ》き　寝《ぬ》れど飽《あ》かぬを　あどか我《あ》がせむ

上野の国の　安蘇の麻の束を　抱えて抜くように　抱いて寝ても飽き足りないのを　どうしたらよいものか

結句の「あど」は、どのように、どうしての意です。その用例は東歌に集中し（他には巻十五に一例のみ）、方言性を感じさせます。諸注に、背丈よりも高い麻を抜くのに、手で胸に抱きかかえるようにしてまとめて抜くさまを、男女の抱擁にかさねた表現といいます。麻の収穫作業と結びついたかたちで、直截に性愛が表現されたものですが、それが方言ともども東歌らしさだと見られてきました。

そうした歌で一巻をつくることが『万葉集』にとってどういう意味があるのか。地名や方言をふくむこと、労働の実際と結びついた表現は、在地性として見ることができます。それを民謡という点でとらえることはいまも有力な見地です。たとえば、三四〇四歌について、澤瀉『注釈』は、「民謡としての東歌の面目を遺憾なく発揮したものである」といい、新編全集は、麻作りは女の仕事だが「この歌の趣は男の立場で詠んだものと思われる。民謡なるがゆえに男女の性別をあえて無視したのであろう」と注します。

しかし、民謡説にはおおくの難点があります。大久保正「万葉集東歌の性格」（『万葉集東歌論攷』一九八二年、塙書房）は十項目にわたって、東歌の性格を民謡性——大久保は、『万葉集』の東歌を民謡そのものではなく、民謡がもとにあるものとして、民謡性といいます——として見ることにとって問題となる点をあげています。列挙すれば、

1　短歌形式の整一性
2　歌謡としての内証の欠如

3 方言的要素の非均質性
4 感情内容における京人の歌との共通性
5 京人の作との類歌関係
6 表現技法における京人の歌との共通性　イ 枕詞　ロ 序詞　ハ 懸詞　ニ 歌語
7 地名における非東国的性格　イ 地名表現の手法　ロ 東国以外の地名を詠みこんだ歌の混在
8 文字表記の性格
9 防人歌の混在
10 人麻呂歌集との関連

となります。

大久保は一々にこれを検討して――そこでは、東歌の研究史が丁寧にふりかえられ、東歌の問題点はあまさず取り上げられています――、東歌の本質はやはり民謡性にあると帰結しました。

しかしながら、大久保によって、民謡性が確かにされたとはいいがたいのです。決定的なのは、東歌が定型短歌に統一されているという動かしがたい事実です。古代東国においてまで、民謡（民衆社会における歌謡）として定型の短歌が確立されていたというならば、その後中世・近世の日本の民衆社会にあってそれはうしなわれてしまったことになります。中近世に採集された民謡は定型短歌を基盤とするとはいえません。文化的退化ともいうべき歴史となってしまうのであり、理解しがたいところです。

また、歌謡性を外部から保障するものとして、大久保は、「東遊歌」等をあげるのですが、それらは宮廷歌謡であって、『万葉集』東歌の歌謡性を否定しえないという証として意味があるとはいえません。それは、古代宮廷が、世界の組織の証として東国の風俗歌舞をもとめたものであって、東国性をよそおうことがそこでは必要だったのです。東国の歌謡そのものの存在証明にはなりえません。

さらに、

文字に縁の遠かったと思われる防人らが、歌謡を媒介とすることなしに純然たる創作歌を忽然として成し得たとは考え難いし、もしまたかれらの親しんでいた歌謡が、既に短歌形式、もしくはそれに近い形式を普遍的な形式としてもっていたのでなければ、いかに短歌形式が要求されたとしても、直ちにそれに応じた短歌を上進することは困難であったと考えられる。

と、防人歌の存在をもって歌謡の存在を傍証しようとしたことについていえば、防人歌自体がそのまま信じられてよいかと問い返さねばなりません。あとに述べますが、防人歌は東国から徴発された防人が作った歌としてあることによって、たしかに東歌と対応して意味をもっていますが、防人が作った歌としてあるということは、そのままかれらが短歌形式ないしそれに近い歌謡のなかに生きていたことの証とはなりません。

東歌も防人歌も東国の在地性を訴えます。特異な内容に、東国の地名、くわえて方言要素は、在地性に帰されてしかるべきです。ただ、在地性は、ただちに民謡・歌謡であったことを意味しないというべきです。

2　東国の歌のよそおいとしての方言要素

民謡説に対して、創作歌として東歌をとらえる説も有力な潮流です。さきに大久保があげた問題点はこの立場から提起されてきたものにほかなりません。それは、はやく武田祐吉「東歌を疑ふ」（『上代国文学の研究』一九二一年、博文館）にはじまりますが、土橋寛がこの説を代表すると認められます。『万葉開眼（下）』（一九七八年、NHKブックス）にわかりやすくその立場が述べられていますが、土橋は、東歌には民謡と創作歌とがあって、もっともおいのは創作歌だといいます。民謡と創作歌との相違は、歌の場と歌の機能との二つの側面から見るべきであり、民謡が集団的な共同作業の場で作業の目的に適った機能をもつのに対して、創作歌は、個人の生活の場で自己表現を目的とするものだととらえ、東歌の基本は創作歌だというのです。ただ、酒宴の場での歌と思われるものばかりで、酒宴が唯一の創作歌を生み出す場であったとしつつ、その場において中央の歌との交流・影響もあったととらえます。

要するに、民謡ないし民謡性において見るか、創作歌ととらえるか、東歌の在地性や特異さをどう実態的に把握するかの違いです。

しかし、『万葉集』における巻十四の意味を見ることは、そうした実態を問題とすることではありません。『万葉集』にとって大事なのは、東国の在地性を帯びた歌があるということです。その歌が民謡か創作歌かは問題ではありません。

要は、東国にも定型の短歌が浸透しているのを示すということです。それは中央の歌とは異なるかたちであらわれて東国性を示しますが、東歌によって、東国までも中央とおなじ定型短歌におおわれて、ひとつの歌の世界をつくるものとして確認されることとなります。そうした歌の世界をあらしめるものとして東歌の本質を見るべきです。それが『万葉集』における巻十四なのです。その点で、「（東歌の）特異性は貴族的なるものとの対比においてではなく、そこに包摂された状態で存在するのである」と、品田悦一「東歌・防人歌論」（『セミナー　万葉の歌人と作品第十一巻　東歌・防人歌／後期万葉の男性歌人たち』二〇〇五年、和泉書院）のいうことが、端的に本質をいいあてています。

方言要素は、東歌にとって必須でした。巻十四は、在地性を示す、そのことばをそのままにあらわすために、一字一音の仮名書記なのです。中央のことばとは異なったことばによってもつくられた歌において、定型短歌の浸透

表　東歌および防人歌において中央語の音韻と相違する事例数（福田良輔による）

	歌数	陸奥	遠江	駿河	相模	武蔵	上総	下総	常陸	下野	上野	信濃	計	未勘国	総計
東歌	238	4	0	4	18	2	2	1	11	4	20	3	69	105	174
防人歌	93	0	12	24	2	31	21	38	25	22	5	8	188	11	199

は証されるからです。その方言要素の本質はよそおいであり、そこから古代東国方言の実際を考えることなどできないというべきです。

方言要素について、東歌と防人歌とではかなりの差があらわれるということがすでにあきらかにされています。東歌と防人歌とを、東国方言の実態の反映として一括してみることはできないような差異を、方言的音韻のあらわれ、語法、特殊仮名遣いの混乱のあらわれ等々に見るのです。このことについて、前掲大久保正「万葉集東歌の性格」が、福田良輔『奈良時代東国方言の研究』（風間書房、一九六五年）、亀井孝「方言文学としての東歌・その言語的背景」（『日本語系統論のみち』亀井孝論文集2、一九七三年、吉川弘文館。初出は一九五〇年）、浅見徹「上代の東国俚言――東歌・防人歌の解釈方法に関する問題」（『万葉』四〇号、一九六一年七月）らの説をまとめ、整理してくれています。

大久保の整理を紹介するかたちでいうと、たとえば、音韻現象について、福田は、右の表のような調査結果をもって、いわゆる訛音の要素が東歌のほうがはるかに低いことをあきらかにしました。一方で、特殊仮名遣にかんしては、亀井が、防人歌ではイ段にかなり混乱が見られるが、東歌ではその混乱が見られず、エ段では両者に共通して相当に混乱が見られるが、オ段では防人歌にはほとんど混乱が見られないのに対して、東歌では逆に特にコについてかなり混乱が見出されることを指摘しました。また、文法にかんする方言的特徴として注意される打消しの助動詞ナフについて、東歌に用例が集中し、防人歌には認めがたいこと（亀井・浅見）、アド・アゼも東歌に集中して防人歌には見えないこと（浅見）等が指摘されています。つまり、東歌、防人歌で、方言要素のあらわれが一定しないのであり、東国方言として両者を一括して体系化はできないのです。

浅見があげた防人歌の例は、その問題性をよくあらわしています。

志良多麻乎　弖尓刀里母之弖　美流乃須母　伊弊奈流伊母乎　麻多美弖毛母也（巻二十・四四一五歌）
　右一首、主帳荏原郡物部歳徳
白玉《しらたま》を　手《て》に取《と》り持《も》して　見《み》るのすも　家《いへ》なる妹《いも》を　また見《み》てももや
　右の一首は、主帳荏原郡の物部歳徳
久佐麻久良　多比由苦世奈我　麻流祢世婆　伊波奈流和礼波　比毛等加受祢牟（四四一六歌）
　右一首、妻椋椅部刀自売
草枕《くさまくら》　旅行《たびゆ》く背《せ》なが　丸寝《まるね》せば　家《いは》なる我《われ》は　紐解《ひもと》かず寝《ね》む
　右の一首、妻の椋椅部刀自売

白玉を　手に取り持って　見るように
家にいる妻を　また見たいものだ

（草枕）旅行くあなたが　丸寝なさるなら　家にいるわたしは　紐を解かないで寝ましょう

武蔵の国の夫妻のやりとりですが、読み下し文に傍線を付したように、夫のほうには第二句「母之（持し）」←持ち、第三句「乃須」←なす、第五句「美弖毛（見ても）」←見てむ、の訛りが認められ、妻のほうには、「伊波（家）」←いへ、の訛りが見られます。一方で、夫のうたの「伊弊（家）」、妻の「祢牟（寝む）」には訛りがありません。解しがたいバラツキです。

こうした東歌・防人歌の文献的事実にむきあうとき、そこにあらわれる方言要素を東国の言語の実態としてうけとることが根本から疑われます。全体的説明をあたえようとすれば、ともに東国の現地性のよそおいであって、よそおいかたが異なることによって生じた異なりと見ることに導かれます。すでに、亀井が、文字表記においては三三七三歌の「河泊《かは》」のごとき音義両用の技巧をもちつつ、東国訛りを漂わせることについて「かような訛りも、また高い度合において、趣味的なものなのではなかろうか」といい、「純粋に忠実に東国訛りを反映するものであるかのごとくに東歌を考えてかかるならば、それは素朴にすぎるものというべきである」と述べています。浅見は、より端的に「観念的俚言」と見るべきことを提起しました。

東歌・防人歌中に見える、中央語と異なつた語形のあるものは、収集から万葉集編纂の過程に於いて、中央貴族の何者（一人とは限らない）かに依つて、無意識的に、或は恣意的に創り出された「観念的俚言」ではあるまいか。

といいます。そして、それに「非中央的、非貴族的な、辺鄙な田舎らしさや俗なものを敢へて求めた、中央人士達の好事家的好みがあつたと推断される」という位置づけもあたえています。方言要素といっても、さきの夫妻のやりとりのなかの「見ても」「いは」のごとく、「一語中の一つの子音（清濁を含めて）、又は一つの母音（八母音として）だけが中央語と異つてゐるものが、かなりの割合にのぼる」という状況も、これをささえます（浅見）。「語意を推定することが比較的容易」（浅見）な程度に訛っているということであって、いわば期待される東国らしさではないかというわけです。

半世紀以上もまえに亀井・浅見のさししめしたところですが、東国の歌のよそおいをあたえている方言要素だとそれを正当に受けとめたいと思います。それは東歌も防人歌もおなじです。武蔵国の防人の夫妻の歌（一九二ページ）に、そのことが示唆されているといえます。防人の歌は方言もそのままだというのは素朴に過ぎます。東歌と防人歌との方言要素が均質でないのは、両者においてよそおいかた（よそおいの手のかけかた）が違うと見るべきなのです。

なお、天平勝宝七歳に徴収された防人の歌が巻二十に載りますが、防人部領使がたてまつったとしつつ、繰り返し「拙劣の歌は取り載せず」といいます（四三二七歌左注以下、十度にのぼります）。「拙劣」というのは、東国にまでひろがる歌だがまだ成熟していないものがあるというのですが、実態の問題として考えるべきではありません。これもよそおいというべきです。

3 古代的世界像と東国・東歌

東国の歌のよそおいといいましたが、そうした歌が一巻をなすことが『万葉集』にとってもつ意味を、「趣味的なもの」（亀井）、「中央人士達の好事家的好み」（浅見）といってすますことはできません。「東歌」まで含むことによって、東国までも定型短歌におおわれて、ひとつの歌の世界だとあらわしだすことの重さを見る必要があります。それは、「東」の特別性の把握にかかっています。

古代的世界像として東国を考えることがもとめられます。歴史研究からは、『日本書紀』孝徳天皇大化二年正月のいわゆる改新の詔に、

凡そ畿内《うちつくに》は、東は名墾《なばり》の横河《よこかは》より以来《このかた》、南は紀伊の兄山《せのやま》より以来、西は明石の櫛淵《くしぶち》より以来、北は近江の狭狭波《ささなみ》の合坂山《あふさかやま》より以来を、畿内国《うちつくに》とす。

という畿内の設定と、おなじく大化二年三月甲申詔などに見える「四方国《よものくに》」とをからめて、「東国」が論じられてきました。平野邦雄「古代ヤマトの世界観」（『史論』三九、一九八六年）、同「ヤマトから見た「東国」とは何か」（『明日香風』二一、一九八七年）、同「いま歴史学から〈古代〉を見る」（『国文学』一九八七年二月号）、吉村武彦「都と夷《ひな》・東国」（『万葉集研究』二一、一九九七年）が主なものです。それらに指摘されるように、大化二年三月甲申詔に、

凡そ、畿内《うちつくに》より始めて、四方《よも》の国に及るまでに、農作《なりはひ》の月に当りては、早に田営ることを務めよ。美物《いを》と酒とを喫《くら》はしむべからず。清廉《いさぎよ》き使者を差して、畿内に告《のたま》へ。其の四方の諸国の国造等にも、善き使を択びて、詔の依《まま》に催し勤めしむべし。

およそ、畿内をはじめ四方の国々で、農耕の月にあたっては、はやく田を耕すことにつとめよ。美物（魚）や酒をとらないようにせよ。こころの正しい使いを遣わして、このことを畿内に告げよ。四方の諸国の国造たちにも、ただしい使いを選んで、詔の旨にしたがって勤めさせよ。

とあるのは、「畿内」と「四方国」とを対置するものです。その「四方国」と東国とを区別するか（平野）、「四方国」のなかで東国は特別な位置を有するとするか（吉村）が問題となりますが、いずれにせよ、吉村が、東国の調が特記されること――『日本書紀』崇峻天皇五年十一月乙巳条に、馬子が天皇暗殺の機会として、東国の調の献上を口実として利用したことが見えます――に着目したように、東国が特別であることはたしかです。

そうした国家的制度的なものとはべつに、『古事記』雄略天皇条の「天語歌」の示すものがあります。長谷の百枝槻のもとの豊楽《とよのあかり》の宴において、伊勢の三重の采女が、その槻の葉が落ちて大御盞に浮いていたのを知らずにたてまつったので、とがめて斬ろうとしたときに歌ったとあるものです（「天語歌」三首のうちの第一首です）。

纏向《まきむく》の　日《ひ》代《しろ》の宮は　朝日《あさひ》の　日《ひ》照《でる》る宮　夕日《ゆふひ》の　日《ひ》光《がけ》る宮
　竹《たけ》の根《ね》の　根《ね》足《だ》る宮　木《こ》の根の　根《ね》延《ば》ふ宮　やほによし
い杵《き》築《づき》きの宮　まきさく　檜《ひ》の御門《みかど》　新嘗屋《にひなへ》に　生《お》ひ立《だ》てる
　百足《ももだ》る　槻《つき》が枝は　上《ほ》つ枝《え》は　あめをおへり　中《なか》つ枝《え》は
あづまをおへり　下枝《しづえ》は　ひなをおへり　上つ枝の　枝の末《うら》
葉《ば》は　中つ枝に　落《お》ち触らばへ　中つ枝の　枝の末葉は　下《しも》
つ枝《え》に　落ち触らばへ　下枝《しづえ》の　枝の末葉は　ありきぬの
三重《みへ》の子が　捧《ささ》がせる　瑞玉盞《みづたまうき》に　浮きし脂《あぶら》　落ちなづさひ
　水《みな》こをろこをろに　是《こ》しも　あやに畏《かしこ》し　たかひかる　日
の御子《みこ》　ことの　語《かた》りごとも　是《こ》をば

纏向の　日代の宮は　朝日が　照り輝く宮　夕日が　光り輝く宮　竹の根が　十分に張っている宮　木の根が　長く伸びている宮　（やほによし）築き固めた宮　（まきさく）檜造りの宮殿の　新嘗をきこしめす御殿の　すぐそばに生い立っている　よく茂った　槻の枝は　上の枝は「あめ」を覆い　中の枝は「あづま」を覆い　下の枝は「ひな」を覆っております　その上の枝の　先の葉は　中の枝に　落ち触れ　中の枝の　先の葉は　下の枝に　落ち触れ　下の枝の　先の葉は（ありきぬの）三重の采女が　捧げる　立派な盞に　浮いた油のように　落ちて浸り漂い　水をころころとかき鳴らしてできた島のようです　これこそ　まことに畏れおおいことです　（たかひかる）日の御子よ　できごとの　語り伝えでも　このことをおなじように伝えています

『古事記』の歌の原文は一字一音の仮名書記ですが、理解の便のために右には漢字かな交りで引用しました。注意されるのは、

　上《ほ》つ枝《え》は　あめをおへり
　中《なか》つ枝《え》は　あづまをおへり

下枝《しづえ》は　ひなをおへり

という件りです（漢字の意味による意味理解の規制を避けて、「あめ」「あづま」「ひな」はあえてかなの表記とします）。

「纏向の日代の宮」は景行天皇の宮です。雄略天皇の宴の歌だというのに、景行天皇の宮から歌いおこすのです。それは、景行天皇が熊曾・蝦夷を討って大八島国全体の平定を実現したこと――それをはたしたのは倭建命であり、とくに「あづま」を天皇の世界に組みこむことを語るのが、倭建命の物語です――をうけ、その世界が雄略天皇のもとに充足してあることをたたえるものです。そして、槻の枝に託して世界のひろがりをいうのです。「あめ」―「あづま」―「ひな」は、世界のひろがりを表象するものです。これをめぐって、「あめ」を天ととるか、都とするか、解釈がわかれています。都とする説は、『古事記』に即した理解というより「あまざかる鄙」という『万葉集』の歌におおく見える慣用表現（二三例、「あまさがる」も一例）に依拠するところがおおきいのですが、「あまざかる」を、「あめ」＝都からさかる、とは解しがたく、この説には無理があります。このことは、金沢英之「『古事記』三重の采女の歌」（『万葉集研究』三三、二〇一二年）が検討したとおりです。わたしも「あめ」を天と解してきましたが（『古事記――天皇の世界の物語』ＮＨＫブックス、一九九五年。講談社学術文庫『古事記とはなにか』として二〇一三年復刊）、金沢説はより明快です。

金沢が、

垂直方向にも水平方向にも世界の外郭を覆う天の性格が、垂直から水平への変換を媒介している。上つ枝↓中つ枝↓下つ枝と垂直方向の遠方から眼前へと接近する落ち葉の運動は、同時にアメ↓アヅマ↓ヒナと水平方向の最遠から眼前の地点へと接近するものでもあることになる。

と、この歌の世界表象を明快に解いたところにしたがいたいと思います。

この「天語歌」の「あめ」―「あづま」―「ひな」と、大化詔の畿内―四方国とを重ねて、大化前代の「みやこ」―「ひな」―「あづま」という国土観が、畿内―四方国―東国へと継承されたというのが、前掲平野邦雄「いま歴史学から〈古代〉を見る」です。吉村説も基本的におなじです。こうした歴史研究に対して、金沢にも、両者の峻別はありません。

しかし、「天語歌」と大化詔とはべつに見るべきです。平野のように発展として見ることに同調することはできません。世界表象として性格が異なるものだからです。「天語歌」の「あめ」は天と解されますが、「あめ」―「あづま」―「ひな」の表象は、『古事記』の問題だというにとどめるべきです。畿内―四方国には、天の契機はありえません。それはあくまで国家領域を区分する王権の制度です。

『万葉集』の基盤として見るべきなのは、後者です。「防人が悲別の心を追ひて痛み作る歌一首　幷せて短歌」という題詞をもつ家持歌（巻二十・四三三一～四三三三歌）に、

天皇《おほきみ》の　とほの朝廷《みかど》と　しらぬひ　筑紫《つくし》の国《くに》は　あたまもる　おさへの城《き》そと　聞《き》こし食《を》す　四方《よも》の国《くに》には　ひとさはに　みちてはあれど　とりがなく　あづまをのこは　いでむかひ　かへりみせずて　いさみたる　たけき軍卒《いくさ》と　ねぎたまひ　まけのまにまに（以下略、四三三一歌）

大君の　遠い官庁でも　（しらぬひ）筑紫の国は　外敵を警戒する　おさえの砦だと　お治めになる　四方の国に　人はおおく　満ちてはいるが　（とりが鳴く）東国の男子は　敵に立ち向かって　わが身を顧みず　勇ましい雄々しい兵士だと　ほめいたわりなさって　派遣されたのにしたがって（以下略）

とあることも想起されます。吉村が説くように、「四方国」のなかに特別な位置をあたえられた存在が「あづま」だというべきです。

「四方国」にあっても辺境たる「東《あづま》」までひとしく歌の世界は延びているということなのです。こうして、歌の世界をつくるなかでの「東」について、律令国家の文雅というとらえかたは一貫させられます。東国にまでおよんで——国家領域全体をおおうことになります——定型短歌がおおっていること、さらに、巻十四も、雑歌・相聞・譬喩歌・挽歌という、他の巻とおなじ部立てをもって構成されることが、固有のことばによる独自な文芸の東国にまでおよぶ定着のすがたにほかなりません。それを証して、「東歌」は『万葉集』のなかにあるのです。方言要素を有し、在地性をつよく負うというよそおい——そのための一字一音書記——が必須であったと納得されます。

4　防人歌への視点

防人歌と東歌とは対応すると、さきに述べました。ともに、東国の歌のよそおいをもって、東歌というひろがりの、現実のあらわれが防人歌として、あいまって意味をもつといえます。防人歌を収めることによって、東歌が示した歌の世界の広がりは証明されるのです。家持の「歌日記」については次の章で取り上げますが、その「日記」のなかには、長歌がなければならないのとおなじく、東国人の歌もなければならなかったというべきです。防人たちの歌の実態はわからないというしかありません。いえることは、それをあったものとして載せるということです。そこから実態にせまるこころみは有効だとは思われません。見るべきなのは、その載せられた歌においてあらしめられたものです。

従来の防人歌についての論議は、実態をどうとらえるかということをめぐるものだったということができます。

最近の鉄野昌弘「防人歌再考――「公」と「私」」（『万葉集研究』三二、二〇一二年）に、防人歌の研究史が丁寧に整理されています。定型短歌を「民族的／民衆的詩形」と見なすことの批判――前掲品田悦一「東歌・防人歌論」が示したものです――や、歌うことが防人たちの自主的な営みでありえたかという根本にまでたちいたってふりかえるのですが、鉄野自身もふくめて防人の実際において考えようとすることはかわりません。

実態はどうであれ、定型短歌として防人の歌が、東国の方言要素をもってあることが大事なのだと繰り返しましょう。そして、その歌があらしめているものは、いわゆる言立ての歌と、もっぱら悲別の思いをいう歌とが一体だということです。『万葉集』の実現した防人歌として、そのことを見るべきなのです。

具体的な例をあげて述べます。（方言要素に傍線を付しました。）

祁布与利波　可敝里見奈久弖　意富伎美乃　之許乃美多弖等　伊涅多都和例波（巻二十・四三七三歌）
　右一首火長今奉部与曽布

今日《けふ》よりは　顧《かへり》みなくて　大君《おほきみ》の　醜《しこ》のみ楯《たて》と　出《い》で立《た》つ我《われ》は
　右の一首、火長今奉部与曽布《かちょういままつりべのよそふ》

阿米都知乃　可美乎伊乃里弖　佐都夜奴伎　都久之乃之麻乎　佐之弖伊久和例波（四三七四歌）
　右一首火長大田部荒耳

天地《あめつち》の　神《かみ》を祈《いの》りて　さつ矢貫《やぬ》き　筑紫《つくし》の島《しま》を　さして行《い》く我《われ》は
　右の一首、火長大田部荒耳《おおたべのあらみみ》

今日からは　ふりかえらずに　大君の
　つたない楯として　出てゆくのだわたしは

天地の　神々に祈って　靫を背負い
筑紫の島を　さしてゆくのだわたしは

麻都能気乃　奈美多流美礼婆　伊波妣等乃　和例乎美於久流等　多々理之母己呂（四三七五歌）

右一首火長物部真嶋

松《まつ》の木《け》の　並《な》みたる見《み》れば　家人《いはびと》の　我《われ》を見《み》送《おく》ると　立《た》たりしもころ

右の一首、火長物部真嶋《もののべのましま》

多妣由岐尓　由久等之良受弖　阿母志々尓　己等麻乎佐受弖　伊麻叙久夜之気（四三七六歌）

右一首寒川郡上丁川上臣老

旅行《たびゆ》きに　行《ゆ》くと知《し》らずて　母父《あもしし》に　言申《ことまを》さずて　今《いま》ぞ悔《くや》しけ

右の一首、寒川《さむかわ》郡の上丁《じょうてい》川上臣老《かわかみのおみおゆ》

阿母刀自母　多麻尓母賀母夜　伊多太伎弖　美都良乃奈可尓　阿敝麻可麻久母（四三七七歌）

右一首津守宿祢小黒栖

母刀自《あもとじ》も　玉《たま》にもがもや　いただきて　みづらの中《なか》に　合《あ》へ巻《ま》かまくも

右の一首、津守宿祢《つもりのすくね》小《お》黒栖《ぐろす》

都久比夜波　須具波由気等毛　阿母志々可　多麻乃須我多波　和須例西奈布母

右一首都賀郡上丁中臣部足国

松の木の　並ぶのを見ると　家人が
わたしを見送って　立っていたのとそっくりだ

旅に　行くと知らずに　母と父に　きちんと挨拶もせずにきて　今は残念だ

母上が　玉でもあればよい　そうしたら頭に載せて　みずらのなかに　混ぜて巻こうものを

月日や夜は　過ぎてゆくが　母と父の
玉のような姿は　忘れられない

月日《つくひ》夜《よ》は　過《す》ぐは行《ゆ》けども　母父《あもしし》が　玉《たま》の姿《すがた》は　忘《わす》れせなふも
　右の一首、都賀《つが》郡上丁中臣部足国《なかとみべのたるくに》
之良奈美乃　与曽流波麻倍尓　和可例奈婆　伊刀毛須倍奈美　夜多妣
蘇弖布流（四三七九歌）
　右一首足利郡上丁大舎人部祢麻呂
白波《しらなみ》の　寄《よ》そる浜辺《はまへ》に　別《わか》れなば　いともすべなみ　八度袖振《やたびそでふ》る
　右の一首、足利《あしかが》郡上丁大舎人部祢麻呂《おおとねりべのねまろ》
奈尓波刀乎　己岐涅弖美例婆　可美佐夫流　伊古麻多可祢尓　久毛曽
多奈妣久（四三八〇歌）
　右一首梁田郡上丁大田部三成
難波津《と》を　漕ぎ出て見れば　神《かみ》さぶる　生駒高嶺《いこまたかね》に　雲《くも》そたなびく
　右の一首、梁田《やなだ》郡上丁大田部三成《おおたべのみなり》
久尓具尓乃　佐岐毛利都度比　布奈能里弖　和可流乎美礼婆　伊刀母
須敝奈之（四三八一歌）
　右一首河内郡上丁神麻績部嶋麻呂
国々《くにぐに》の　防人集《さきもりつど》ひ　船乗《ふなの》りて　別《わか》るを見《み》れば　いともすべなし
　右の一首、河内《かわち》郡上丁神麻績部島麻呂《みわおみべのしままろ》
布多富我美　阿志気比等奈里　阿多由麻比　和我須流等伎尓　佐伎母
里尓佐須（四三八二歌）

白波の　寄せる浜辺で　別れてしまったら　どうしようもないので　何度も袖を振ることだ

難波の津を　漕ぎだして見ると　神々しい　生駒の高い嶺に　雲がたなびいている

国々の　防人が集まって　船に乗って別れるのを見ると　どうしようもない

「ふたほがみ」は　いやな人だ　急病に　わたしがかかっている時に　防人

右一首那須郡上丁大伴部廣成

ふたほがみ 悪《あ》しけ人《ひと》なり あたゆまひ 我《わ》がする時に 防人《さきもり》に差《さ》す

右の一首、那須郡上丁大伴部廣成《おおともべのひろなり》

都乃久尓乃 宇美能奈岐佐尓 布奈余曽比 多志埿毛等伎尓 阿母我米母我母（四三八三歌）

右一首塩屋郡上丁丈部足人

津《つ》の国《くに》の 海《うみ》のなぎさに 船《ふな》よそひ 立《た》し出《で》も時《とき》に 母《あも》が目《め》もがも

右の一首、塩屋郡上丁 丈部足人《はせつかべのたるひと》

二月十四日、下野国防人部領使正六位上田口朝臣大戸進歌数十八首。但拙劣歌者不取載之。

二月十四日に、下野国の防人部領使《ことりづかい》 正六位上田口朝臣大戸が 進《たてまつ》る歌の数十八首。ただし、拙劣の歌は取り載せず。

に指名するとは

摂津の国の 海のなぎさで 船の準備をして 出立の時に 母に一目逢いたいものだ

二月十四日に、下野国の防人の部領使、正六位上田口朝臣大戸が進上した歌の数は十八首。但し、拙劣な歌は載せなかった。

この十一首は、左注によれば、二月十四日に進上された歌です。最初に置かれるのは、よく知られた、防人としての言立て（決意、誓い）の歌です。次の歌も同様の言立てととれます。しかし、以下の歌々は、のこしてきた父母、とくに母への思いをいうことが中心です。防人の使命をいうような歌ははじめの二首だけで、あとはむしろ「わたくしごと」の歌なのです。異質なようですが、もとめられるのは、これを切り離さずに見ることです。

はやく、吉野裕『防人歌の基礎構造』（御茶の水書房、一九五六年。初版一九四三年）は、それを、「歌の進行とともに漸次「私的」感情の詠出となつて、いはば形の崩れる過程を見せている」ととらえました。「定式的なおほやけ言にうたいだされながら歌い継がれうたいすすまれるにしたがってわたくしごとの抒情へ移りゆく・あるいは崩れゆく」というのです。この下野国の場合とはべつなものをあげれば、

かしこきや　命《みこと》かがふり　明日《あす》ゆりや　草《かえ》がむた寝《ね》む　妹《いむ》なしにして

おそれおおい　ご命令を受けて　明日からは　萱と一緒に寝るのだろうか　お前なしに

（四三二一歌）

と歌い出す遠江国の歌群（四三二一〜四三二七歌）において、この先頭の歌は言立てをふくむといえます。しかし、「かしこきや命かがふり」といいながら、「妹なしにして」という悲別のことばをすでにかかえています。その後につづく歌は、もっぱら妻や父母への思いをいうものとなります。言立てが全体を規制するのでなくなってゆくわけです。

吉野の論は、四三七三歌のごときを取り出して戦意昂揚のために動員する状況のなかでは、そうした体制に対する抵抗として意味をもつものでした。ただ、大事なのは、言立てと、「わたくしごと」とが同居するのが防人歌だということを正当に指摘したことです。それをうけとめたいと思います。

この吉野論に対して、防人歌の本質は、元来言立てにあるのではなく、悲別歌的発想にあるのだと提起した、身崎寿「防人歌試論」（『万葉』八二、一九七三年）があります。「大君の命かしこみ」「かしこきや命かがふり」といった、言立てというにふさわしい語句をもつ歌にしても、四三二一歌に見るように、全体が言立てというものではないことに注意しようというのです。そして、家族の歌をふくむことからすると、歌の場には家族が参加したと考えられること、さらに、旅立ち・旅の途次の場において歌を生むことを認め、防人歌は防人たちの旅の歌だと規定したのでした。

一方、渡部和雄「時々の花は咲けども——防人歌と家持」（『国語と国文学』一九七三年九月）は、「大君の命かしこみ」は律令官人の旅の歌の発想の定型であって、「東国農民などには非本質」だとし、父母との悲別にしてもおなじだといって、防人たち自身から出てくるのではないものとして防人の歌をとらえようとしました。「本来農民のものでなどありようはずはなく、家持は自らの抒情に似せて防人歌の発想を規制したのである」というのが、渡部の見定めかたです。防人と家持とのかかわりは難波という場でなされたものとして——渡部はそれを「難波歌壇」といいます——、防人歌を律令官人の歌とおなじ水準におくのです。

身崎は、言立て的なものと、「わたくしごと」の悲別との同居という点でとらえることをしないことになってしまいましたが、防人という国家の制度のもとで防人がつくった歌として、『万葉集』にあるのですから、「大君の命」はあらわされねばならないものです。これを見落とすことはできません。ただし、そのあらわれは、「わたくしごと」の表出とともにあるというのが吉野説の要だとうけとめます。そして、それを、防人たちの現実においてではなく、『万葉集』においてありえたものとしてとらえなおしたのが渡部だ——鉄野もその立場を支持します——と位置づけられます。「歌い継がれうたいすすまれるにしたがってわたくしごとの抒情へ移りゆく・あるいは崩れゆく」（吉野）と、場のなりゆきで説明されていたものは、もとよりひとつのものとしてとらえられるのです。そして、それは『万葉集』の防人歌においてあらしめられたのだというべきです。また、渡部はあくまで実態において家持の関与を見ようとするのですが、いま、家持の問題ではなく『万葉集』にあるものの意味として見るのだといいましょう。

『万葉集』の問題としていえば、防人の歌は、東歌に対応して律令国家における歌のひろがりのおなじ平面にあるものです。それは、防人の立場の言立て的なものと、「わたくしごと」としての父母・妻との悲別とあいまって、私情までをもからめとる歌の世界をあらしめます。歌は、そのように歌われるべきものであったということです

（参照、第四章）。

前掲鉄野昌弘「防人歌再考――「公」と「私」が、「「公」が彼らにむきだしの「私」を曝させているという一面」があったことを見るべきだといったのは、その本質にふれているところがあります。ただ、鉄野の言は、実際の防人たちの問題としていったものです。しかし、定型への斉一・方言要素等をもあわせて、防人歌は、そのようにあることが意味を有するのであって、その『万葉集』の問題は実態とはべつだといわねばなりません。要は、『万葉集』において、防人歌はあったということです。あくまで『万葉集』においてあらしめられたもの――より丁寧にいえば、あったものとしてあらしめられたもの――として見るのだと、述べてきた東歌把握とともに、防人歌への視点をたしかめておきます。

八　歌の可能性の追求

ひきつづき巻十三、十五、十六を取り上げます。それぞれ特異な巻ですが、前章に見た巻十四もふくめて、巻十三〜十六には、各巻相互の脈絡は認められません。それぞれの特性を見ながら、全体として、巻七〜十二とあわせて位置づけられるべきことをたしかめてゆくこととします。

1　長歌の可能性——巻十三

巻十三は、長歌集です。短歌、旋頭歌もふくまれていますが、それらはすべて反歌としてあります。長歌六六首、うち反歌をもたないもの一九首、反歌としての短歌六〇首、旋頭歌一首、あわせて一二七首がこの巻におさめられます。長歌集として一巻をなすのはこの巻だけです。しかも、雑歌、相聞歌、問答歌、譬喩歌、挽歌という部立てをもちます。基本的な部立てを完備するのです。

巻十三に巻一、二につぐ「古撰」の位置を与えたのは『考』別記一でしたが、現在、そのような位置づけとはべつなかたちで見ることが中心となっています——『全注』（二〇〇五年）に現在の巻十三理解がまとめられています——。

そのひとつは、所収歌を歌謡として見ようとする方向です。これには、『私注』のように民謡と見る立場もあり、伊藤博「宮廷歌謡の一様式」（『万葉集の構造と成立　上』塙書房、一九七四年）のごとく宮廷歌謡と位置付けるものもあります。伊藤は、「宮廷社会のさまざまな機会における歌の台本」＝「宮廷歌謡集」として、この巻をとらえようとしました。しかし、民謡や「宮廷歌謡」というのは、どのような実態なのか、たしかではありません。『私注』や伊藤のいうところは、定型的な表現のかたちをもっているという以上のことではありません。そもそも、『万葉集』にとっての問題は、巻十三が、『万葉集』全体の構造のなかでどのような意味をもつかということです。民謡や「歌謡の台本」といって、実体を問題にすることが、結論の正否にかかわらず、そのこたえになるとはいえません。

またひとつは、古さや歌謡性を否定して、所収歌のあたらしさをとらえる方向です。遠藤宏『古代和歌の基層――万葉集作者未詳歌論序説』（笠間書院、一九九一年）に代表されるそれが現在の主流といえます。ただ、歌のあたらしさをいうこと――歌謡と見ることとは実体のとらえかたが違うことになります――も、それにとどまるならば『万葉集』における巻十三の意味についてのこたえとはいえません。

『万葉集』にとって必要なのは、歌の実体の見定めの如何よりも、巻十三に現にあるように長歌を集成することが『万葉集』においてどのような意味をもつかということです。

その点で、反歌のとらえかたが要となります。これまで、巻十三の反歌については、長歌とのズレ、あるいはそぐわなさがいわれてきました。それをどう見るかが鍵となるのではないか。あらわに問題が示されるのは、たとえば、つぎの相聞の部の長反歌です（「或本云」は省略）。

里人《さとびと》の　吾《われ》に告《つ》ぐらく　汝《な》が恋《こ》ふる　愛《うるは》し妻《つま》は　黄葉《もみちば》の　散《ち》
り乱《まが》ひたる　神名火《かむなび》の　此《こ》の山辺《やまへ》から　ぬばたまの　黒馬《くろま》に
乗《の》りて　河《かは》の瀬《せ》を　七湍《ななせ》渡《わた》りて　うらぶれて　妻《つま》は会《あ》ひきと

里人が　わたしに告げていうことには「あなた
が恋うる　いとしい「妻」は　黄葉の散り乱れて
いる　神名備の　この山辺を通って（ぬばたま

人《ひと》そ告《つ》げつる（三三〇三歌。問題となる、「妻」は書き換えないで漢字本文のままとしました。）

反歌

聞《き》かずして　黙然《もだ》もあらましを　何《なに》しかも　公《きみ》がただかを
人《ひと》の告《つ》げつる（三三〇四歌）

の）黒馬に乗って　河の瀬を　七つ渡って　しょんぼりと「妻」は出逢った」と　人が告げたことだ

反歌

そんなことを聞かないで　黙ってすませたらよかったのに　どうして　君の様子を　人が告げたのであろうか

この歌にかんして、第四、十四句の「妻」を、夫の意にとる説が有力です（澤瀉『注釈』、新編全集、新大系等）。しかし、「妻」とある、その字のとおりにうけとることも可能です（『全注』、和歌文学大系）。そうすると、長歌は夫の立場、反歌は妻の立場で――「公《きみ》」は女から男を呼ぶものです――歌うものとして、長反歌で歌の主体が違うこととなります。「妻」は夫を示すのに用いたものだとする説は、馬に乗るのはふつうは男だということでもありますが、長反歌で立場が異なるものとなることを回避しようとしたといえます。

ただ、長反歌ともに夫の歌と見るとしても、歌としての問題性はちいさくありません。三三〇三歌は会話を切り取っただけの体です。しかも、状況説明もなく、いきなり会話を提示します。飛躍的ともいえます。三三〇四歌は、その里人の伝えたことばに対する反応です。おなじ「人　告げつる」ということばで結んで対応させますが、その関係は並置というべく、長歌とはべつな局面をつくるといえます。それは反歌の意欲といってよいでしょう。「長歌と反歌は元は別のものと見える」という『私注』はそこにふれたとも認められます。遠藤宏「万葉集巻十三あれこれ」（『上代文学』九一、二〇〇三年）が、「長歌は反歌を引き出すための状況説明といったもの」というのもおなじです。

長反歌で男女を異にするというならば、よりはっきりとべつに見ることがもとめられます。わかれた配偶者のことを人から聞いた男（三三〇三歌）と、女（三三〇四歌）ということになります。対置というのがふさわしいものとなります。「妻」「公」という字にそくして、そのように見る可能性は十分あります。長歌と反歌とで、男の歌と女の歌を対置するものが、この巻には他にもあるのです。

小治田《をはりだ》の 年魚道《あゆぢ》の水《みづ》を 間《ま》なくそ 人《ひと》は汲《く》むといふ 時《とき》じくそ 人《ひと》は飲《の》むといふ 汲《く》む人《ひと》の 間《ま》なきがごとく 飲《の》む人《ひと》の 時《とき》じくがごと 吾妹子《わぎもこ》に 吾《あ》が恋《こ》ふらくは 已《や》む時《とき》もなし（三二六〇歌）

反歌

思《おも》ひ遣《や》る すべのたづきも 今《いま》はなし 君《きみ》に相《あ》はずて 年《とし》の歴《へ》ぬれば（三二六一歌）

今案ふるに此の反歌は、「君に相はず」と謂ふは、理に合はず。宜《よろ》しく「妹に相はず」と言ふべし。

小治田の 年魚道の水を 絶え間なく 人汲むという 時を定めず 人は飲むという 汲む人の 絶え間ないように 飲む人の 時を定めないように 我妹子に わたしが恋うることは 止む時もない

反歌

思いをはらす てだても いまはない 君に逢わずに 年がたってゆくので

いま考えてみると、この反歌に「君に逢はず」とあるのは、辻褄があわない。「妹に逢はず」というべきである。

これも相聞の部の歌ですが、反歌を長歌と合わせようとすると、「君に相はずて」は、左注のいうとおり、合いません。この反歌について、澤瀉『注釈』は「反歌の無かつた長歌にありあはせた短歌を加へて反歌とした」と説明します。しかし、「ありあはせた短歌」を加えたというなら、こうした問題を生じるものをあえて選んだことをどう見るかについてもいわねばなりません。『私注』が、「長歌は男の立場、反歌は女の立場の民謡が組み合はされ、問答の体とされたと見ることも可能であらう」というのは、組み合わせに積極的な意味を見るものです。「民謡」ということはおいて、その指摘は正当です。このままで読むならば、絶えざる思いをいう男の歌と、逢えないで年を経ていかんともしがたい思いを訴える女の歌とを組み合わせている――問答というような対応とはいえませんが――と見るべきです。

ここには掲げませんが、三二八四～三二八五歌の長反歌も、長歌に「吾《あ》が思《おも》へる妹《いも》によりては」といい、反歌に「公《きみ》がまにまに」とあって、男女を異にする組み合わせです。

さらに、長歌自体において、前半と後半とで男女を異にするものまであります。相聞の部の歌です。

百足《ももた》らず　山田《やまだ》の道《みち》を　浪雲《なみくも》の　愛《うるは》し妻《づま》と　語《かた》らはず　別《わか》れ
し来《く》れば　速川《はやかは》の　往《ゆ》きも知《し》らず　衣袂《ころもで》の　反《かへ》りも知《し》らず
馬《うま》じもの　立《た》ちてつまづく　せむすべの　たづきを知《し》らに
もののふの　八十《やそ》の心《こころ》を　天地《あめつち》に　念《おも》ひ足《た》らはし　たま相《あ》は
ば　君来《きみき》ますやと　吾《わ》が嗟《なげ》く　八尺《やさか》の嗟《なげ》き　玉桙《たまほこ》の　道来《みちく》る
人《ひと》の　立《た》ち留《と》まり　何《なに》かと問《と》へば　答《こた》へ遣《や》る　たづきを知《し》ら
に　さにつらふ　君《きみ》が名曰《なi》はば　色《いろ》に出《いで》て　人知《ひとし》りぬべみ
あしひきの　山《やま》より出《い》づる　月待《つきま》つと　人《ひと》には云《い》ひて　君待《きみま》
つ吾《われ》を（三二七六歌）

反歌

眠《い》も睡《ね》ずに　吾《あ》が思《おも》ふ君《きみ》は　何処辺《いづくへ》に　今夜誰《こよひたれ》とか　待《ま》てど

（百足らず）山田の道を　（波雲の）いとしい妻と　語り合うこともなく　別れて来たので　（速川の）行くこともできず　（衣手の）帰ることもできず　馬のように　立ちすくむ　どうしてよいかてだてもわからないので　（もののふの）千々に思う心を　天地に　満ちさせ　魂があったら　君がいらっしゃるかと　わたしが吐く　長いため息を　（玉桙の）道を来る人が　立ちどまり　どうしたのかと尋ねると　答えてやる　すべがわからず　（さにつらふ）君の名をいうならば　表にあらわれて　人が知ってしまうだろうから　（あしひきの）山から出る　月を待つと　人には云って　君を待つわたしであるよ

来《き》まさぬ（三二七七歌）

反歌

眠りもやらず　わたしが思う君は　どこのあたりで　今夜は誰といらっしゃるのか　いくら待ってもおいでにならない

「立ちてつまづく」――漢字本文は「立而爪衝」。「立ちてつまづき」とよむ注釈書もあります――までが、男の立場で妻と別れて行く道をいうとうけとられます（諸注ほぼ一致しています）。以下は女の立場で歌います。ただ、「八尺の嘆き」にいたる、その女性としての思いは、「男に疎遠にされ、懊悩を極めてゐる歎き」であって、その前の男の情と折りあわず、「調和もない」のです（窪田『評釈』）。窪田『評釈』は、「不自然」といいますが、長歌の構成として、あえて（積極的に）べつなかたちで男女の思いを対置したこころみと見ることができます。

三二七六歌のみではありません。男女の問答が一首となった三三〇九歌（題詞に「柿本朝臣人麻呂之集歌」とします）もあります（後述）。

こう見てくると、男女の立場を対置して構成することが、長歌の内的構造としても、長反歌における反歌の構成においても、なされているのだととらえられます。方法といってもよいでしょう。長歌の可能性をひろげる、さまざまなこころみの展示――特定の時・作者に帰されないものとして、作者を記さないのです――のひとつとして見ることができるものです。

三二七七歌の場合も、長歌内部で男女の立場の異なりを構えるのとはべつに、女の立場であらたな局面をつくる反歌であったことに留意されます。長歌末部とは待つということでつながりますが、三二七七歌は道を来る人に会うような場面ではありません。窪田『評釈』が、この歌について「夜の床の中での心であつて、距離があり過ぎる」と長歌との関係をいうとおりです。

前掲遠藤宏「万葉集巻十三あれこれ」は、三三〇四歌とともに、この歌を取り上げ、さらに、三二五八～三二五九歌、三二六八～三二六九歌をも見ながら、これらの反歌を、方法的なものとして見ようとしたものです。

　長歌を取り込むことによって新たな局面を作り出そうとする、長歌を利用する反歌という、その意味では積極的な反歌の方向を示していると考えられる。

という、その見定めを正当にうけとめたいと思います。さきに、さまざまなこころみの展示といいましたが、その反歌の積極性の多様を示すことに意味があるということにほかなりません。長歌とつながらないことから、元来独立したべつな短歌であったのを組み合わせたのではないかといわれるものが他にいくつもあります――三二六四歌、三二六五歌等――が、それらは、もともと反歌であったかどうかを問題とするのでなく、このような反歌の方法として見るべきものではないでしょうか。

吉井巌「巻十三長歌と反歌」（『万葉集への視角』和泉書院、一九九〇年）が、こうした反歌を、「寛容」というのはいいえています。吉井は、「誦詠の史的展開におけるより寛容な反歌成立の問題」としてとらえ、「誦詠」に成立の契機をもとめることに帰着しました。いま、その成立の問題はおいて、巻十三が、まさに「寛容な」反歌を展示してあることを方法的追求として見たいのです。

こうして成立論的発想から離れて見ることが、長歌をとらえる立場でもあるべきです。たとえば、ひとつの長歌と、それをふたつの長歌にわけるかたちとがあることについても、可能性をもとめたこころみの展示として位置づけるべきです。「問答部」の冒頭の五首を取り上げてみます。

A、物念《ものおも》はず　道行《みちゆ》く去《ゆ》くも　青山《あをやま》を　振《ふ》り放《さ》け見《み》れば　つつじ花《はな》　にほえ末通女《をとめ》　桜花《さくらばな》　盛《さか》え末通女《をとめ》　汝《なれ》をそも　吾《われ》に依《よ》す

A物思いもせず　道を行きながら　青山を　仰いで見ると　つつじの花が咲いている　そのはな

と云《い》ふ　吾《われ》をもそ　汝《なれ》に依《よ》すと云《い》ふ　荒山《あらやま》も　人《ひと》し依《よ》すれば
よそるとぞ云《い》ふ　汝《な》が心《こころ》ゆめ（三三〇五歌）

反歌

a、いかにして　恋止《こひや》むものぞ　天地《あめつち》の　神《かみ》を禱《いの》れど　吾《あれ》や思《おも》ひます（三三〇六歌）

B、然《しか》れこそ　年《とし》の八歳《やとせ》を　鑽《き》り髪《かみ》の　よち子《こ》を過《す》ぎ　橘《たちばな》の　末《ほつ》枝《え》を過《す》ぎて　此《こ》の河《かは》の　下《した》にも長《なが》く　汝《な》が情待《こころま》て（三三〇七歌）

反歌

b、天地《あめつち》の　神《かみ》をも吾《あれ》は　禱《いの》りてき　恋《こひ》といふものは　かつて止《や》まずけり（三三〇八歌）

柿本朝臣人麻呂が集の歌

C、物念《ものおも》はず　路行《みちゆ》く去《ゆ》くも　青山《あをやま》を　振《ふ》りさけ見《み》れば　つつじ花《はな》　にほえをとめ　さくら花《ばな》　さかえをとめ　汝《なれ》をぞも　吾《われ》

のように美しいおとめ　桜の花のように　さかりのおとめ　おまえのことを　わたしとわけありげに噂しているそうだ　わたしのことを　おまえとわけがあるように言っているそうだ　荒山でも　人が言いよせると　自然に寄ってくるという　そなたはけっして油断するな

反歌

aどのようにして　この恋しさが収まるものか　天地の　神を祈っても　わたしの思いはまさるばかりではないか

Bだからこそ　八年も　切り髪の　少女の年頃を過ぎ　橘の　上の枝に咲く花のような時期を過ぎて　この川のように　心の底で長く　あなたの心が寄るのを待っているのです

反歌

b天地の　神をもわたしは　祈った　しかし恋というものは　まったく止みはしないのであったよ

柿本朝臣人麻呂の歌集の歌

C物思いもせず　道を行きながら　青山を　仰いで見ると　つつじの花が咲いている　その花の

に依《よ》すと云《い》ふ　吾《われ》をぞも　汝《なれ》に依《よ》すと云《い》ふ　汝《な》は如何《いか》に念《おも》ふ
念《おも》へこそ　年《とし》の八歳《やとせ》を　斬《き》り髪《かみ》の　よち子《こ》を過《す》ぎ　橘《たちばな》の
末枝《ほつえ》を過《す》ぐり　此《こ》の川《かは》の　下《した》にも長《なが》く　汝《な》が心待《こころま》て（三三〇
九歌）

ように美しいおとめ　桜の花のように　さかりのおとめ　おまえのことを　わたしとわけありげに噂しているそうだ　わたしのことを　おまえとわけがあるように言っているそうだ　おまえはどう思うか　あなたを思っているからこそ　八年も　切り髪の　少女の年頃を過ぎ　橘の上の枝に咲く花のような時期を過ぎて　この川のように　心の底で長く　あなたの心が寄るのを待っているのです

Cは男女の問答となっていますが、見るとおり、AとBとをあわせるとCになります（すこし語句の違いはあります）。これを、AとBとをあわせてCが成ったと見るか（『代匠記』『古義』）、Cを割ってAとBとがつくられたととるか（澤瀉『注釈』等）、説がわかれますが、現在は後者のほうが有力となっています。しかし、どちらがもとかということは、ことの本質ではありません。長歌内部で問答をつくるのと、男と女とが歌いかけあうものにそれぞれ反歌をそえるのと、要は、違うかたちで展示してあるということです。

反歌a、bが「天地の神」をもちだすのは、長歌とは関連がなく見えます。江戸時代以来、諸注が長歌とのつながりのなさをいい、後からべつな短歌を加えたものだとする所以ですが、男も女も、天地の神に祈っても止みようのない恋をいい、確認しあうかっこうの反歌をあえて（あるいは、積極的に）そえてみせる――「寛容な反歌」（吉井）というにふさわしいものです――というやりかただと見ることができます。

もうひとつ、挽歌の部からべつな例をあげます。

D、玉桙《たまほこ》の　道去《みちゆ》き人《ひと》は　あしひきの　山行《やまゆ》き野往《のゆ》き　にはたづみ　川往《かはゆ》き渡《わた》り　いさなとり　海道《うみぢ》に出《い》でて　惶《かしこ》きや　神《かみ》の渡《わた》りは　吹《ふ》く風《かぜ》も　和《のど》には吹《ふ》かず　立《た》つ浪《なみ》も　おほには立《た》たず　とゐ浪《なみ》の　塞《ささ》ふる道《みち》を　誰《た》が心《こころ》　労《いたは》しとかも　直渡《ただわた》りけむ　直渡《ただわた》りけむ（三三三五歌）

E、鳥《とり》が音《ね》の　かしまの海《うみ》に　高山《たかやま》を　障《へだ》てになして　奥《おき》つ藻《も》を　枕《まくら》になし　蛾《ひむし》はの　衣《きぬ》だに服《き》ずに　いさなとり　海《うみ》の浜辺《はまへ》に　うらもなく　宿《ふ》したる人《ひと》は　母父《おもちち》に　まな子《ご》にかあらむ　若草《わかくさ》の　妻《つま》かありけむ　思《おも》ほしき　言伝《ことつ》てむやと　家問《いへと》へば　家《いへ》をも告《の》らず　名《な》を問《と》へど　名《な》だにも告《の》らず　哭《な》く児《こ》なす　言《こと》だにとはず　思《おも》へども　悲《かな》しきものは　世間《よのなか》にそある　世間《よのなか》にそある（三三三六歌）

反歌

d、母父《おもちち》も　妻《つま》も子等《こども》も　高々《たかたか》に　来《こ》むと待《ま》ちけむ　人《ひと》の悲《かな》しさ（三三三七歌）

e、あしひきの　山道《やまぢ》は行《ゆ》かむ　風吹《かぜふ》けば　浪《なみ》の塞《ささ》ふる　海道《うみぢ》は行《ゆ》かじ（三三三八歌）

D（玉桙の）道行く人は（あしひきの）山を行き野を行き（にはたづみ）川を渡り（いさなとり）海路に出て　おそろしい　神の渡りは　吹く風も　のどかには吹かず　立つ波も　なみなみには立たず　盛り上がる波が　さえぎる行く手を　誰のこころを　いとしいと思ってか　まっすぐに渡ったのであろう　まっすぐに渡ったのであろう

E（鳥が音の）かしまの海に　高い山を　風よけにして　沖の藻を　枕にして　蛾の羽の　衣すら着ずに（いさなとり）海の浜辺に　無心に臥している人は　母と父には　いとし子であろうか（若草の）妻がいたのだろうか　思うことがあるなら　伝えてもやろうかと　家を問うと　家をもいわず　名を問うても　名さえも告げず　泣く子のように　ことばさえいわない　思っても　悲しいものは　この世の中である　この世の中であることだ

反歌

d母も父も　妻も子供も　まだかまだかと　いつ帰るかと待ったことであろう　死人のあわれさよ

e（あしひきの）山道を行こう　風が吹くと　波

或本の歌

備後国の神島の浜にして、調使首《つきのつかひのおびと》、屍を見て作る歌一首

幷せて短歌

F、玉桙《たまほこ》の　道《みち》に出《い》で立《た》ち　あしひきの　野《の》行《ゆ》き山行《やまゆ》き　にはたづみ　川往《かはゆ》き渉《わた》り　いさなとり　海路《うみぢ》に出《い》でて　吹《ふ》く風《かぜ》も　おぼには吹《ふ》かず　立《た》つ浪《なみ》も　のどには起《た》たぬ　恐《かしこ》きや　神《かみ》の渡《わた》りの　しき浪《なみ》の　寄《よ》する浜《はま》へに　高山《たかやま》を　へだてに置《お》きて　汭潭《うらぶち》を　枕《まくら》に巻《ま》きて　うらもなく　偃《ふ》したる公《きみ》は　母父《おもちち》が　愛子《まなご》にもあらむ　稚草《わかくさ》の　妻《つま》もあるらむ　家問《いへと》へど　家道《いへぢ》も云《い》はず　名《な》を問《と》へど　名《な》だにも告《の》らず　誰《た》が言《こと》を　労《いたは》しとかも　腫浪《とゐなみ》の　恐《かしこ》き海《うみ》を　直渉《ただわた》りけむ（三三三九歌）

反歌

f、母父《おもちち》も　妻《つま》も子等《こども》も　高々《たかだか》に　来《こ》むと待《ま》つらむ　人《ひと》の悲《かな》しさ（三三四〇歌）

g、家人《いへびと》の　待《ま》つらむものを　つれもなき　荒磯《ありそ》を巻《ま》きて　偃《ふ》せる公《きみ》かも（三三四一歌）

h、汭潭《うらぶち》に　偃《ふ》したる公《きみ》を　今日々々《けふけふ》と　来《こ》むと待《ま》つらむ　妻《つま》し

がさえぎる　海路は行くまい

ある本の歌

備前国の神島の浜で、調使首が屍を見て作った歌　と短歌

F（玉桙の）旅路に立って（あしひきの）山を行き野を行き（にはたづみ）川を渡り（いさなとり）海路に出て　吹く風も　なみなみには吹かず　立つ波も　のどかには立たない　おそろしい　神の渡りの　しきりに波の　打ち寄せる浜辺に　高い山を　風よけにして　浦淵を枕として　無心に　臥している君は　母と父のいとし子であろう（若草の）妻もいるであろう　家を問うても　家道もいわず　名を問うても　名さえも告げず　誰のいうことを　いとしく思ってか　盛り上がる波の　おそろしい海をまっすぐに渡ったのであろう

反歌

f母も父も　妻も子供も　まだかまだかと　いつ帰るかと待っていることであろう　死人のあわれさよ

g家人が　待っているであろうに　縁もない　荒

かなしも（三三四二歌）
i、汭浪《うらなみ》の　来依《きよ》する浜《はま》に　つれもなく　偃《ふ》したる公《きみ》が　家道《いへぢ》知《し》
らずも（三三四三歌）

磯を枕に　臥している君よ
h浦淵に　臥している君を　今日か今日かと　帰
りを待っているであろう　妻があわれだ
i浦波の　寄せる浜に　縁もなく　臥している君
の　家道がわからない

見るごとく、DとEとを合体したかたちがFです。ただ、さきのような、A、BをつないでCとなるのとはちがって、途中までD、そのあとにEがはいり、またDにもどっておわる、いわば、Dが枠としてEをかこんでいます（詞句の異同はわずかです）。これを伝誦の間に生じたものとして、カレワラ歌謡研究を援用して説いたのが佐竹昭広「調使首見屍作歌一首」（『万葉集抜書』岩波書店、一九八〇年。初出一九五七年）でした。カレワラにおいて、二つの歌謡が順に歌われるとき二番目の歌が最初の歌によって枠でかこまれるというのを適用して、D・Eの二首は常に一緒にうたわれていたのであり、

　何時となく、二首が相伴って連唱されている間に、一首の歌に溶け合って成ったのが或本歌に外ならなかったのである。（これは必ずしも現存の三三三五、三三三六から、現在の或本歌が発生したことを含意しない。）

と説きます。この説は、澤瀉『注釈』などに支持されましたが、合体を伝誦によるというのは、前提となる条件（二首が常にいっしょに歌われてきた）について検証のすべもなく、あくまで仮説にとどまります。

　繰り返しますが、大事なのは、成立の事情の想定などではなく、巻十三にいまあるものの把握です。D、Eは、海路の難儀をいうこと（D）と、死者を見、死者を待っているはずの家人（父母・妻）の悲しみを思いやること（E）とを、主題的に分担しています。各々の結句のくりかえしは、歌のおわりであることを示し、二首を区分す

ることに機能します。反歌d、eも、待つ家人の悲しさ（d）・海路の困難（e）とに分担して、長歌に対応します。Dには反歌がないように見えますが、d、eはD、Eに対しての反歌として見るべきです。

一方、Fは、海路の難儀をいうことが表に出て、そのなかにふくまれていた死者と家人への思いは、もっぱら反歌四首（f〜i）の展開にゆだねます。海路の死者を歌うことが、主題的に分担した長反歌各二首の構成によってなされるのと、主題を統合した長歌を反歌の展開によって補完するのと、ちがったかたちの可能性を示すことに意味があるのです。「或本歌」は、巻十三としては例外的に題詞をもち作者を記しますから、現実にあった歌といってよいのですが、作者の詮索に意味があるわけではありません。見るべきなのは、ひとつの長歌と、二つの長歌にわけるかたちとを並置し、長歌がどのように可能であるかを展示しているということです。

述べてきたことは、長歌の可能性の追求ということに帰されます。長歌が、短歌とおなじようにありうることを雑歌、相聞歌、問答歌、譬喩歌、挽歌の部を立ててしめし、長歌のつくりかたも、反歌のありようも、さまざまなこころみをもって示すのです。こう見てきて、遠藤宏「作者未詳の宮廷歌――巻十三の世界」（高岡市万葉歴史館編『無名の万葉集』笠間書院、二〇〇五年）が、「人麻呂の築き上げた和歌世界以後の文学はいかにあるべきかということについての新しい方向性への模索」としてとらえようといい、また、はやく、太田善麿『古代日本文学思潮論(Ⅳ)――古代詩歌の考察』（桜楓社、一九六六年）が、

巻十三は、歌という文芸形態の可能性をたしかめ、新様式の開拓をさえ企図したきわめて注目すべき遺品であると言える。

と提起していたことがふりかえられます。巻十三の本質を衝くものとして、それをうけとめたいと思います。そして、歌の可能なひろがりをあらわすものとして、『万葉集』巻七以後の全体のなかに置いて見ることがもっとも大事だと考えます。

その方向性について、前掲吉井巌「巻十三長歌と反歌」は、「巻十三成立の意味は、短歌集として補完的関係にある巻七、十に対する長歌集という点にあつたのではなかろうか」と、示唆していました。吉井が巻七、十といったのは、部立てとしての共通性によりますが、その二巻にかぎらず、ひろく、巻七〜十二および巻十四が、短歌世界の可能性を開示する全体に対する、長歌集としての意味をいうべきなのです。あいまって、律令国家の歌の世界のひろがりを証するものにほかなりません。

2　歌による「実録」のこころみ——巻十五

長歌集の巻十三のあとには東国短歌集「東歌」の巻十四（参照、第七章）がつづき、その後には、ふたつの大歌群から成るという、これも特異な巻十五が置かれます。この巻は、遣新羅使人にかんする歌群（三五七八〜三七二二歌。一四五首）と、中臣宅守《なかとみのやかもり》・狭野弟上娘子《さののおとがみのおとめ》がとりかわした歌群（三七二三〜三七八五歌。六三首）とから成ります。ともにおおきな歌群をひとつの展開として構成するものです。

遣新羅使人歌群は、出発の際の悲別の歌からはじまり、新羅への旅の途次の歌を並べ、最後には帰路の歌を載せるという構成です。目録には、「天平八年丙子夏六月」に遣わされた使いといいますが、本文には年次を記しません。特定の年次のものとして読むことはもとめないのです。この使いが新羅との緊張的な関係のなかで派遣され、新羅側が使いの旨を受けなかったというようなことを『続日本紀』から持ち込んで読むのでなく、現実の遣新羅使にかかわるものであることを受け取れば十分なのです。

その現実を、構成された歌において読むということですが、構成は、時間を軸としています。全体をみわたすと、以下の如く三つの部分に区分されます。

（1）冒頭部（三五七八～三六一一歌）。
（2）題詞に、経て行く土地を、国名をあげて示してゆく部分（三六一二～三七一七歌）。
（3）帰路、播磨国家島で作った歌（三七一八～三七二二歌）。

（1）は、「新羅に遣はさるる使人等、別れを悲しびて贈答し、また海路に情を慟ましめて思ひを陳べ、幷せて所に当たりて誦ふ古歌」という題詞のもとに収められます。この題詞を遣新羅使人歌群全体にかんするものと見る説（澤瀉『注釈』など）もありますが、『全注』にしたがって、冒頭部の題詞ととらえるのが適切です。冒頭部は、a悲別贈答（三五七八～三五八八歌）およびこれに付随するもの（三五八九～三五九〇歌）と、b海路慟情（三五九一～三六〇一歌）、c当所誦詠古歌（三六〇二～三六一一歌）との三部にわけられ、題詞に対応しています。a別れにあたっての使人と家人との贈答からはじまって、b海路における思い（特に妻への思い）をいい、c所に合わせて誦詠した古歌を並べます。b、cは、行路の歌にほかならないのですが、（2）のように題詞・左注をもって地点や作者を示すことがありません。後につづく行路の歌を先取りするかっこうで配されたものです。（1）は、『全注』のいうように歌群全体の序と見ることができます。

（2）部は、地名を列挙すれば、「備後国水調郡長井浦」「風速浦」「安芸国長門嶋」「長門浦」「周防国玖河郡麻里布浦」「大嶋鳴門」「熊毛浦」「豊前国下毛郡分間浦」「筑紫館」「筑前国志麻郡韓亭」「引津亭」「肥前国松浦郡狛嶋亭」「壱岐嶋」「対馬嶋浅茅浦」「竹敷浦」となります。「筑紫館」は博多湾岸にあって外国使節や官人の宿泊に用いた公館です。筑前国にありますが、そのことを自明としたものといえます。「備後国」から「対馬嶋」までは、「経て行った国々を一国も欠かさず」（伊藤博「万葉集の成り立ち」『釈注』別巻、集英社、一九九九年）あげるものです。

（3）は、帰路の歌はこれのみです。往路のように行く道をたどるのでもなく、かえり着いた時の歌でもなく、家島という、「家」の名をもつ島での歌をもって歌群を閉じます。その島にあって、冒頭部と相応じて妹への思いを歌うことによって全体をまとめるものです。

きわめて構成的であり、一四五首の歌の組み立ては、その所々、その時々における使人たちの思いを交錯させながら旅程を追う紀行というべきものとなっています。そうしたありようを「実録風な創作（ドキュメンタリ・フィクション）」といったのは大浜厳比古でした（「巻十五」『万葉集大成4　訓詁篇下』平凡社、一九五五年）。「実録」というのはいいえているところがあります。その後、前掲伊藤博「万葉集の成り立ち」、『全注』も「実録」と呼んできました。

ただ、それらは、その時々の歌を記録した資料をもとに考えるものでした。「一人の創作詩人」と「彼の創作材料となるべき事件及び若干の歌稿乃至記録」と「この二つが相俟つて出来た『実録風な創作（ドキュメンタリ・フィクション）』」（大浜）といい、あるいは、「一行中の録事（書記官）の役にあった人物の責任においてなされたもの」で「紀行歌録ともいうべき」「一種公的な紀行録」＝「実録」があり、これをもとに「別途資料をも探し求めた上で、必要に応じて脚色を加えながら、実録の物語化を行なった」ということに見るとおりです（伊藤）。

実録ということを、資料となったもの自体についていうか（伊藤、『全注』）、資料をもとにつくられたもののこととしていうか（大浜）、その違いはちいさくありません。わたしは、大浜につきます。「実録風」というように、いまあるものを、実録のかたちにつくられたものとして見るべきだと考えます。どういう資料があったか、だれがそれにかかわったかはわからないことです。大浜にかんしてもその成立論的説明が妥当だとは考えません。大事なのは、歌を構成することによって、紀行をあらしめているということです。

伊藤が「歌だけの力による物語としての構成」といったのはこれにふれるところがあり、窪田『評釈』が「歌をもつて散文に代らしめ、散文の要求するものを遂げさせようとする傾向」をうけとったのもおなじです。

ただし、歌であることは、ことがらとして述べるのではないということです。その点で散文とは違います。歌を以てすることにはらまれている意欲を、『全注』が、「幻想的世界や昔の時代のそれでなく、現在の人間的感情を中心に置いての現代の物語であり得ている」といったのは本質を衝いています。伝説を語るのとは違うというのであり、歌によることは、ことがらより「人間的感情」を中心とすることとなるというのです。

とはいえ、軸はやはり事実（旅程）を逐うことにあります。そのような構成は、歌による「実録」のかたちをとったものというのがふわさしいといえます。それは、中臣宅守《なかとみのやかもり》・狭野弟上娘子《さののおとがみのおとめ》歌群への視点でもあるべきです。

この巻の後半は、中臣宅守と狭野弟上娘子との贈答の歌群です。巻のなかの標題に「中臣朝臣宅守と狭野弟上娘子とが贈答せる歌」とあって、そのあとは左注に「右〇首、中臣朝臣宅守、あるいは、娘子」とするだけで、年次を記すこともなく、事情にかんして何ら説明することがありません。中臣宅守・狭野弟上娘子という現実に生きた人を示して構成することを核とするものなのです。

歌群は、以下のように左注によって区分されます。

A　三七二三～三七二六歌　右の四首、娘子が別れに臨みて作る歌。
B　三七二七～三七三〇歌　右の四首、中臣朝臣宅守、上道して作る歌。
C　三七三一～三七四四歌　右の十四首、中臣朝臣宅守。
D　三七四五～三七五三歌　右の九首、娘子。
E　三七五四～三七六六歌　右の十三首、中臣朝臣宅守。
F　三七六七～三七七四歌　右の八首、娘子。
G　三七七五～三七七六歌　右の二首、中臣朝臣宅守。
H　三七七七～三七七八歌　右の二首、娘子。

Ⅰ　三七七九〜三七八五歌　右の七首、中臣朝臣宅守、花鳥に寄せて思ひを陳べて作る歌。

A〜Hのやりとりを、宅守の独詠で閉じるかたちです。

事情にかんして説明がないといいましたが、目録には、次のような記事があって、事情について知るべきことをあたえてくれます。

中臣朝臣宅守《なかとみのあそみやかもり》の、蔵部《くらべ》の女嬬《にょじゅ》狭野弟上娘子を娶《めと》りし時に、勅して流罪に断じ、越前国に配しき。ここに夫婦《ふうふ》別るることの易く会ふことの難きを相嘆き、各《おのおの》慟《いた》む情《こころ》を陳《の》べて贈答せし歌六十三首

中臣朝臣宅守が、蔵部の女嬬狭野弟上娘子を娶った時に、勅命によって流罪に処されて、越前国に配流された。そこで夫婦が、別れはたやすく会うことの難しいことを嘆いて、それぞれに悲しみの心を述べて贈答した歌六十三首。

この記事からは流罪の理由はわかりません。狭野弟上娘子との関係が咎められたのでないことは、「娶」（ふつうの結婚です）とあって、「奸」（采女を犯したというような咎められる関係にいいます）とはいわないことでわかります。また、娘子は罰せられてもいません。何らかの事情でというしかなく、この贈答歌群にとって、その事情が意味をもつものでもありません。

わたしたちは、二人が遠く離れざるをえないなかでやり取りした歌として読むだけです。『万葉集』は現実の年次をもちこむことをもとめていないといわねばなりません。『続日本紀』を見合わせて、天平十二年六月十五日条に、宅守の名が大赦から除外されるものとして見えることをもとに、具体的な年次を入れて見ることがなされても

いますが（澤瀉『注釈』、『釈注』など）、有効とは思われません。もとめられるのは、二人が別離を余儀なくされたことをA、Bの左注から受け取り、そのなかで積み上げられた贈答において読むことです。

C～Iが時間的展開をふくむことは、Eに、

むかひゐて　一日《ひとひ》もおちず　見《み》しかども　いとはぬいもを　つきわたるまで（三七五六歌）
――向き合って　一日も欠けず　見ていたけれども　飽きなかったお前を　月々をこえて見ないことだ

とあり、Gに、

あらたまの　としのをながく　あはざれど　けしきこころを　あがもはなくに（三七七五歌）
――（あらたまの）年久しくも　逢わないが　移り気な心を　わたしはもっていないよ

というのは、年をこえたことをいうのに見るとおりです。Iに「我がやどの花橘」（三七七九歌）とある初夏が、Dの「春の日にうら悲しきに」（三七五二歌）の春とおなじ年でないことを受け取ることにもなります。

別離の時間が経過するなかで歌がかわされたことを、現実のかれらのものとして読むことがもとめられます。遣新羅使人歌群のような地名による移動がふくまれず、内面的な劇といえますが、この展開も「実録」的です。

Iが宅守の独詠であることについて、歌群のまとめをなすものとして、『全注』が、

花鳥歌七首は、独白的詠嘆であることによって、今までの二人の贈答という姿から、二人の恋が一歩後退した状況を見せているように思う。

というのは注意されます。「二人の恋の将来を暗示したもののようにも推察される」とも付け加えますが、この発言は正当に受けとめられるべきだと考えます。Ｉには、娘子に歌いかけることはありません。

それを、Ｉは、娘子の死後の歌として見るという浅見徹の提起（「中臣宅守の独詠歌」『万葉集の表現と受容』和泉書院、二〇〇七年）とともに受けとめたいのです。Ｉの最初の歌は、

わがやどの　はなたちばなは　いたづらに　ちりかすぐらむ　見《み》るひとなしに（三七七九歌）

わが家の庭の　花橘は　むなしく　散っているであろうか　見る人もなくて

というものです。その「わがやど」は、都の自分の家です。あとに「たびにして」（三七八一、三歌）「わがすむさと（三七八二、三歌）」とあって、区別はあきらかです。しかし、これまで、宅守歌は都の家を歌うことはありませんでした。なぜここに都の家をもちだすのか。浅見は、巻二巻末に載る志貴親王挽歌の反歌、

高円《たかまと》の　野辺《のへ》の秋《あき》はぎ　徒《いたづら》に　開《さ》きか散《ち》るらむ　見《み》る人《ひと》なしに（二・二三一歌）

高円の　野辺の秋萩は　むなしく　咲いて散っているであろうか　見る人もなくて

と類似することを見つつ、宅守歌の「見るひとなしに」が、ともに見るべき娘子がいないことをいうのだと理解してこういいます。

たとえ都のわが家に戻ることがあっても、そこに招き呼ぶべき娘子はもはや此の世に居ないのだ、という絶望を籠めたものと受け止めることが出来よう。続く六首では、宅守は娘子の居ない都のことを歌うこともなく、妻に呼び掛けることもない。

さらに、続く六首がすべてほととぎすを歌うことについても、「霍公鳥《ほととぎす》来鳴《きな》きとよもすうの花《はな》の共《とも》にや来《こ》しと問《と》はましものを」（八・一四七二歌。ほととぎすが来て鳴きたてている、卯の花とともに来たのかと尋ねられたらよいのだが）という、大伴郎女の死に対する弔問の使いの歌などにてらして、故人を偲ぶこころを託するものとしてとらえるのです。

こうして浅見説に従ってⅠを見るならば、『全注』の感じ取ったところを納得しながら、娘子の死をもってまとめられた物語として読むこととなります。余儀ない別離と、その嘆きのなかに時を経て、娘子の死をもって閉じる――、その展開を、歌だけで構成してみせるのです。現実に生きた宅守の実話としてあらしめられるそれは、「実録」というのがふさわしいものです。

巻十五の、ふたつの、歌による「実録」のこころみは、先端的といえるかもしれません。そして、「実録」だから、歌は、現場をそのままにのこすよそおいのために、この巻は一字一音書記を選択したのであり、訓主体書記ではないのだととらえられます。その選択は、巻五の選択とつうじるものです（参照、第五章）。

3 「由縁《ゆえん》ある歌」、また、さまざまなこころみ――巻十六

巻十六は、巻頭に「有由縁幷雑歌」とあります。「有由縁幷せて雑歌」（新編全集）ないし「有由縁、雑歌を幷せたり」（新大系）と訓読され、「由縁」（ことの由来）ある歌と雑歌とを収めるという標示とうけとられます。目録に

萬葉集巻第十六

有由縁雑歌

本文 (一)歌。西「細「謌」。

訓 (い)縁。西右ニ「エン」アリ。

諸説 ○有由縁雑歌。代「初「縁」ノ下「并」ノ字脱トス。童「有由縁歌并雑歌」ノ誤カ。

有由縁并雑歌

本文 (一)并。西「細「神「温「矢「京大字トセリ。西「消セリ。(二)歌。細「無「謌」。

諸説 ○由縁。古「ヨシ」又ハ「ユヱヨシ」。

図1　巻十六冒頭（目録（左）と本文（右）、『校本万葉集』）

は「幷」の字がないことによって、「由縁有る雑歌」とする説（澤瀉『注釈』、古典集成など）もあります。これによれば、全体が由縁有る雑歌ということになります。いずれにせよ、特異な標目であり、収める歌も特異ですが、このような巻をもつことによって、『万葉集』はなにをつくるのかが問われます。

いま、「有由縁幷雑歌」とあるのにしたがうこととします。「由縁」ある歌と雑歌とからなると見るのですが（このことは後にもふれます）、「由縁」ある歌はどこまでかという、「前後の境界を的確に指摘することは困難だ」といわれます（新編全集）。「由縁」をどのようなものとして見るかということもかかわってきます。ただ、歌の類によるまとまりを見てゆくことは有効ではないかと考えます。

この巻を見渡してゆくと、いくつかのグループを認めることができます。まず、巻頭部に置かれるのは、A題詞が他の巻におけるそれとは異なって、物語的な内容をもち、歌物語といえるような類（三七八六～三八〇五歌）で、つづくのは、Bおなじく歌物語的だが、左注が物語的に述べる類（三八〇六～三八一五歌）です。

後で見ますが、これらの物語的なありようは「由縁」あるというのがふさわしいといえそうです。

これらのほかにもグループをなすものが認められます。たとえば、

香・塔・厠・屎・鮒・奴を詠む歌

香塗《かうぬ》れる　塔《たふ》にな依《よ》りそ　川隈《かはくま》の　屎鮒《くそぶな》喫《は》める　痛《いた》き女奴《めやつこ》（三八二八歌）

香を塗った　塔に近寄るな　川隈の　屎鮒などを食っている　ひどい女奴よ

というように、いろいろな物を詠み込むように題を与えられたのに応じた体の歌が一群となっています。——Cあれこれの物を詠みこむことを題とした歌（三八二四〜三八三四歌、三八五五〜三八五六歌）。

また、

池田朝臣《いけだのあそみ》、大神《おほみわの》朝臣奥守《あそみおきもり》を嗤《わら》ふ歌一首　池田朝臣が名は忘失せり

寺々《てらでら》の　女餓鬼《めがき》申《まう》さく　大神《おほみわ》の　男餓鬼《をがき》賜《たば》りて　その子播《はら》まむ（三八四〇歌）

寺々の　女餓鬼が申すには　大神の　男餓鬼を頂いて　その子を宿したい

という歌は、奥守が非常にやせていたのを、餓鬼のようだとからかったもので、寺々の女餓鬼たちが、自分に似合いの男餓鬼だといっているよというのです。寺には男女の餓鬼の像が刻まれて置いてあったと思われますが、それにかけたものです。これには、お返しがあって、

大神朝臣奥守が嗤ひに報《こた》ふる歌一首

仏造《ぶつつく》る　ま朱《そほ》足らずは　水溜《みづた》まる　池田《いけだ》のあそが　鼻《はな》の上《うへ》を穿《ほ》れ（三

仏像を作る　朱砂が足りなかったら

八四一歌）

（水溜まる）池田の朝臣の　赤鼻の上を掘れ

と、こちらは、赤鼻をからかって、仏像を造るのに赤の顔料が足りないなら、あの鼻にいくらでもあるぞと返したわけです。各々の身体のめだつところを、ことさらにいいたてるかたちでからかうやりとりです。軽い遊びの歌ですが、こうした「嗤う」という題詞をもつ類も、まとまってあります。――D「嗤う歌」と題詞にいう類（三八四〇～三八四七歌、三八五三～三八五四歌）。

あるいは、

豊前国の白水郎が歌一首

豊国《とよくに》の　企救《きく》の池《いけ》なる　菱《ひし》のうれを　採《つ》むとや妹《いも》が　み袖沾《そでぬ》れけむ

（三八七六歌）

豊国の　企救の池にある　菱の実を　摘もうとしておまえは　袖をぬらしたのか

といった、国名を題詞に掲げるのが、「豊後国の白水郎が歌一首」「能登国の歌三首」「越中国の歌四首」の一群（三八七六～三八八四歌）です。「筑前国の志賀の白水郎が歌十首」（三八六〇～三八六九歌。左注に遭難した海人の妻子たちのつくったといい、或いは、筑前守山上憶良が妻子の悲しみに同情しつくったというとあります）も、この類といえます。

――E国名を題詞に掲げる歌の類。

C～Eは、連続していないものもありますし、これでこの巻全体をカバーしたことにはなりません。いくつかの特徴あるものをとりだしてみたのです。隅々まで説明しうるというものでもありませんが、ここではその必要もありません。これらの歌群は、A、Bとおなじような「由縁」があるとはいいがたいものであり、それらから、ひとすじにはとらえがたいこの巻の性格をうかがう——それは、「由縁ある歌」と雑歌と見ることの納得に帰着します——には十分です。

Cは、物を並べただけですが、ふつうの歌には用いない物（ことば）なのです。たとえば、さきの三八二八歌の香・塔・屎鮒は、集中にはこの歌のほかに例がありません。清水克彦「万葉集巻第十六論」（『万葉論集』桜楓社、一九七五年）は、これを、「非歌語的な言葉」といい、「日常言語性」といいましたが、いってみれば、用いられることばにおいて、歌らしくなさを体現した歌なのです。

より極端に、歌にならない歌というべきなのは、Dの歌群のまえに置かれた「無心所著《むしんしょぢゃく》の歌二首」です。題詞の「無心所著」とは、心に著く所無き、ということですが、左注に「由《よ》る所無《ところな》き歌」とあるのとおなじで、とりとめなく意味をなさない歌の謂いです。歌は、

我妹子《わぎもこ》が　額《ひたひ》に生《お》ふる　双六《すごろく》の　ことひの牛《うし》の　くらの上《うへ》の瘡《かさ》（三八三八歌）
吾兄子《わがせこ》が　犢鼻《たふさき》にする　つぶれ石《いし》の　吉野《よしの》の山《やま》に　氷魚《ひを》そ懸《さが》れる（三八三九歌）

というものですが、ことばの解釈だけあげておくと、「牡の牛」はおおきな雄牛、「瘡」は腫物、「犢鼻」はふんどし、「つぶれ石」は角がすり減って丸くなった石、「氷魚」は冬の鮎、です。ただ、ことばの意味はわかっても、歌全体は脈絡なく理解不能です。現代語訳はつけようがありません。

これには左注があって、現代語訳で示すと、「右の歌は、舎人親王が近習の者たちに仰せられて、『もし意味の通

じない歌を作る人がいれば、銭・練り絹をあたえよう』といった。そこで、大舎人安倍朝臣子祖父が、この歌を作ってたてまつったので、その場で集めた物や銭二千文をあたえたという」とあります。意味的まとまりがつかないようにことばを並べて五句の歌のかたちにすることをもとめたというのであって、ことば遊びそのものです。

Dの類にしても、遊びであることを「嗤ふ」という題詞が明示しています。歌のこころみとして、このようなものまでありうるといった、極を示すというべきです。

Eは、民謡説もありますが、見るべきことは実態の如何ではなく、筑前・豊前・豊後・能登・越中という、それらの国が都からとおく離れていること、また、「白水郎」という特殊な階層の人の歌であることです。そこにまで歌がひろがっていることの証として、東歌と通じる意味をもちます。

ひとすじとはいいがたい、こうした歌群――これら全体を「由縁ある歌」ということにこだわって、ひとつに見ようとするのは無理があります――とともに、より比重のたかいA、B――歌数でいうとあわせて巻全体の三割弱――を、この巻にとっておおきな意味をもつものとして見なければなりません。それぞれの例を掲げてみます。

A、　昔娘子《をとめ》あり。字《あざな》を桜児《さくらこ》といふ。時に二《ふたり》の壮士《をとこ》あり、共にこの娘を誂《とぶら》ひて、生《いのち》を捐《す》てて挌競《あらそ》ひ、死を貪《むさぼ》りて相敵《あひあた》る。ここに娘子歔欷《なげ》きて曰《いは》く、「古より今までに、未だ聞かず未だ見ず、一《ひとり》の女《をみな》の身の二つの門に往適《ゆ》くといふことを。方今壮士の意、和平し難きことあり。如かじ、妾が死にて相害すこと永く息《や》まむには」といふ。すなはち林の中に尋ね入り、樹に懸りて経《わな》き死ぬ。その両の壮士、哀慟に敢《あ》へず、

昔娘子がいた。名を桜児という。時に二人の男がいて、ともにこの娘に求婚し、命を捨ててあらそい、死をおそれずに挑みあった。そこで娘はすすり泣きしながらいった、「昔から今にいたるまで、ひとりの女が二つの家に嫁ぐなど、聞いたことも見たこともありません。いま男たちの気持ちは、和解しようもありません。わたしが死んでたたかいをおさめるほかありませ

血の泣襟《なみたころものくび》に漣《なが》れぬ。各心緒《おもひ》を陳《の》べて作る歌二首

春《はる》さらば　かざしにせむと　我《あ》が念《おも》ひし　桜《さくら》の花《はな》は　散《ち》り去《ゆ》けるかも〈その一〉（三七八六歌）

妹《いも》が名《な》に　繋《か》けたる桜《さくら》　花開《はなさ》かば　常《つね》にや恋《こ》ひむ　いや年《とし》のはに〈その二〉（三七八七歌）

ん」と。娘はそこで林の中に入り、木に首を吊って死んだ。その二人の男は、深い悲しみに耐えず、血の涙に衣の襟を濡らした。めいめいが思いを陳べて作った歌二首

春になったら　髪に挿そうと　わたしが思っていた　桜の花は　散ってしまったのだなあ〈その一〉

おまえの名に　ゆかりある桜の　花が咲いたら　ずっと恋しく思うであろうか　毎年毎年〈その二〉

娘が、ふたりの男に思われ、そのあらそいをとめようとして自死したという話とともに、二人の男の哀傷の歌を載せます。桜児という名にかけて、桜の花を歌った二首は、散ったこと――娘が死んだことに重ねています――を嘆くその一と、年ごとに桜が咲いたらずっと恋しく思うだろうというその二――第三句を、新大系は平安時代の訓を生かして「散らば」とよみますが、尼崎本以外の漢字本文は「花開者」とあり、無理があります――と、散ると咲くとを対比したものです。題詞と歌とあいまってひとつの物語（歌物語）となっているのであり、通常の題詞と歌とは異なります。

巻五における序＋歌のかたちに似ているところもありますが、右のように、題詞の語る話の登場人物が歌うというかたちで歌があるのとは違います。題詞と歌との全体がひとつの話を組み立てるのであって、通常の題詞ではありません。このA類の特異さです。

Bは、話が左注によって語られるので、外形は違います。

B、安積山《あさかやま》 影《かげ》さへ見《み》ゆる 山《やま》の井《ゐ》の 浅《あさ》き心《こころ》を 吾《わ》が思《おも》はなくに（三八〇七歌）

右の歌、伝へて云はく、「葛城王《かづらきのおほきみ》、陸奥国《みちのくのくに》に遣はされける時に、国司の祗承《しじよう》、緩怠《くわんたい》なること異甚《はなは》だし。ここに王の意悦《こころよろこ》びずして、怒りの色面《おもて》に顕れぬ。飲饌《いんぜん》を設けたれど、肯《あ》へて宴楽せず。ここに前《さき》の采女《うねめ》あり、風流《みや》びたる娘子《をとめ》なり。左手に觴《さかづき》を捧げ、右手に水を持ち、王の膝を撃《う》ちて、この歌を詠《よ》む。すなはち王の意解《と》け悦びて、楽飲すること終日《ひねもす》なり」といふ。

安積山の 影までも見える 澄んだ山の井のように 浅い心で わたしは思わないことだ

右の歌は、伝えによると、「葛城王が、陸奥国に遣わされた時に、その国の国司の接待がはなはだ非礼であった。王はご不快で、怒りの表情が顔に現れた。宴飲の席が設けられたが、王はまったく楽しもうとしない。その時、以前采女であったものがいて、洗練された娘子であった。それが左手に盃をかかげ、右手に水を持ち、王の膝をたたきながらこの歌を詠んだ。ただちに王の気持ちは解け喜んで、終日楽しく飲んだ」という。

「安積山」の歌は、『古今集』の序に、「難波津に咲くやこの花」の歌と並べて、歌の父母のようで手習いのはじめにするとあります。陸奥国にあって安積山を眼前に見つつ、影までも山の井にうつっているといいます。その井から浅いこころではないと導いた歌と、風流の振る舞いとが、楽しまない王の気持ちをほどいたと語られて、ひとつの話となっています。このような左注のはたらきも、通常の左注ではなく、Bの類の特徴です。

繰り返しになりますが、外形はちがっても、歌が、題詞あるいは左注の話と一体で物語をつくる――歌物語というのがもっともふさわしいありようです――という点で、おなじなのです。タイプの別よりも、その共通性が大事だと考えます。積極的に区別するいわれもありません。歌の可能性を示すものとして、それはあります。

こうしたありようは、歌を由来とともに伝承してきたのをうけたととらえることが有力でした。たとえば、さきにあげた桜児の話は、巻三・四三一～四三三歌（赤人歌）、巻九・一八〇七～一八〇八歌（虫麻呂歌集歌）の真間手児名や、巻九・一八〇一～一八〇三歌（福麻呂歌集歌）、同一八〇九～一八一一歌（虫麻呂歌集歌）、巻十九・四二一一～四二一二歌（家持歌）の葦屋菟原処女とおなじ型の話――複数の男に求婚され板ばさみになって自死を選んだ娘――であることも、口誦の世界にあったと考えることをささえてきました。それを、口承の歌に本来付随していたものと見るか、奈良朝貴族社会にうまれた口承説話ととらえるか、論議もあります（参照、益田勝実「有由縁歌」『益田勝実の仕事3』ちくま学芸文庫、二〇〇六年。初出一九七三年）。しかし、実態や成立ではなく、巻十六にいまあるものの意味として、題詞型も、左注型も、話と歌とが合体したかたちをつくることによって、歌の、ひとつの可能性をしめしていることが、『万葉集』にとっては大事だと見るべきです。

それを、C、D、E等とあわせていわねばなりません。歌物語とともに、さまざまなこころみがあるのです。巻十六において、それらは統一されたものとしてあるわけではありません。ひとまとめにはとらえがたく、A、B以外はむしろ雑多――「有由縁幷せて雑歌」という標目のゆえんです――ともいえるような、さまざまなこころみとしてあるというべきです。

巻七～十二において、人麻呂歌集歌を拡大するようにしてあらわしだした歌の世界のひろがりに対して、巻十三以下の巻々は、それぞれに違ったものがあります。長歌の可能性を開示した巻十三、東国まで定型短歌がひろがることを証した巻十四、歌による「実録」のこころみをしめす巻十五、そして、歌物語をはじめとして、雑多な、歌においてありうるこころみをつくして見せる巻十六――この巻が巻七以後の展開の最後に位置するゆえんです――

と、区々なのです。いわば扇状にひろがるといえます。

巻七〜十六の全体は、歌の世界の可能なひろがりということに帰されます。それによって、律令国家の歌の世界として、自分たちの固有のことばによる文芸を確信しえたというべきです。そうした見渡しをもったとき、巻一〜六の「歴史」世界に対応するものとして、巻七〜十六の位置づけは明確になります。端的に、「歴史」世界と、その基盤としての歌の世界のひろがりということにつきます。

九 編集された家持——歌の世界を体現する「歌日記」

1 「日記」的構成としての巻十七～二十

『万葉集』の最後の四巻、巻十七～二十は、大伴家持の「歌日記」と(「歌日誌」とも)いわれます。家持をめぐる歌を、日を逐うようにして構成するものだからです。この四巻は日次的であって部立てもなく、巻一～六のごとく部立てをもって年次的に構成するのとは原則がちがいます。それを「日記」というのはいいえています。四巻に収められた歌を年月によって一覧化すればつぎのようになります(巻のはじめとおわりにだけ月をいれました)。

巻十七
天平二年十一月
十年
十二年
十三年
十六年
十八年
十九年
廿年正月

巻十八
天平廿年三月
天平感宝元年・天平勝宝元年
天平勝宝二年二月
巻十九
天平勝宝二年三月
三年
四年
五年二月
巻二十
天平勝宝五年五月
六年
七歳
八歳
天平勝宝九歳・天平宝字元年
天平宝字二年
三年正月

＊天平二十一年（七四九）は、四月に改元されて天平感宝元年となり、同年七月にまた改元されて天平勝宝元年となりました。また、天平勝宝九歳（七五七）八月に改元され天平宝字元年となりました。

見るとおり、天平十八年（七四六）以後は——巻十七冒頭部には天平十六年以前の歌が三二首（三八九〇〜三九二一歌）収められていますが、これについては後に述べます——、天平宝字三年（七五九）正月にいたるまで、密度に差はありますが、間断ないものとなっています。

それが家持を軸にして構成するものであることは、全体に占める家持歌の比重によってあきらかです。歌数としていえば、巻十七は一四二首（長歌一四、短歌一二七、旋頭歌一）のうち家持歌は七六首（長歌九、短歌六六、旋頭歌一）、巻十八では一〇七首（長歌一〇、短歌九七）のうち六九首（長歌一〇、短歌五九）、巻十九では一五四首（長歌二三、短歌一三一）のうち一〇三首（長歌一七、短歌八六）、巻二十では二二四首（長歌六、短歌二一八）のうち七八首（長歌五、短歌七三）を占めます。巻二十で家持歌の比重が少ないように見えるのは、九〇首をこえる防人歌を載せることによります。ともあれ四巻全体の歌の過半は家持歌であり、他もかれにかかわる歌としてあります。

それを、部立てもなくただ日を逐って配列するというのは、年次・作者名を記すという点では巻一〜六とおなじですが、あきらかに構成の原則が違うというべきです。

この「歌日記」というありようと、また、巻十六以前に収められた歌で、年次のあきらかなものは天平十六年以前に限られるということと、あいまって、巻十七〜二十を、『万葉集』のなかで巻十六までと区別して見ることをもとめます。

このことは、はやく契沖『万葉代匠記』が指摘していたことです。巻十六までに載る歌は天平十六年以前のものであることに注意したうえで、巻十七以下が、年代的に区切られ、構成が原理的に異なることを指摘します（『代匠記』精撰本、惣釈雑説。濁点、読点を適宜つけました）。

十七ノ巻ノ上二分一許、天平十六年四月五日ノ哥マデハ遺タルヲ拾ヒ、十八年正月ノ哥ヨリ第二十ノ終マデハ、日記ノ如ク、部ヲ立ズ、次第ニ集メテ宝字三年ニ一部ト成サレタルナリ。

第十七ハ（中略）初天平二年十一月ノ哥ヨリ十六年四月五日マデノ哥ハ、第十六巻マデヲ撰テ後、遺テルヲ拾ヘル歟。（中略）天平二年ヨリ超越シテ同十年ノ哥ニ至ルガ如キハ、遺タルヲ拾フ故ナリ。十八年正月ノ哥ヨリ第二十ノ終、宝字三年正月ノ哥マデハ、次第ニ日記ノ如クナレバナリ。

要するに、巻十七冒頭の三二首は拾遺だが、全体は「日記ノ如ク」であって、部を立てないという構成が巻十六以前とは異なるということです。その指摘はきわめて適切です。『万葉集』全体のなかで異質な「日記」的部分であることはいうとおりです。

ただ、契沖は、「日記」を家持が「私撰」したことの証だとし、『万葉集』全体を家持の私撰としてとらえることに帰します。

家持卿、私ノ家ニ若年ヨリ見聞ニ随テ記シオカレタルヲ、十六巻マデハ天平十六年十七年ノ比マデニ、廿七八歳ノ内ニテ撰ビ定メ（以下略）

天平十六年までに撰定した後、拾遺をおこなったうえで、「日記」のごとく「次第」に（日付順に）集めてまとめたというのです。

勅撰説があったことに対して、題詞や注記の書き方が勅撰集のそれとは認めがたいということに力点がおかれているのですが、成立的に『万葉集』の全体を説明しようとしたものです。『万葉集』家持編纂説として、それは、通説となりました。

成立的説明としては、契沖説はわかりやすいといえます。しかし、そうした異質さをかかえてつくられている全体を、編纂という点から説明するのは、歌集としての把握とはいえません。だれが編纂したかということでおわるのでは、成り立った歌集の全体像をとらえることにはなりません。それが歌集にとっての本質ではないというべきです。

『万葉集』は、家持の「歌日記」を、それ以前の巻の時間的延伸のかたちでふくんで、年代的にはひとつづきに構成しています。ただ、構成のしかたは異質なのです。そのようなかたちのものとして解かれねばなりません。

要するに、「歌日記」部分はそれだけで自足するのではないということです。巻十六までがつくってきた歌の世界に、それとは違う構成の原理でつなぎながら『万葉集』を構築することを見なければならないのです。そうした対応によってあるものを、どういう全体としてとらえるか。

2 巻十七冒頭部の役割——「歴史」に「歌日記」をつなぐ

そのきっかけとして巻十七冒頭部三二首に目を向けることとします。天平十六年以前の歌が、時間的にはとびとびに収められ、「歌日記」への入口となっているからです。

巻十六までと時間的に重なるということはさきの一覧に見るとおりです。それを、成立的見地から、巻十六までに収められなかったものを集めた(拾遺)ととらえたのは契沖でした。それは伊藤博「万葉集の成り立ち」(『釈注』別巻、集英社、一九九九年)等にも継承されて通説となっていますが、後にも見るように、冒頭部の歌群には相互関連も一貫性もありませんし、拾遺という説明はわかりやすくも思われます。

しかし、それを収めることがどういう意味をもつのかということは、拾遺ということではすまされません。『万葉集』のなかに「歌日記」を位置づけるためにもとめられるのは、成立の如何はどうであれ、そのようにあることの意味です。伊藤が、「これは、第一部とのつなぎでもある。いわば、母屋に対して風通しをよくするための廊下である」というのは、このことにふれるものといえます。ただ、「つなぎ」ということは、歌に即してより具体的に見る必要があります。

冒頭部(天平十八年正月の前)はつぎの九群からなります。

A　天平二年十一月に大宰帥大伴卿（家持の父、旅人のことです）が大納言となって上京したとき、別途に海路上京した従者たちの歌（三八九〇～三八九九歌）
B　天平十年七月七日に、家持が独り天の川を仰いでおもいを述べた歌（三九〇〇歌）
C　天平十二年十二月九日に、大宰府の梅花の歌に追和した大伴書持歌（三九〇一～三九〇六歌）
D　天平十三年二月に境部老麻呂のつくった、三香の原の新都を讃美する歌（三九〇七～三九〇八歌）
E　同四月二日に、書持が奈良の宅から、家持に贈った霍公鳥を詠んだ歌（三九〇九～三九一〇歌）
F　四月三日に、家持が久迩京より書持の霍公鳥の歌に答えて送った歌（三九一一～三九一三歌）
G　田口馬長の霍公鳥を思う歌（三九一四歌）――年月不明
H　山部明人（赤人）の春鶯を詠んだ歌（三九一五歌）――年月不明
I　天平十六年四月五日に、家持が独り平城の旧宅にあって作った歌（三九一六～三九二一歌）

Aは、旅人が帰京の途次に作ったとある巻三・四四六～四五〇歌や、旅人の上京にかかわるものとしてある巻六・九六三～九七〇歌とのつながりをよびおこします。Cは、巻五の「梅花歌卅二首幷序」に対して「追和」するものです。A、Cともに、巻三、五、六という先行の巻にあるものとつなげて見ることをもとめるものです。
B、E、F、G、Hは、七夕・霍公鳥・鶯という、巻八、十のひらいた季節の歌の主題につながっています。それらは「日記」部の展開のなかで繰り返し歌われるものです。なかでも霍公鳥は、巻十七～二十の歌中にあらわれる「ほととぎす」を数えると、七二首にのぼります。巻十七～二十の歌数の総計が六二七首ですから、一割を超えます。そうした「日記」部との関係でいえば、これらは「日記」部の序の意味をもつともいえます。

D、E、F、Iは、寧楽宮をはなれて久迩京にうつったことを示しています――E、Fは霍公鳥という季節の歌の主題という点でも注意されます――。巻六の巻末部と対応して、寧楽宮終焉にいたった「歴史」につなげるものです。

こう見てくると、これらは、関連がないように見えますが、それぞれに巻一～十六の歌の世界と対応することによって、それとのつながりを確保することに役割があり、二十巻としての連絡を確保しようとするものだということができます。伊藤のいう「つなぎ」を具体化すればこうなります。巻十七が、それ以前の巻と区分しようとするものではなく「二十巻をひとまとまりの存在として結びつけようという動きを、冒頭部に配置した歌々によって機能させよう」としているという市瀬雅之「巻十七の構想――冒頭三十二首の役割について」(『美夫君志』八〇、二〇一〇年三月)の指摘は、そのことをいいあてています。

とくに、留意したいのは、「歴史」の問題として、D、E、F、Iによって寧楽宮の終焉にたつことが「歌日記」の入口となるということです。巻一～六の「歴史」世界をうけ、そのさきに進めるように「歌日記」をはじめるということを受け取るべきなのです。「歴史」に「日記」をつなぐわけです。

3　雑然たる多様性とその意味

「歌日記」の、日付によって配置された歌が、きわめて多様であること、むしろ雑然たる状況であることにおいて、そのつながりかたを見るべきです。

具体的に、巻十七を取り上げ、天平十八年正月以後の「歌日記」のつながりかたについて見ることとします。通覧すれば、次のような歌がならんでいます。

1　天平十八年正月に雪が降り、太上天皇（元正）のもとで宴が催された時、左大臣（橘諸兄）以下雪を題として奏した応詔歌（三九二二〜三九二六歌）
2　その年七月越中守として赴任した家持に坂上郎女が贈った歌（三九二七〜三九三〇歌）
3　平群氏郎女が越中守家持に時々の使いに寄せて贈った歌（三九三一〜三九四二歌）
4　八月七日に家持の館で宴を催した時の歌（三九四三〜三九五五歌）
5　大目秦八千嶋の館での宴の八千嶋歌（三九五六歌）
6　九月二十五日に、弟書持の喪を聞いて、哀傷した家持の長反歌（三九五七〜三九五九歌）
7　十一月、大帳使の役を果たして帰国した大伴池主に宴を設けた時の家持歌、説明的左注あり（三九六〇〜三九六一歌）
8　天平十九年二月二十日に、悪い病に臥しあやうく死路におもむくところであったことを、悲しんだ家持の長反歌（三九六二〜三九六四歌）
9　二月二十九日に、家持が書簡とともに池主に贈った歌（三九六五〜三九六六歌）
10　三月二日に、池主が答えた、書簡と歌（三九六七〜三九六八歌）
11　三月三日に、家持が池主に更に贈った書簡と長反歌（三九六九〜三九七二歌）
12　三月四日、池主が答えて贈った書簡と漢詩
13　三月五日、さらに池主が贈った書簡と長反歌（三九七三〜三九七五歌）
14　三月五日、家持が、池主の書簡と詩に答えて贈った書簡、漢詩、歌（三九七六〜三九七七歌）
15　三月二十日に、家持が恋情をおこしておもいを述べた長反歌（三九七八〜三九八二歌）
16　四月、立夏になって日を累ねたのに霍公鳥の鳴かないのを恨んだ家持歌、説明的左注あり（三九八三〜三九八

四歌）
17 三月三十日、家持が興によってつくった二上山の賦＝長反歌（三九八五～三九八七歌）
18 四月十六日の夜、家持が霍公鳥のなくのを聞いて作った歌（三九八八歌）
19 大目の館で、家持を餞したときの歌（三九八九～三九九〇歌）
20 四月二十四日、布勢の水海に遊覧したときの家持の賦＝長反歌（三九九一～三九九二歌）
21 二十六日に池主がその賦に敬和した長反歌（三九九三～三九九四歌）
22 二十六日、池主の館で税帳使家持を餞宴した時の歌と古歌（三九九五～三九九八歌）
23 家持の館での酒宴した時の歌（三九九九歌）
24 二十七日、家持の立山の賦＝長反歌（四〇〇〇～四〇〇二歌）
25 二十八日に池主が、その賦に敬和した長反歌（四〇〇三～四〇〇五歌）
26 三十日、京に上る日が近づいて悲しみを払い難く思いをのべた家持の長反歌（四〇〇六～四〇〇七歌）
27 五月二日、家持の歌を見て別れの悲しみを抱いて池主が和した長反歌（四〇〇八～四〇一〇歌）
28 逃げた鷹を思い、夢に見て喜んで作った家持の長反歌、説明的左注あり（四〇一一～四〇一五歌）
29 伝誦された高市黒人歌（四〇一六歌）
30 天平二十年正月二十九日の家持歌（四〇一七～四〇二〇歌）
31 家持が、春の出挙のために諸郡を巡行した時の歌（四〇二一～四〇二九歌）
32 家持の、鶯の鳴くのがおそいことを怨む歌と酒を造る歌（四〇三〇～四〇三一歌）

見るとおり、応詔歌（1）から、私的な相聞の歌（3）、挽歌というべきもの（6）、宴席の歌（4等）、国司としての公務のなかでなされた歌（31）、季節の主題の歌（16、32）――これは冒頭部と呼応しています――等々、さまざまな主題の歌がたちあらわれるのですが、なかにはおおくの長歌があって、そこにさらに漢詩、書簡がいっしょにあるもの（9～15）も、説明的左注を有するもの（7、16、28）もあり、いろいろなかたちをとってならびます。部立てというまとまりがありませんから、整理がなく雑然という印象があたえられます。他の巻もおなじです。

そのようなさまざまなものは、さきに見たような歌の世界のひろがりにあったものにほかなりません。ありえた歌の可能性が、ここで実現されたものとしてとらえることができます。つまり、歌の世界のひろがりが「歌日記」のかたちで体現されるということです。そうしたものとして、雑然たることに意味があると考えます。

たとえば、9～14のような、書簡を序とした歌、また、書簡・漢詩とともに歌があるというかたちは巻五にも見るものです。それは、第五章に述べたように、漢字世界のなかにあって歌が漢文とひとつづきの空間にあったという現実（環境）において見るべきものです。漢詩・漢文と対峙して固有のことばによる歌がありうるという環境です。

その歌の環境を、「歌日記」における池主との贈答――9～14はみな池主との贈答です――が示しているのです。巻十八にも、越前国の掾に転出した池主から家持に贈られた書簡と歌が三組載ります。まず、天平二十一年三月十五日に池主から来贈した書簡と歌（四〇七三～四〇七五歌）。これには十六日に家持が答えて贈った歌（四〇七六～四〇七九歌）がつづきますが、あとのは翌天平勝宝元年十一月、十二月に来贈したもの（四一二八～四一三一歌、および、四一三二～四一三三歌）。これには、答えた書簡・歌は、「脱漏し探り求むること得ず」（左注）といって載りません。載らないことについて、「わざと紛失したように言ったのではなかろうか」と新編全集は注しますが、そうした成立上の想像はおいて、歌の問題として、環境という点で見るならば、答えたものがあってもなくてもおなじです。大事なことは、そのやりとりを池主との特別な関係として実態化するのではなく、歌の環境（漢字世界の状況）を見るべきものとして、巻五につなげて見ることです。相手が文雅を解する池主だからこのような交遊が特別にあったというように事実に還元することは、歌集としての「歌日記」の理解とはなりません。

また、7・16・28を、説明的左注を有するととりたてていったのは、作者を示したり、年月日を確認したりする通常の左注とは違うからです。歌を補足説明するものですが、たとえば、28の、逃げた鷹の歌の左注はこうです。

右、射水《いみづ》郡の旧江《ふるえ》村にして蒼鷹《おほたか》を取獲る。形容《かたち》美麗しくして、雉を鷙《と》ること群に秀れたり。ここに、養吏山田史君麻呂、調試節を失ひ、野猟候を乖《そむ》く。搏風の翅《つばさ》は、高く翔りて雲に匿り、腐鼠の餌も、呼び留むるに験《しるし》靡し。ここに、羅網を張り設けて、非常を窺ひ、神祇に幣奉りて、不虞を恃む。ここに夢の裏《うち》に娘子《をとめ》あり。喩《おし》へ曰く、「使君、苦念を作《な》して、空しく精神を費やすこと勿れ。放逸せる彼《そ》の鷹は獲り得むこと、幾だもあらじ」といふ。須臾にして覚き寤《さ》め、懐《こころ》に悦びあり。因りて恨みを却《す》つる歌を作り、式《もち》て感信を旌《あらは》す。守大伴宿祢家持。九月二十六日に作る。

右は、射水郡の旧江村で蒼鷹を捕えた。そのすがたは美しく、雉を捕えることは抜群であった。ところが、飼育係の山田史君麻呂が、調教の方法を誤り、野原で狩りするにも時を違えた。風にはばたく翼は、高く飛び立って雲に隠れ、腐った鼠の餌も呼び戻すのに効果がない。そこで網を張って、万が一の機会をうかがい、天地の神に幣をささげて、思いがけない幸運を頼んだ。すると、夢のなかにひとりの娘子があらわれた。それが教え諭していうには「太守さま、心配して、こころを悩まされることは無用です。逃げたあの鷹を捕えることができるのは、そうさきのことではありません」という。たちまち目がさめ、うれしく思った。そこで恨みを忘れる歌を作って、感激と信じる気持ちをあらわしたのである。守大伴宿祢家持。九月二十六日に作った。

この左注は、歌と補い合うものとなっています。長歌（四〇一一歌）を要約していうと、越中の国土を、山は高く川は広大、野は広く草はよく茂ると讃美することからはじめ、夏は川で鮎をもとめて鵜飼し、秋には野にいっぱいにあつまる鳥を狩りするとつづけます。そして、その鳥の狩りに、わが大黒（鷹の名）——この名は左注には出てきません——はこのうえなく、これほどのものは得難いだろうと自慢に思っていたといいます。ところが、「たぶれたる　しこつおきな」（くるった間抜けじじい、という意）——左注には、「養吏山田史君麻呂」と名を明示します——が、曇って雨の日に——左注にいうこととあいまってそれが間違ったやりかただと理解されます——、鷹狩をするとだけいって持ち出し、逃がしてしまったと報告したといいます。左注には、「腐鼠の餌」云々と、よびもどそうとしたことを具体的にいいますが、歌は、ただ「雲がくり翔けりいにき」というだけで、呼び寄せるすべもないまま、あちこちに鳥網を張ったり、神の社に祈ったりして待っていた時、おとめが夢にあらわれ、松田江の浜・氷見《ひみ》の江・多祜《たこ》の島・旧江《ふるえ》と鷹の動きを地名をあげて述べて「はやければあと二日、おそくとも七日は過ぎずに帰ってくるでしょう」と告げたというのです。

長歌の概略とともに、左注とのかかわりについても書き込みましたが、左注がただ歌の要約というのではなく歌と補い合うことが認められます。歌と左注とあいまって成り立たせる全体として見るべきものです。通常の左注とは違うという点で、巻十六の由縁有る歌の左注と通じます。ただ、巻十六の左注が、歌と一体にひとつの物語をつくる（参照、第八章）のとは異なるところがあります。しかし、左注のはたらかせかたとしては、巻十六のこころみに通じるものだといえます。

こうして、巻十六以前の巻々とのつながりをもってあることを見るとき、雑然とした多様さが、二十巻としての一体性にとって意味をもつことがうけとられます。

その点にたって見てゆくと、納得されるものがあります。予作歌はその一です。「儲作」「預作」と題詞・左注にはこうありますが、おなじく、その時にそなえてあらかじめ作るという意味ですから、予作ということにします。予作ということを明示する歌は、①十八・四〇九八～四一〇〇歌、②十八・四一二〇～四一二一歌、③十九・四一六三歌、④十九・四一六六～四一六八歌、⑤十九・四二五四～四二五五歌、⑥十九・四二五六歌、⑦十九・四二六六～四二六七歌、⑧二十・四四九四歌、あわせて八例を数えます。『万葉集』における予作歌は、すべて「歌日記」のなかにあり、「歌日記」の特徴といえるものです。

この「予作」ということについて、「出金詔書で大伴氏の忠勤を特に称揚された感激のほとぼりの産物であろう」（新編全集、四〇九八歌頭注）などと、家持の動機を忖度するものがおおいのですが、いま問題とするのは、動機や意図ではなく、二十巻全体のなかでの意味をどう見るかということです。わかりやすいのは行幸歌・応詔歌の予作（①、⑤、⑦、⑧）です。これらは巻一、三、六などにあるのとおなじくあるべきものにほかならないのではないでしょうか。それがないと、以前の歌の世界との対応に欠けるものがあることになります。現実に意味をもつというのではなく、あるべきものとしてあえてつくられたということを「予作」にうけとるべきです。①十八・四〇九八～四一〇〇歌（吉野行幸の予作歌）をあげてみます。

吉野の離宮に幸行さむ時のために儲け作る歌一首幷せて
短歌
高御座《たかみくら》　天《あま》の日継《ひつぎ》と　天《あめ》の下《した》　知《し》らしめしける　皇祖《すめろき》の　神《かみ》
の命《みこと》の　恐《かしこ》くも　始《はじ》めたまひて　貴《たふと》くも　定《さだ》めたまへる　み
吉野《よしの》の　この大宮《おほみや》に　あり通《がよ》ひ　見《め》したまふらし　もののふ
の　八《や》十《そ》伴《とも》の緒《を》も　己《おの》が負《お》へる　己《おの》が名《な》負《お》ひて　大王《おほきみ》の　任《ま》

吉野の離宮に行幸される時のために、あらかじめ作った歌一首　と短歌
高御座にいまして　皇位を継いで　天下を　お治めになった　いにしえの　神たる天皇が　おそれおおくも　お始めになり　貴くも　定めなさった
み吉野の　この大宮に　ずっと通いつづけて　ご覧になるらしい　もろもろの　官人たちも　そ

けのまにまに　此《こ》の河《かは》の　絶《た》ゆることなく　此《こ》の山《やま》の　いや継《つ》ぎ継《つ》ぎに　かくしこそ　仕《つか》へ奉《まつ》らめ　いや遠長《とほなが》に（四〇九八歌）

反歌

いにしへを　思《おも》ほすらしも　わご大君《おほきみ》　吉野《よしの》の宮《みや》に　あり通《がよ》ひ見《め》す（四〇九九歌）

もののふの　八十氏人《やそうぢびと》も　吉野川《よしのがわ》　絶《た》ゆることなく　仕《つか》へつつ見《み》む（四一〇〇歌）

れぞれの負う　家名を負って　大君の　仰せにしたがい　この川のように　絶えることなく　この山のように　ますます続いて　このようにしてお仕え申し上げるであろう　ずっと末長く

反歌

いにしえを　お思いになるらしい　わが大君は　吉野の宮を　通いつづけてご覧になる

もろもろの　官人たちも　吉野川を　それが絶える時がないように　お仕えして見ることであろう

この歌は、巻六巻頭の金村歌（九〇七歌）につなげて見ることがもとめられます。諸注には、『日本書紀』応神天皇十九年条に吉野行幸の記事が初めて見えるということで、それを「始めたまひて」に引き当てて見るものもあります（澤瀉『注釈』、窪田『評釈』、『全注』等）が、見当はずれです。

第一反歌が「わご大君」が絶えず通う（「あり通ひ見す」）というのについて、聖武天皇のこととして、天武・持統朝の吉野行幸をうけると見る（新編全集、新大系）のは歌の理解として当然です。長歌も、聖武天皇の問題として、金村歌とのつながりを明確にしなければ歌の理解はさだまりません。

「皇祖の神の命の　恐くも始めたまひて　貴くも定めたまへる」は、金村歌の結句「うべし神代ゆさだめけらしも」と等価なのです。そこから巻一の吉野讃歌につなげ、巻一、二のつくる天武・持統王朝の「歴史」空間につなげることを、この歌はになっています（金村歌については、参照、第三章）。表現のうえのつながりとして、長歌の後半部と、人麻呂の三六歌の後半「ももしきの　大宮人は　船並めて　朝川渡り　船競ひ　夕川渡る　この川の　絶

ゆることなく　この山のいや高知らす」との類似、また、第二反歌と、三七歌「見れど飽かぬ　吉野の川の　常滑の　絶ゆることなく　またかへり見む」との類似は諸注にいわれてきたとおりですが、金村歌との関係にくわえて、この類似に意味があると見るべきです。これが、「歌日記」のなかにあることによって、巻十六以前の歌の世界と対応し、一体であることが保障されるものとなります。

また、すくなからぬ「追和」「追同」の歌――『万葉集』のなかに題詞・左注に「追和」「追同」という歌は十六例ありますが、「歌日記」中に七例を数えます。これも「歌日記」の特徴といえます――もその一です。三九九三～三九九四歌、四〇六三～四〇六四歌、四四七四歌のように、すぐ前にある歌に対してやや時間をおいて和したものもありますが、一方で、以前の巻にあった歌に和するのです。他の四例は、以前の巻とつなげて見ることをもとめるものです。十七・三九〇一～三九〇六歌が巻五の梅花の歌とつながることはさきにのべました。十九・四一六四～四一六五歌（「勇士の名を振るはむことを慕《ねが》ふ歌」）は、巻六・九七八歌（山上憶良の沈痾の時の歌）に、十九・四一七四歌（「筑紫の大宰の時の春苑梅歌に追和する一首」）はまた巻五の梅花の歌に、十九・四二一一～四二一二歌（「処女《をとめ》墓《はか》の歌に追同する歌」）は巻九の「葦屋の処女が墓に過る時に作る歌」（一八〇一～一八〇三歌。田辺福麻呂歌集歌）および「菟原処女が墓を見る歌」（一八〇九～一八一一歌。高橋虫麻呂歌集歌）に、それぞれ和したものであって、以前の巻とつなげて「歌日記」が巻十六以前と一体にあると見ることをもとめています。こうした「追和」への見地は、鉄野昌弘「編纂者としての大伴家持――「十五巻本」と「二十巻本」」（『アナホリッシュ国文学』一、二〇一二年十二月）が示したところです。ただ、鉄野は編纂意図としていいますが、わたしがいいたいのは、意図がどうであれ――意図というとき、把握される結果をさかのぼらせたに過ぎません――、いまある『万葉集』についてもとめられる把握ということです。

巻十七についてのべてきましたが、他の巻もおなじです（巻十九については後述します）。なお、巻二十の防人歌が、巻十四の東歌と対応して意味をもつことは、さきに第七章に述べたとおりです。

こうして、「歌日記」は、日々になされるものとして展示される歌の雑多ともいえる多様性によって、歌の世界が可能にしたひろがりを体現し、そのことで、二十巻としての一体性を確保していると見るべきことが確認されます。

4 編集された家持

そもそも巻十六以前の歌の世界のなかにも、家持歌は組織されていたのでした（巻三、四、六、八。巻十六にも）。巻十七以下では、家持歌が「日記」のかたちで組織されます。「歴史」のあとをうける「日記」といいましたが、おなじ家持歌であることでつながりは担保されているのです。

端的にいえば、「歴史」として構築するのではなくなった歌の世界を、個において生きられるものとして構成するのが「歌日記」であったということです。家持をめぐって日々つくりなされる歌を展示して、歌の世界の可能なひろがりを証してみせるのです。ここにさまざまな、ありとある歌を開示して見せるのは、『万葉集』があらしめた家持です。

「歌日記」は日記そのものであったのではありません。『万葉集』において「日記」としてあるものです。巻十七〜二十に家持歌はそのように編集されてあります。そこにあるのは現実に生きた家持ではありません。見るべきなのは（見ることができるのは）、『万葉集』に編集された家持です。『万葉集』にある家持歌と、あったかもしれない現実の家持の歌とはべつの次元のものだと念を押します。

『万葉集』において家持は、「歴史」世界のなかに、かつ、「歌日記」というかたちで、あります。それを、『万葉集』を編集（編纂）した家持ということに横すべりさせてしまわないでおこうといいたいのです。

『代匠記』（精撰本、惣釈雑説）が勅撰説否定の立場から家持私撰説を主張したことはさきに見ました。契沖は、題詞の書き方等が勅撰ではありえないということを、家持の私撰の証として逐一あげてゆきます。それは家持自身の書き集めたものとして『万葉集』を見るということにゆきつきます。

たとえば、越中国に贈られたとある巻十七・三九二九歌から、上京の餞宴における巻十九・四二五一歌まで、「皆越中ニテノ作、或ハ見聞ノ哥ナリ。是皆家持私撰ノ證ナリ」と、越中にあった家持が集めたと考えるほかないといいます。京を遠く離れた地で家持以外のだれができたというのかといわれれば、それはそれで説得的です。

また、巻十九巻末の有名な春愁の歌（四二九二歌）の左注に、

> 春日遅々《ちち》に、鶬鶊《うぐひす》正に啼《な》く。悽惆《せいちう》の意、歌に非ずしては撥《はら》ひ難きのみ。仍《よ》りてこの歌を作り、式《もち》て締緒《ていしょ》を展《の》べたり。ただし、この巻の中に作者の名字を偁《い》はずして、ただ年月所処縁《しょしょえん》起《ぎ》のみを録《しる》せるは、皆大伴宿祢家持が裁作《つく》れる歌詞なり。

春の日はうららかに、うぐいすは今まさに鳴いている。悲しみのこころは、歌でないと払いのけられない。そこでこの歌をつくって、鬱屈したこころを散じるのである。ただし、この巻の中で、作者の名字を示さず、ただ年月と場所と事情だけを記してあるのは、みな大伴宿祢家持の作った歌である。

とあります。

春愁の歌にはあとでふれますが、契沖は、この「ただし」以下をとりだして、「是家持ノ私ニ集ラレタル證ナリ。此巻ヲ以テ他巻皆效テ知ベシ」といいます。家持が自ら集めて書いたから自分の作には名を記さないのだというわ

けです。さらに、「拙懐を述ぶる」（十九・四二八五歌題詞）、二十・四三三〇歌左注に「聊かに拙懐を述べて作る」、二十・四三六〇歌題詞に「私の拙懐を陳ぶる」とあることをあげつつ、「家持ノ歌ニノミ此謙退ノ詞アリ。知ルベシ、他人ノ撰ニアラズト云コトヲ」ともいいます。自分の歌を書いたから謙遜したのだというのですが、これも説得的です。

澤瀉『注釈』が、四二八五歌題詞について「巻十七以下が家持の私家集のやうな性格をもつ重要な根拠と見られるものである」といい、四二九二歌左注に「巻十七以後の四巻が家持の私記の感がある事は誰も認める事であるが、この注によつてその点が一層明らかに認められるわけである」といって、契沖説をうけいれていったのも納得されます。前掲伊藤博「万葉集の成り立ち」も、その線上にあります。

しかし、巻十七以下が私家集の体であるのは、『万葉集』の問題としていえば、そうしたかたちのものとして二十巻の最後の部分を構成したということです。「私家集」といい「私記」というにもせよ、そうした形で――契沖のいったことはこの点でうけとめるべきです――家持歌を、『万葉集』に編集してあるのです。『万葉集』に見るのは、編集された家持です。もとにあったものを『万葉集』自体にもとめることなどできないのです。もとになにかがあったかもしれません。そのことを否定しようというのではありませんが、それは『万葉集』とはべつの次元のものです。

あらためて、歌の「歴史」世界のなかにあった家持を、巻十七以下に「日記」的に、つまり「私記」に――あくまで、よそおいとしてです――、歌の世界を個として生き、歌のひろがりを展示・体現するものとして「歴史」のさきにあらしめるのだといいましょう。そうして個において生きられる歌の世界まで見届けて『万葉集』は完結するのです。

「歌日記」が一字一音の仮名書記となることは、こうして「私記」のよそおいをあたえるために必須であったととらえられます。歌の現場における通常の書記によることを選択したのですが、それは巻十五などの場合とおなじです（参照、第八章）。念のためにいいそえますが、家持の手もとにあった資料をそのまま用いたなどということではなく、そのように見えるもの（よそおい）としてあるということです。

5 仮名書記でない巻十九

「歌日記」は、仮名主体書記を必須とするといいましたが、一様に仮名書記なのではありません。巻十九は訓主体書記であり、「歌日記」のなかでこの巻は書記において特異なのです。

天平勝宝二年三月一日の暮に、春苑の桃李の花を眺矚して作る歌二首

春苑　紅尓保布　桃花　下照道尓　出立𡢳嬬（四一三九歌）
春《はる》の苑《その》　紅《くれなゐ》にほふ　桃《もも》の花《はな》　下照《したで》る道《みち》に　出《い》で立《た》つ娘子《をとめ》

吾園之　李花可　庭尓落　波太礼能未　遺在可母（四一四〇歌）
吾《わ》が園《その》の　李《すもも》の花《はな》か　庭《には》に落《ふ》る　はだれのいまだ　残《のこ》りたるかも

天平勝宝二年三月一日の夕方、春苑の桃李の花を眺めて作った歌二首
春の園の　紅に美しく咲く　桃の花が　下に照り映える道に　出で立つ娘子よ
我が庭の　李の花だろうか　庭に降った　薄雪がまだ　のこっているのだろうか

巻頭の二首を、漢字本文ともども掲げました。その書記は、巻十七、十八、二十とは違うのです。たとえば、さきにあげた、巻十七の吉野行幸の予作歌の第一反歌を漢字本文でしめせば、

伊尓之敝乎　於母保須良之母　和期於保伎美　余思努乃美夜乎　安里我欲比売須

となり、巻十八の巻末歌は、

夜夫奈美能　佐刀尓夜度可里　波流佐米尓　許母理都追牟等　伊母尓
都宜都夜（四一三八歌）

荊波《やぶなみ》の　里《さと》に宿借《やどか》り　春雨《はるさめ》に　隠《こも》り障《つつ》むと　妹《いも》に告《つ》げつや

荊波の地の　里に宿を借り　春雨に
振り込められていると　お前に告げて
くれたか

となります。違いはあきらかです。

ただ、巻十九でも四二七八歌以後巻末までは仮名書記の比重がたかくなります。掉尾の三首は、家持の代表作としてよく知られているものですが、これを漢字本文とともに掲げれば、以下のごとくです。天平勝宝五年二月に配されています。

二十三日に、興に依りて作る歌二首

春野尓　霞多奈毗伎　宇良悲　許能暮影尓　鸎奈久母（四二九〇歌）

春《はる》の野《の》に　霞《かすみ》たなびき　うら悲《がな》し　この夕影《ゆふかげ》に　うぐひす鳴《な》くも

和我屋度能　伊佐左村竹　布久風能　於等能可蘇気伎　許能由布敝可
母（四二九一歌）

我《わ》がやどの　いささ群竹《むらたけ》　吹《ふ》く風《かぜ》の　音《おと》のかそけき　この夕《ゆふへ》かも

二十三日に、興をおぼえて作った歌
二首
春の野に　霞がたなびいて　もの悲し
い　この夕方の光のなかに　うぐいす
が鳴くことだ
我が家の　いくばくもない叢竹に　吹
く風の　音がかすかに聞こえる　この

二十五日に作る歌一首

宇良宇良尓　照流春日尓　比婆理安我里　情悲毛　比登里志於母倍婆

（四二九二歌）

うららに　照《て》れる春日《はるひ》に　ひばり上《あ》がり　心悲《こころかな》しも　ひとりし思《おも》へば

夕方よ

二十五日に作る歌

うららかに　照っている春の日に　ひばりが舞い上がり　心は悲しいことだ

一人で思っていると

巻頭の歌にくらべると、仮名書記の比重が高いことは明らかです。巻として一貫しないともいえますが、巻全体

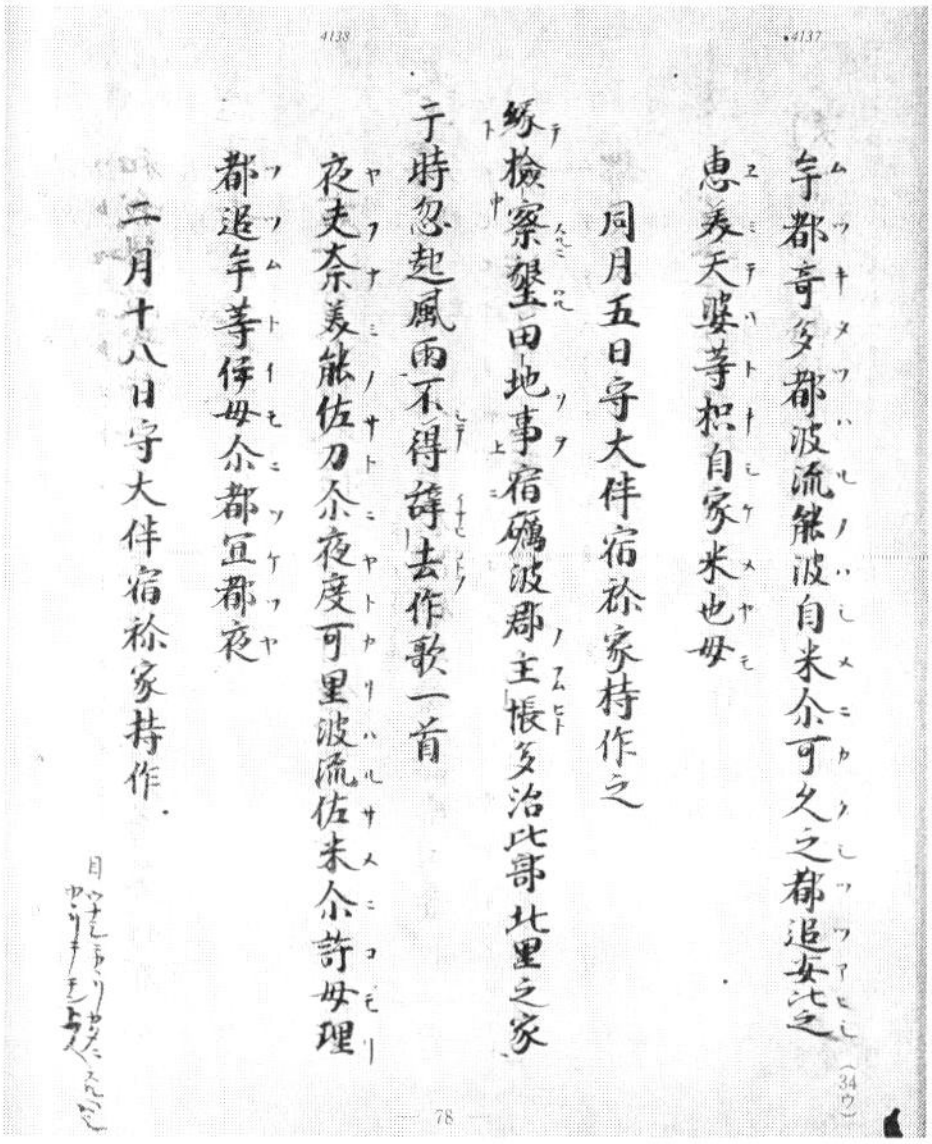
4137 牟都奇多都波流能波自米尓可久之都追安比之
惠美天婆等枳自家米也母
同月五日守大伴宿祢家持作之
縁檢察墾田地事宿礪波郡主帳多治比部北里之家
于時忽起風雨不得辞去作歌一首
4138 夜夫奈美能佐刀尓夜度可里波流佐米尓許母理
都追牟等伊母尓都宜都夜
二月十八日守大伴宿祢家持作
（34ウ）
— 78 —

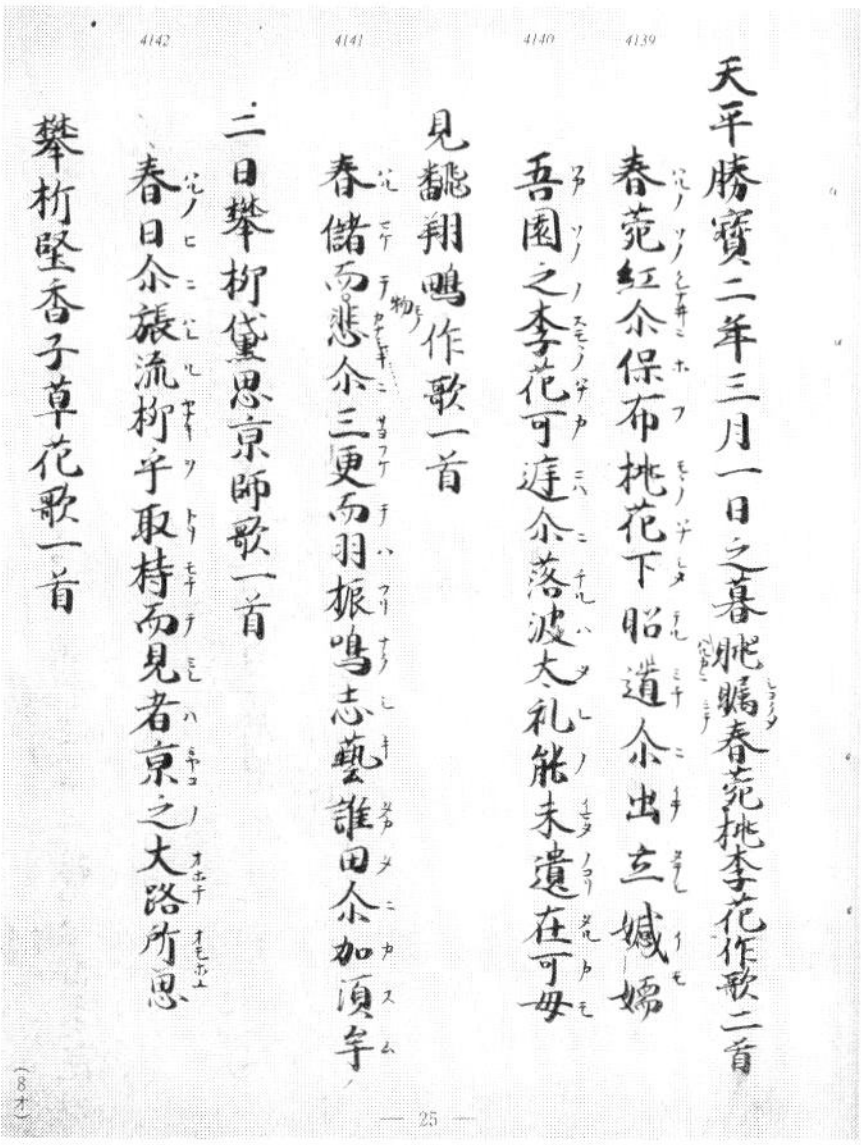
天平勝寶二年三月一日之暮眺矚春苑桃李花作歌二首
4139 春苑紅尓保布桃花下照道尓出立𡢳嬬
4140 吾園之李花可庭尓落波太礼能未遺在可母
見飜翔鴫作歌一首
4141 春儲而物悲尓三更而羽振鳴志藝誰田尓加須牟
三日攀柳黛思京師歌一首
4142 春日尓張流柳乎取持而見者京之大路所思
攀折堅香子草花歌一首
（8オ）
— 25 —

図1　西本願寺本、巻十八巻末（上）と巻十九巻頭（下）

としていえば訓主体書記です。

この第三の歌の左注――三首全体にかかる左注と見る注釈が、全注・新編全集・新大系等、近年おおくなっていますが、巻十九の題詞と左注との関係を見れば、四二九二歌一首にかかるとするのがおだやかです――が二五八～二五九ページに引いた「春日遅々」云々というものでした。

左注の前半の漢文については、契沖の『代匠記』が、「春日遅々」「倉庚（鶬鶊）」の語句をもつ『毛詩』小雅「出車」をあげるのにはじまって、議論がかさねられています。これも巻十七の説明的左注とおなじく、歌と補い合うものですが、倉庚（鶬鶊）はうぐいすであって、ひばりではありません。左注は、かれらの教養としてあった『毛詩』のようなかたちで、愁いをうぐいすをもっていう発想によって表現することとなりました。教養といったのは、出典・典拠ということではなく、漢字漢文学習とともに染み込まされたものだといいたいからです（参照、『古典日本語の世界　漢字がつくる日本』「文字の文化世界の形成」〈神野志隆光〉東京大学教養学部国文・漢文学部会編、東京大学出版会、二〇〇七年）。違う鳥をいいながら、歌と漢文とあいまって、春の愁いをうけとることをもとめるのです。

その愁いの内実をどうとらえるかということなど、家持の代表作としてのこの三首にかんする論議はおおいのですが、いまは立ち入りません。この三首が秀歌として位置づけられたこと自体が比較的あたらしく、大正期であったことを、稲岡耕二「天平勝宝五年春二月の歌」（『万葉集を学ぶ』八、有斐閣、一九七八年）、橋本達雄「秀歌三首の発見」（『大伴家持作品論攷』笠間書院、一九八八年。初出一九八二年）、小野寛「絶唱三首」（『セミナー　万葉の歌人と作品』九、和泉書院、二〇〇二年）があきらかにしたことを注意しておくにとどめます。

注目したいのは左注の後半です。「ただし、この巻のなかで」云々とは、巻十九の一巻についての注記であって、この巻を特にいうものです。それは他と違う巻としてあるという物言いです。他の「歌日記」の巻とは違う書記であることとかかわると見るべきなのは当然です。

四巻のなかで巻十九だけそういう書き方をしたというのは、「歌日記」を「私記」と見る立場からは説明しがたいところです。この巻のみを書きあらためたのだというのも説明に苦しみます。前掲伊藤博「万葉集の成り立ち」は、巻十九に相当する部分が、もともと一巻をなしていたと想定することでこの問題を解こうとしました。坂上郎女に贈るための小歌巻が原形で、それを拡大して橘諸兄に献上した歌集（これを「大伴宿祢家持歌集」と名づけます）が巻十九相当分だったのではないかというのです。

坂上郎女や橘諸兄をもちだし、独立した一巻のさきだつ成立を想定することは、前掲鉄野昌弘「編纂者としての大伴家持――「十五巻本」と「二十巻本」」もいうように十分な根拠がなく、「歌日記」としてある全体の説明として説得力がありません。しかし、巻十九に「歌集」のかたちを見るというのはうけとめるべき提起だと思われます。第一章に述べたことをふりかえりながらいいますが、一字一音の仮名書記は、歌の現場の、実用のものでした。『万葉集』は、それとは違う訓主体書記を選択しました。そのなかで、「歌日記」は、仮名書記をもって、日々の歌のいとなみの現場を「よそおう」ことを選択したのでした。それは訓主体に対して漢字の表現性をいわば「零化」する表現の志向をもつものでもありましたが、そうしたなかに、『万葉集』の他とおなじ書記の部分をあえてかかえることになっているのです。

それは、「歌日記」のなかに歌集化した部分をもつ、ないし、部分的に私家集化しているということができます。日々の歌のいとなみが、部立てという組織化によるのではなく、応詔歌、巻頭の「桃李の花」等季節の主題の歌、宴歌、挽歌から依興歌まで――題詞をざっとひろいあげました――、また、多様な多数の長歌という、歌のひろがりそのものが歌集をなすのが巻十九だといえます。実用の現場に留まらないことを示している（成熟、といってよいかもしれません）それをふくむことによって、「歌日記」は、巻十六までに相対しうるともいえます。

おわりに——固有の言語世界という擬制を離れて

ここまで、漢字世界という基本視点にたって『万葉集』について考えてきました。そこから、固有の言語世界という擬制の問題をふりかえってまとめることとします。

1 『万葉集』における歌の「発見」

漢字世界という視点によることは、歌をただあったものとしてはじめないということです。固有のことばによるものとしての歌は、漢字世界のなかで、固有のことばをもつことにめざめて見出されたという出発点に立つことがもとめられるのです。口承の歌（歌謡）はあったでしょうが、漢字世界の中で見出された歌はそもそも文字で書かれるものであり、歌謡とはべつなものです。歌謡が基盤としてあったということは認めてよいでしょうが、基盤という以上のことはいえません。口承の世界を自明の前提とせずに、漢字世界においてありえたものとして、歌のはじまりを考えるということなのです。

そして、見出された歌の、ただ延長として「歌集」があるのではないことを『万葉集』の文字の水準に見る（第一章）とともに、『万葉集』が、歌の世界を「歴史」的に構築し、律令国家における歌のひろがりとその可能性を開示してみせ（第二～八章）、それを個において生きることを体現する「歌日記」によってその世界を確証する（第九章）という、二十巻としての全体をとらえてきました。

それは、『万葉集』を、歌の世界にあったものをひきとったのではなく、歌の世界をつくるととらえることにほかなりません。つくるというと虚構とうけとられるかもしれません。より適切にいえば、それを構築することによって、歌ははじめて、固有の文芸としてあらわされた――「発見」された、というのがふさわしいでしょう――ということです。歌を、あったものとしてあらしめたと見るのです。

見るべきなのは、古代国家にとって、みずからの文明性を証すべく、あったものとしてあらしめられた、固有の歌の「歴史」、また、「歌人」、歌の世界のひろがりなのです。

端的にいえば、歌は、『万葉集』においてありえたのです。誤解をまねかないようにいいそえますが、『万葉集』以前に歌があったことを否定しようというのではありません。『万葉集』があらしめたものは、あったであろう歌とは違う水準のものであり、そこで固有の文芸としての歌が成り立ったといいたいのです。

それは、『万葉集』があらしめたものを、いままで、そのままあったものとしてとらえて見てきたのではなかったかとふりかえらせます。固有の言語世界と、そこにあった歌を自明の前提としてしまっていたのではないか、と。

2　『古事記』における固有の言語世界の「発見」

固有の言語世界が、漢字世界において見出されるものであったということは、『古事記』においてもおなじです。「聞く」天皇というべき天皇のありようが『古事記』の天皇の本質であることについては、『複数の「古代」』（講談社現代新書、二〇〇七年）に述べましたが、それを再確認しながらすすめることとします。

『古事記』応神天皇条のはじめに、

是に、天皇、大山守命《おほやまもりのみこと》と大雀命《おほさざきのみこと》とを問ひて詔《のりたま》ひしく、「汝《なむ》等《ちら》は、兄《え》の子と弟《おと》の子と孰《いず》れか愛《うつく》しぶる」とのりたまひき。天皇の是の問を発し所以《ゆゑ》は、宇遅能和紀郎子《うぢのわきいらつこ》に天《あめ》の下《した》を治《おさ》めしめむ心有るぞ。爾《しか》くして、大山守命の白《まを》ししく、「兄の子を愛しぶ」とまをしき。次に、大雀命、天皇の問ひ賜へる大御情《おほみこころ》を知りて、「兄の子は、既に人と成りぬれば、是悒《おほつかな》きこと無し。弟の子は、未《いま》だ人と成らねば、是愛《うつく》し」とまをしき。爾《しか》くして、天皇の詔はく、「佐耶岐《さざき》、あぎの言《こと》、我《あ》が思ふ所の如し」とのりたまひて、則ち詔り別きしく、「大山守命は、山海《やまうみ》の政《まつりごと》を為《せ》よ。大雀命は、食国《をすくに》の政を執《と》りて白《まを》し賜へ。宇遅能和紀郎子は、天津日継《あまつひつぎ》を知らせ」とのりわきき。故、大雀命は、天皇の命に違ふこと勿《な》し。

さて、天皇は、大山守命と大雀命とにたずねて、「お前たちは年上の子と年下の子とどちらがいとしいと思うか」とおっしゃった。（天皇がこの問いを発した理由は、末子の宇遅能和紀郎子に天下を治めさせようというこころがあったからである。）それに対して、大山守命は「年上の子がいとしいと思います」と申し上げた。次に、大雀命は、天皇がこうおたずねになるお心をわかっていたので、「年上の子は既に成人して心配はありませんが、年下の子はまだ成人していないので、こちらのほうがいとしいと思います」と申し上げた。そうして天皇は「さざきよ、お前のいったことは、わたしの思っていることとおなじだ」と仰せられて、すぐに三人の任務を分けて、「大山守命は山海の政治をせよ。大雀命は食国の政治を執って奏上せよ。宇遅能和紀郎子は皇位につけ」とおっしゃった。そして、大雀命は天皇の仰せに背くことはなかった。

とあります。「山海の政」と「食国の政」とをわけるのは、この応神条に「此の御世に、海部・山部・山守部・伊勢部を定め賜ひき」とあり、また、吉野国主の話、海人の大贄の話があるのと対応します。「海部・山部・山守部・伊勢部」に対して、それらを統括するのが「山海の政」（山部・山守部＝山、海部・伊勢部

＝海）ですが、吉野国主の話というのは、つぎのように大御酒の献上をいうものです。

又、吉野の白檮《かし》の上に、横臼《よくす》を作りて、其の横臼に大御酒《おほみき》を醸みて、其の大御酒を献りし時に、口鼓《くちつづみ》を撃ちて、伎《わざ》を為て、歌ひて曰はく、

白檮《かし》の生《ふ》に　横臼《よくす》を作《つく》り　横臼《よくす》に　醸《か》みし大御酒《おほみき》　うまらに　聞《きこ》しもち飲《を》せ　まろが父《ち》

此の歌は、国主等が大贄《おほにへ》を献る時々に、恒《つね》に今に至るまで詠《うた》ふ歌ぞ。

また、吉野の白檮の林のあたりで、横臼を作って、その横臼にお酒を醸して、その御酒を献上した時に、口鼓をうって所作を演じて、歌っていうには、

白檮の林に横幅の広い臼をつくり、その臼で醸した御酒です。おいしく召し上がってください。われらの親父さんよ。

この歌は、国主らが大贄（天皇に奉る食物）を献上するときに、ずっと今に至るまで歌う歌である。

海人の大贄の話というのは、大山守命が天皇崩御後に反逆を企てたのを討ったあと、宇遅能和紀郎子と大雀命とは譲り合ったといって、こうあります。

是《ここ》に、大雀命と宇遅能和紀郎子との二柱、各天の下を譲れる間に、海人《あま》、大贄《おほにへ》を貢《たてまつ》りき。爾《しか》くして、兄《え》は、辞《いな》びて弟《おと》に貢らしめ、弟は、辞びて兄に貢らしめて、相譲れる間に、既に多《あま》たの日を経ぬ。此如《かく》相譲ること、一二時《ひとたびふたたび》に非ず。故、海人、既に往還《ゆきき》に疲れて泣きき。故、諺《ことわざ》に曰はく、「海人なれや、己が物に因《よ》りて泣く」といふ。

さて、大雀命と宇遅能和紀郎子との二人が、お互いに天下を譲っていた間に、海人が大贄を献上した。そうしたところ、兄は辞退して弟に献上させ、弟は辞退して兄に献上させて、互いに譲り合ううちに多くの日が経ってしまった。こうして互いに譲ることは、一度や二度ではなかった。それで、海人は二人のあいだを行き来するのに疲れて泣い

> たのであった。それで、ことわざに「海人なれや、己が物に因りて泣く」というのである。

この「海人」の話であきらかですが、「大贄」は、天皇に直接献じられるものであり、天皇以外にうけとることができないものです。そして、それは、天皇に直属する「部」から献上されるのです。吉野国主も大贄を献るのでした。

ここで「大贄」の話が山海にかかわって――吉野国主は山、海人はもちろん海――語られる意味は明確です。「食国」が国造・県主――成務天皇条に国造・国々の境・県主を定めたとあります――を通じて掌握されるのに対して、「山海」は、山部・海部等の設定によって直轄されるのです。

図示化すればこうなります。

天皇――国（国造）・県（県主）……食国の政
大贄――海部・山部……………山海の政
――天下の政

「食国」と「山海」とをあわせた全体が「天下」であり、それを統括するのが天皇ですが、山部・海部は直接天皇に属するのであって、「大贄」に奉仕するのです。大雀命・大山守命は、「食国」「山海」の「政」の執行をにないます。

とくに、大雀命について、「政」をおこなって「白し賜へ」とあることに注意されます。「まをす」（言うの謙譲語）のは言うだけでは完結しません。聞くことがあって成り立ちます。聞く立場にあるのは、「天津日継を知らせ」といわれた、もうひとりの御子宇遅能和紀郎子です。宇遅能和紀郎子は、大雀命や大山守命が「まをす」のを「きこしめす」のだと、三者は関係づけられます。「政」は、臣下が実行して「まをし」、天皇はそれを「きこしめす」ことによって成り立つということです。

神武天皇のいわゆる東征の発端のことばに「何地《いづく》に坐《いま》さば、平《たひら》けく天《あめ》の下《した》の政《まつりごと》を聞《き》こし看《め》さむ。なほ東に行かむと思ふ」（どこの地におられたならば、天下の政治を平安にお聞きになられるであろうか。やはり東に行こうと思う）とあり、大和に宮を定めて東征をはたすことを「畝火の白檮原宮に坐して、天の下を治めき」と結ぶことが、あわせて想いおこされます。「天の下の政を聞こし看す」ことが、すなわち「天の下を治め」ることなのです。

そうした「政」において、『古事記』は、「まをす」―「きこしめす」というかたちで、元来オーラルなことばの世界として天皇の世界があったこと（「古代」世界のありよう）をあらわしているのです。国主の歌もそこにあります。「まろが父」（われらが親父さん、というほどの意）という、親近の表現は、天皇との直接的隷属関係にあることの親しさですが、こうして歌を奏上し、天皇が聞くという直接的なことばのつながりのなかにその関係はあったものとして確かめられるのです。歌をもふくんでいた固有の言語世界です。

それは、『古事記』が見出したものです。実際にそうであったというのではなく、『古事記』においてあらしめられたものだというべきです。『古事記』によって、歌の起源があたえられ、大嘗祭における吉野国主奉仕が成り立っているということを考えるべきではないでしょうか。

伝えられた歌謡はあったかもしれません。それに付随して由来が伝えられていたかもしれません。ただ、それと、『古事記』がその歴史世界において吉野国主が直接的なことばのつながりのなかにあったという歌の起源を語ることとは、まったくべつだということです。歌が歴史的に意味づけられるところで、天皇の世界としてあるものを確かにあらわすことができたのです。いまその歌が現にあるということは、自分たちがこの「古代」につながっているることの証明なのです。『万葉集』とはべつに、固有の言語世界のうえに、ずっとありつづけているものとする（あったものとしてあらしめるのです）ことで、古代国家がみずからのアイデンティティーをつくるということができます。

国主の歌が宮廷に起源・由来とともに伝えられていて、それを『古事記』が取り入れたというのは（土橋寛『古代歌謡全注釈　古事記編』角川書店、一九七二年）、倒立的に、あらしめられたものを実態化することになってしまいます。

3　近代国家の制度としての固有の言語世界

固有の言語世界と、そこにおける伝承・歌は、『古事記』や『万葉集』が、あったものとしてあらしめたのですが、それを、あったものそのものとしてとらえてきたのではなかったかと自己批評をこめていわねばなりません。そうさせてきたものをふりかえるために、具体的に、かつてわたしのこころみた文学史の概説を取り上げていいます。久保田淳・上野理編『概説日本文学史』（有斐閣、一九七九年）において、上代文学史（散文）を担当したのですが、そこでは固有の言語世界ということにとらわれていました。以下のような叙述の構成にそれはあきらかです（同書、iv－v）。

第Ⅰ章　上代

第1節　文学の発生と言語

概説　1祭式と言語　2〈詩〉的様式とその限界

第2節　神話・説話の展開

概説　1日本神話への視点　2神話から「神代」へ　3記紀の成立　4『日本霊異記』の成立

その第1節の概説には、こう書きました。

文学の発生は、文字によって書く以前の口誦の段階に認められる。自然を先取りして抽象し、豊饒を想像力的に獲得する共同体的行為である祭式において、日常語から分裂した言語が文学のはじまりである。日常の言語のもちえていなかった表現の可能性がそこでひらかれたのである。

神をまつることとは、神名（祭るべき神の名）によって自然を抽象して取りこむことと不可分である。神名が、現実的・即物的な日常語の言語機能の次元から飛躍して、抽象の次元において働くのである。それは、神々を祭ることの中でなされるものであり、そこからことばだけを取りだせるようなものではないが、そうした神名はすでに「表現」と呼べるものを胎んでいるといってよい。枕詞は本来美称の讃め詞であり、神名のもつ讃め詞をいわば拡大して形成されたと認められるように、神名の表現性から非日常的言語表現ははじまるのである。

こうしてはじまった非日常的言語表現が、祭式の変質――神をまつるものが神まつることを専有する――のなかで、イデオロギー化されて更新されながら、様式をもつに至る。この様式化された言語を不可欠の媒介として、祭式によって首長的支配秩序は成り立っている。

そうした表現様式の特徴として、（1）列挙的・羅列的表現、（2）くり返し、（3）枕詞的な特別な称辞、（4）律文性、を認めうるのであり、全体を詩的言語様式ということができる。その意味で、このイデオロギー化されて形づくられた祭式の言語の様式は〈詩〉と呼んでよい。

しかし、こうした〈詩〉がそのまま文学の新しい展開につながるのではない。その呪禱性と様式性との枠が、表現の自由な展開を許さない。つまり、〈詩〉がひらいた言語表現の可能性は、日常の言語による表現においてはじめて自由に展開されうるのである。これは、祭祀的首長支配が終焉するところで可能になった。

若干の解説を加えておきますと、日常の言語から分裂した言語とその機能に文学の発生をもとめたのは、日常の言葉の単なる延長ではありえないと考えたからです。そして、それが自然発生的にありえたものでないとすれば、祭式という場が、その言語の分裂をもたらしたと考えたのです。その分裂がいかに表現となりうるかを、表現様式という点で見ようとし、四点の指標をあげましたが、具体的に、その様式を見ることの素材としたのは、平安時代の宮廷祭祀のさいにとなえられた「祝詞」(延喜式)でした。そして、それが「詩」的様式のなかにとどまるかぎり、可能性は開花しえないとして、様式の枠をこえた日常の言語による表現(神話)が、政治性によって拡大した祭式の変質とともにひらかれたととらえたのでした。

こうして口誦においてあり得た神話をとらえつつ、第2節では、神話テキスト(『古事記』上巻、『日本書紀』「神代」)に見るのは、さらにあらたな、それとは異なるレベルで構築されたものとして位置づけました。そのレベルは、あらたな国家的王権のイデオロギーによってひらかれたととらえたのでした。政治的な体系化が元来の神話のゆたかさをおしつぶすというのではなく、世界像的全体をはじめてつくるのだと積極的に政治性の意味を見ようとしたものです。

口誦においてあり得た神話と『古事記』『日本書紀』の神話的物語とのあいだを、後者はコスモロジーと呼んでよいものをふくんで全体をつくるものとして、飛躍的なあらたな展開をもって成ると見る立場は明確にしていましたが、口誦から記載へと展開するものとして、口誦の世界(固有の言語世界)を前提として連続的発展的にとらえることが基軸となっているものでした。

口誦の世界に文学史のはじまりをおくという通念のなかに、わたしもいたのでした。それは、近代における「日本文学史」のパラダイムにほかならなかったものです。

日本であれ、韓国であれ、その地域で、現在につながる人種が、現在の言語につながる固有の言語をもっていたと認める歴史認識のもとに、固有の文明世界の展開として地域の文明史（日本史、韓国史）をとらえ、文字は外来の漢字であり、それ以前にあったものとして口誦の段階を考える――、それが近代の文学史の基本的な枠組みです。国・民族の枠のもとに、固有の言語世界における文学の展開を見ることとなります。

明治時代に成立した代表的な文学史、芳賀矢一『国文学史十講』（初版一八九九年。引用は一九二七年版によります）にこうあります。

我国は太古から建国数千年の久しき、少しも外国の侵略をうけたことがない、万世一系の天子様を戴いて、千古不易なる国語を話して居ります。漢学や仏学が這入つて来て、漢語、仏語が混つたり、文法上の構造が多少変つたりするのは、時勢の変遷で、自然のことでありますが、日本語はどこまでも日本語です。かやうに数千年来、代々相続いて日本語を話して来て、其日本語で綴つた文学が今日吾々の手に遺つて居るといふことは如何にも貴い幸福なことです。

要するに、国家の始原からずっとかわることなく「日本語」で生きてきたことのなかに生まれたものとして、「国民の思想感情の変遷を現した文学史」＝「日本文学史」を見ることが、必要で大切だというのです。そこにおいて、固有の言語をもちつづけてきたという擬制は確乎とした前提です。

「国民」の一体性が固有の言語（「日本語」）によって保たれてきたということに立って、「日本」という枠組みは担保されています。それが近代国民国家の制度です。さきのわたしの概説は、口誦における固有の言語世界を疑わないことにおいて、その近代のパラダイムの線上にあるものです。

それが、『万葉集』を、あった歌として見ることのもとにあったのです。古代国家が、列島全体を覆う、固有のことばの歌の世界としてあらしめたものを、近代国民国家は、実態化して、「国民」的一体性ということに転化したということができます。

しかし、そのように固有の言語世界を前提とすることは、出発点から根本的に考えなおすことがもとめられます。固有の言語世界の擬制に立って口誦の世界から連続的発展的に見るのではないはじまりであるべきなのです。はじまりは漢字世界なのです。

あとがき

本書がリベラル・アーツの一冊として刊行されるのは、東京大学教養学部における二〇〇九年度冬学期の授業「方法基礎・テクスト分析」で『万葉集』を取り上げたことによります。そこでは、従来の『万葉集』研究に対して批判的に、二十巻としてある『万葉集』をひとつの全体としてとらえるテキスト理解の方向を提起したのでした。開講に際して配布したプリントにこう述べました。

この授業は、専門の基礎を学ぶというものではない。学的方法としてテキスト分析を学ぶことをめざすものである。テキスト（文字テキストにかぎらないが）は、文学研究であれ、歴史研究であれ、そこから出発する、出発点だ。その学的態度を考えたい。もちろんあわせの自分の目線で、たとえば『源氏物語』を論じるような（所詮感想文でしかない）「研究」もおおいが、テキスト分析は、テキストの論理に即して、テキストがもつもの（どのようにして成り立ったか、成立の事情はどうであれ、いまあるものがもつもの）を析出しなければならない。

ここでは『万葉集』を取り上げるが、『万葉集』の研究にかかわろうというのではない。テキストとして『万葉集』を見るということはどういうことであるのか、その入り口に立ってみよう（中には入らない）ということである。

『万葉集』の「歌人」としてもっともよく知られるのは、柿本人麻呂や大伴家持であろう。『万葉集』のなかからその歌を集めて、「歌人」として論議するようなこともなされている。『万葉集』の歌を年次順に再編して「和歌史」を考えることも、ごく当然のようになされている。しかし、それらは『万葉集』に対する正当なアプローチでありうるのだろうか、根本的なふりかえりが、テキストとしての『万葉集』をどう見るべきかということからつきつけられるではないか――、中には入らないといったが、入り口こそ大事だといおう。迷妄の道に入り込まないために。

ここに述べた立場が、わたしのテキスト把握の帰結であったことは、本書の「はじめに」に述べたとおりです。『万葉集』をどう読むかという「入り口」に立ってみようと言いましたが、その「入り口」において根本的な態度が問われるものとして、わたし自身、自己批評とともに考えようとしていたことをかさねながらおこなった授業でした。

ただ、入り口を示すだけでなく、そこからどのような『万葉集』理解に通じるか、それを提示する責任を感じてきました。四年を経てようやくその責任をはたすこととなりました。

本書全体は書き下ろしたものですが、その基礎となった論考の一覧を以下に掲げておきます。それぞれ独立した論文ですが、本書を補うものともなります。

1「飛鳥と古代歌謡」、『続飛鳥村史』中巻、二〇〇六年九月

2「改編される『日本書紀』」、『万葉集研究』二九集、二〇〇七年十二月（『変奏される日本書紀』東京大学出版会、二〇〇九年七月に所収）

3「人麻呂歌集の女歌――人麻呂歌集と『万葉集』」、高岡市万葉歴史館叢書21『万葉の女性歌人』、二〇〇九年三月

4「人麻呂歌集と『万葉集』――『万葉集』のテキスト理解のための覚書」、美夫君志会編『万葉集の今を考える』新典社、二〇〇九年三月

5「私的領域を組み込み、感情を組織して成り立つ世界」、高岡市万葉歴史館論集13『生の万葉集』笠間書院、二〇一〇年三月
6「「歴史」としての『万葉集』――『万葉集』のテキスト理解のために」、『国語と国文学』八七巻一一号、二〇一〇年一一月
7「「人麻呂歌集」の書記について」、『万葉集研究』三一集、二〇一〇年一一月
8「『万葉集』のなかに編集された家持」、高岡市万葉歴史館叢書23『大伴家持研究の最前線』、二〇一一年三月
9「文学史のために――固有の言語世界は自明か」、第3回高麗大学校・明治大学国際学術会議『韓・日 文学歴史学の諸問題』予稿集、二〇一二年九月
10「『万葉集』の「歴史」世界――巻六をめぐって」、『万葉』二一四号、二〇一三年三月

つけ加えていえば、『複数の「古代」』（講談社現代新書、二〇〇七年一〇月）第八章「『万葉集』――もうひとつの「歴史」」が、ここにいたる直接の発端となりました。新書に述べたのは素描にすぎませんが、その素描を具体化しようとしてきたということになります。

この本の契機となった授業に参加した学生のみなさん、リベラル・アーツにうけいれてくださった東京大学出版会に感謝します。また、編集の山本徹さんと、校正に協力してくれた福田武史さんとの御労に深謝します。

二〇一三年七月

神野志隆光

著者紹介
1946年　和歌山県生まれ．
1974年　東京大学大学院博士課程中退．
東京大学大学院総合文化研究科教授をへて
現　在　明治大学大学院特任教授．東京大学博士（文学）

主要著書
『古事記の達成』東京大学出版会，1983年
『古事記の世界観』吉川弘文館，1986年
『柿本人麻呂研究』塙書房，1992年
『古事記——天皇の世界の物語』NHKブックス，1995年（『古事記とはなにか——天皇の世界の物語』講談社学術文庫，2013年）
『古事記と日本書紀』講談社現代新書，1999年
『漢字テキストとしての古事記』東京大学出版会，2007年
『変奏される日本書紀』東京大学出版会，2009年
『本居宣長『古事記伝』を読む』Ⅰ～Ⅲ，講談社選書メチエ，2010-12年

万葉集をどう読むか
——歌の「発見」と漢字世界

2013年9月20日　初　版

［検印廃止］

著　者　神野志隆光《こうのしたかみつ》

発行者　一般財団法人　東京大学出版会
代表者　渡辺　浩
113-8654　東京都文京区本郷7-3-1 東大構内
電話 03-3811-8814　FAX 03-3812-6958
振替 00160-6-59964
http://www.utp.or.jp/

印刷所　大日本法令印刷株式会社
製本所　矢嶋製本株式会社

ISBN 978-4-13-083062-1　Printed in Japan